SUTTON
VERLAG

Jürgen Rath

Im Schatten des Krans

Ein historischer Kriminalroman aus Hamburg

SUTTON VERLAG

Sutton Verlag
Hochheimer Straße 59
99094 Erfurt
www.suttonverlag.de
www.sutton-belletristik.de

3. Auflage 2015
Gestaltung und Satz: Sutton Verlag

ISBN: 978-3-95400-220-7

Titelbild © Sutton Verlag, unter Verwendung einer Bildvorlage aus der Sammlung Harry Braun, Hamburg
Lektorat: Dorothée Engel, Hamburger Buchkontor
Druck: CPI books GmbH, Leck

Über den Autor

Jürgen Rath, gelernter Seemann mit Kapitänspatent, promovierter Historiker und Personalmanager, hat sich im vergangenen Jahrzehnt einen Namen als Schifffahrtshistoriker und Sachbuchautor gemacht. Nach dem großen Erfolg seines Romandebüts »Nordhörn« beweist er mit »Im Schatten des Krans« erneut sein erzählerisches Talent.

© Fotostudio Liebenow, Hamburg

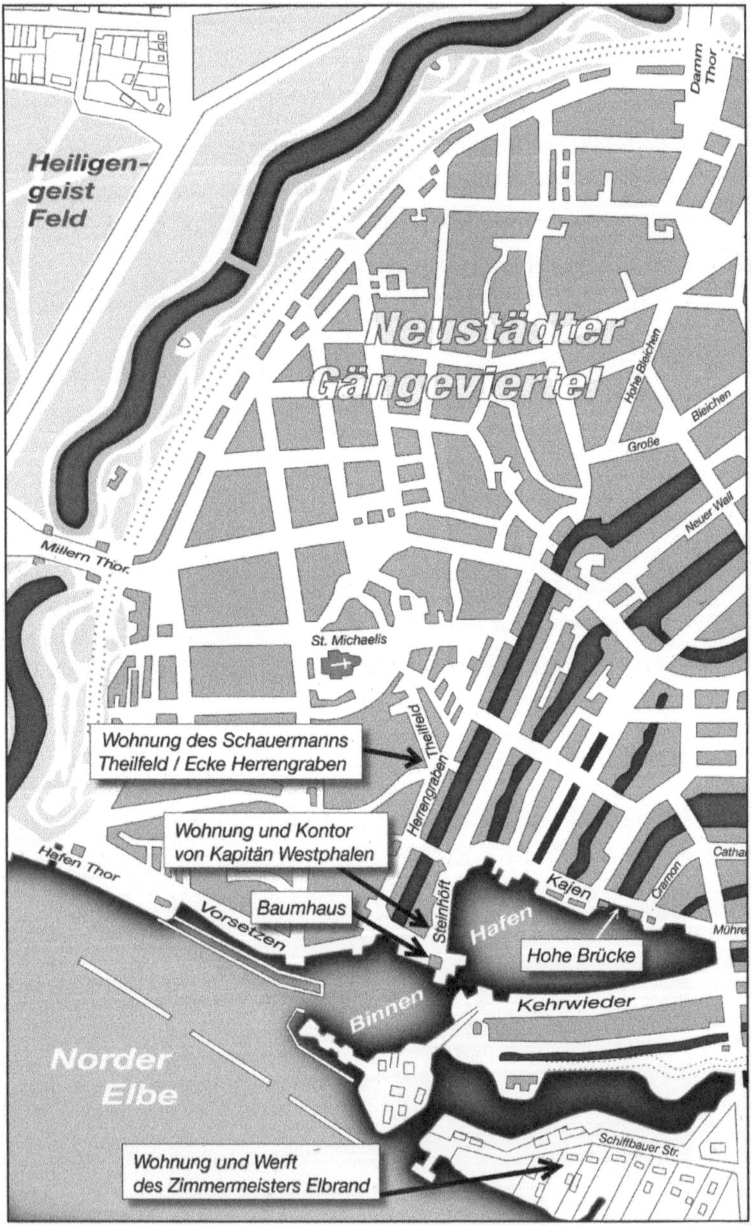

Heiligengeist Feld
Damm Thor
Neustädter Gängeviertel
Hohe Bleichen
Große Bleichen
Neuer Wall
Millern Thor
St. Michaelis
Wohnung des Schauermanns Theilfeld / Ecke Herrengraben
Theilfeld
Herrengraben
Wohnung und Kontor von Kapitän Westphalen
Hafen Thor
Vorsetzen
Baumhaus
Steinhöft
Hafen
Kajen
Cremon
Hohe Brücke
Binnen
Kehrwieder
Norder Elbe
Schiffbauer Str.
Wohnung und Werft des Zimmermeisters Elbrand

Binnen-
Alster
Neuer Jungfernstieg
Jungfernstieg
Ferdinands Thor
Stein Thor
Rathaus
Markt
Alter Wall
Speersort
Stein Straße
Handelshaus Schröder
& Westphalen
Neß
Gr. Reichenstr.
Brandstwiete
A. Groninger Str.
Speicher von
Johann Forck
Bahnhof
Zippelhaus
nenstr.
Alter Wandrahm
N. Wandrahm
Holländ. Brook
Holländ. Reihe
Wohnung der Forcks

Wohnhaus und Kontor von Caesar Schröder
Hamburg, Große Reichenstraße

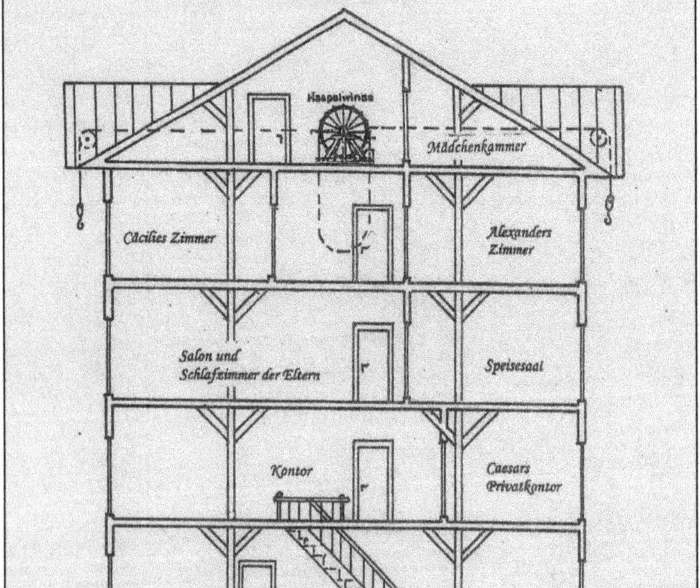

1

Hamburg, Mitte Februar 1845

Es war so ruhig im Kontor des Handelshauses Schröder & Westphalen, dass man die Anwesenheit der drei Männer und des Jungen kaum bemerkt hätte, wäre da nicht das Kratzen der Federkiele auf dem Papier gewesen. Die beiden Commis hatten sich über ihre Korrespondenz gebeugt. Roger Stove, der Engländer, übersetzte gerade die Depesche eines Geschäftspartners aus London. Er schrieb in schwungvollem Stil, die Blattanfänge waren reinste Kunstwerke, die der Kontorvorsteher jedes Mal angewidert betrachtete. Alexander Schröder dagegen, der Sohn des Patrons, bekam mit seiner kleinen Schrift mindestens doppelt so viele Informationen auf ein Blatt, was ihm das Wohlwollen des Vorstehers einbrachte, reduzierte es doch die Kosten für das ohnehin viel zu teure Papier.

Bei Moritz, dem Kontorlehrling, kratzte nichts. Er hatte seine Feder ins Tintenfass gerammt und blickte verzweifelt auf das Blatt Papier, auf dem die Buchstaben zu tanzen schienen. Wieder einmal hatte er es nicht geschafft, sie auf eine gerade Linie zu zwingen. Sein Blick stahl sich aus dem Fenster, dorthin, wo die Freiheit lockte. Sie lockte stärker als je zuvor. Kontorvorsteher Harms, der gerade die Wareneingänge in das große Kontorbuch übertragen hatte, blickte von seinem Pult hoch. Moritz schaute geistesabwesend zu ihm hinüber – genau in dessen kalte, graue Augen. Schnell senkte er den Kopf, griff nach der Feder und führte sie ziellos über das Papier, geschäftiges Arbeiten vortäuschend. Hinter der Holzwand, die das Kontor vom Privatbüro Caesar Schröders trennte, waren die dumpfen Glockenschläge der Standuhr zu vernehmen.

Im Erdgeschoss quietschte die massive Eingangstür in ihren Angeln. Kurz darauf schlug sie so heftig zu, dass das alte Gebäude in seinen Grundfesten erzitterte. Über die Diele polterten schwere Schritte, jemand stapfte die Treppe hinauf. Oben im Kontor schaute Alexander erschrocken von seinem Stehpult hoch.

»Der Klabautermann kommt«, flüsterte er.

Roger Stove schaute belustigt. »*Well*, ich habe keine Angst vorm Klabautermann. Wir haben in England viele Erfahrungen damit. Auf jedem Schiff gibt es einen.«

Der Kontorvorsteher blickte ärgerlich zu Roger hinüber. Er mochte es überhaupt nicht, wenn Kapitän Westphalen respektlos »Klabautermann« genannt wurde.

Die beiden Commis kamen eilends hinter ihren Pulten hervor und bildeten an der Treppe ein Spalier. Moritz stellte sich ebenfalls auf, jedoch etwas nach hinten versetzt, seinem Stand entsprechend. Harms streifte die Ärmelschoner ab, glättete seinen Gehrock und nahm neben der Tür zu Schröders Privatkontor Aufstellung.

In diesem Augenblick stand Kapitän Westphalen im Raum. Ein hagerer, hochgewachsener Mann mit einer überdimensionierten Hakennase und einem Backenbart nach Art der Segelschiff-Kapitäne, der die Oberlippe und das Kinn frei ließ. Er trug einen langen schwarzen Gehrock und Seestiefel mit Holzsohlen, die ihm einen sonderbar wippenden Gang verliehen. Sein schwarzes Haar stand widerspenstig über den Ohren ab.

Der Kontorvorsteher verbeugte sich tief und verharrte in dieser Position. Für Alexander war es selbstverständlich, keinen allzu devoten Diener zu machen, schließlich war er der Sohn des Kaufmanns und der zukünftige Erbe des Handelshauses. Roger Stove senkte nur höflich den Kopf. Er war zu stolz, um einem Hamburger Bürger mehr als die übliche Achtung entgegenzubringen. Moritz machte einen Diener, jedoch nicht so tief wie

Harms, dessen kriecherisches Verhalten er verachtete. Er hätte es gerne wie sein Vater gehalten, der niemals den Kopf vor einem anderen Menschen beugte, ausgenommen vor den Frauen. Doch das ging im Kontor nicht.

Der Kapitän blickte sich grimmig um und durchquerte wortlos das Kontor. Er schob den Vorsteher unwirsch beiseite und stieß die Tür zu dem dahinter liegenden Raum auf. Trotz seiner behäbigen Fülle kam Caesar Schröder erstaunlich schnell aus dem Sessel hoch.

»Bei Gott, Harry«, rief er erschrocken. »Was ist passiert? Ist die HENRIETTE gesunken? Oder die BÜRGERMEISTER BARTELS?«

»Ach was!« Kapitän Westphalen machte eine wegwerfende Bewegung. »Unsere Schiffe sind stark, die See bereitet ihnen keine Probleme. Doch hier an Land braut sich ein Sturm zusammen. Er wird sich zu einem Orkan auswachsen.«

Caesar Schröder schüttelte verständnislos den Kopf, dann schielte er zur Tür, die immer noch offen stand.

Angriffslustig reckte Kapitän Westphalen das Kinn vor. »Ich brauche deine Unterstützung, Caesar. Du bist ein angesehener Kaufmann, deine Stimme zählt viel in Hamburg.«

»Welche Unterstützung?«

»Dieser Elbrand, der Werftbesitzer, will einen Schwerlastkran im Hafen bauen. Einen hölzernen Kran mit einer veralteten Technik, den er *Hebemaschine* nennt. So etwas Altmodisches wollen wir im Hafen nicht haben!«

Caesar Schröder entspannte sich. Er lächelte sanft und setzte sich wieder, nicht ohne dem Kapitän einen Stuhl anzubieten. Doch der reagierte nicht, sondern wippte weiterhin nervös auf seinen Holzsohlen.

Der Patron legte die Fingerspitzen gegeneinander. »Elbrand ist ein honoriger Bürger dieser Stadt, Harry. Er hat mit seiner Schiffswerft in der Vergangenheit hervorragende Arbeit geleistet. Warum sollte er keinen Kran bauen dürfen?«

Kapitän Westphalen schlug mit der flachen Hand auf den Schreibtisch. »Elbrand ist ein Mann der Vergangenheit. Der kommt noch aus dem Mittelalter. Doch wir leben nicht mehr im Mittelalter, wir müssen in die Zukunft schauen.«

Schröder wischte etwas Löschsand von den Papieren auf dem Schreibtisch. »Der Rat der Stadt wird schon genau prüfen, ob es der richtige Kran für Hamburg ist.«

»Vielleicht wird er die richtige Entscheidung treffen – für euch Kaufleute. Doch das hilft uns wenig. Wir brauchen moderne Krane im Hafen. Die Engländer mit ihrer Eisenindustrie werden uns auslachen wegen dieser mittelalterlichen Technik. Wenn die Regierung die Hebemaschine genehmigt, fällt Hamburg um mindestens einhundert Jahre zurück. Und auch das Handelshaus Schröder und Westphalen wird darunter leiden.«

Caesar Schröder wuchtete sich aus seinem Sessel, trat ans Fenster und blickte auf die Straße hinunter. Es gab nicht viel zu sehen. Ein paar Lastenträger waren unterwegs, Quartiersleute zogen mühsam eine Schottsche Karre mit Kisten über das Kopfsteinpflaster, an der Ecke bot eine Vierländerin Gemüse feil. Schröder strich sich mit der Hand, an den Schläfen beginnend, am Kopf entlang nach hinten, eine sinnlose Geste, die noch aus jener Zeit resultierte, als er mit einem kräftigen Haarwuchs gesegnet war.

»Harry, diese Stadt hat zu viele Probleme, um sich mit einem Kran allzu lange zu beschäftigen. Wir schreiben das Jahr 1845. Vor gerade mal drei Jahren hatten wir den großen Brand, wie du weißt. Die Geschäfte lagen am Boden, Hamburg hatte keinen Kredit mehr. Drei Kirchen und Hunderte von Häusern waren zerstört, es fehlte an Wohnraum für viele tausend Menschen. Diese Schwierigkeiten sind noch längst nicht alle beseitigt. Was kümmert die Menschen eine Hebemaschine?«

»Für uns im Hafen bedeutet dieser Kran sehr viel. Wenn der Rat der Stadt diese hölzerne Hebemaschine genehmigt, gibt es Krieg! Wir lassen uns unsere Zukunft nicht von ein paar verkalkten Männern versperren, die im Ratssaal herumsitzen und über ihren Pfeifen einschlafen.«

Im Kontor öffnete sich die Tür zu den Privaträumen im zweiten Obergeschoss. Die Tochter des Kaufmanns eilte mit gerafften Röcken an den Männern vorbei, einen hastigen Knicks andeutend. Der Vorsteher und die beiden Commis verbeugten sich, Moritz errötete.

»Mama hat zum Essen läuten lassen, Herr Papa«, sagte Cäcilie vorwurfsvoll. »Haben Sie es nicht gehört?«

Caesar Schröder gab sich erstaunt. Er fasste Kapitän Westphalen am Arm. »Komm, Harry, wir essen zu Mittag. Man soll die Dame des Hauses nie warten lassen.«

»Ich kann nichts essen«, polterte Westphalen. »Dieser Elbrand verdirbt mir den Appetit. Ich gehe zum Hafen zurück.«

Caesar Schröder durchquerte das Kontor und klatschte in die Hände. »Machen sie Mittag, meine Herren.«

Cäcilie hakte sich im Vorbeigehen bei ihrem Bruder Alexander ein und schleppte ihn mit nach oben.

Kaum hatten die Schröders den Raum verlassen, streifte der Kontorvorsteher erneut die Ärmelschoner ab und eilte nach Hause. Moritz nahm die Brote, die ihm seine Mutter eingepackt hatte, und stellte sich ans Fenster. Am Stehpult durfte er nicht essen, denn Harms achtete streng darauf, dass es keine Fettflecken oder Brotkrümel auf der Korrespondenz des Handelshauses Schröder & Westphalen gab.

Roger trat zu Moritz. »*Come on, my friend*«, sagte er in seinem weichen englischen Tonfall, »lass die Brote liegen. Die Sonne scheint. Wir gehen zum Jungfernstieg und schauen nach den hübschen jungen Mademoisellen.«

Moritz blickte verschämt an seiner Jacke herunter, die zwar sauber, aber etwas abgetragen war. »Ich sollte nicht mitkommen. Mein Vater sagt immer, dass ein Arbeiter nichts am Jungfernstieg zu suchen hat.«

»Dein Vater ist ein Arbeiter, Moritz. Aber du bist Lehrling in einem Handelshaus. Später wirst du einmal ein richtiger Kaufmann sein, dann musst du wissen, wie man sich unter reichen Leuten bewegt.«

Moritz blickte aus dem Fenster zur Straße hinunter, wie kurz zuvor auch Caesar Schröder. Die Vierländerin stand immer noch an ihrem Platz. Der hat gut reden, dachte er, er ist der Sohn eines Londoner Bankiers. Er ist nur hier, um den Geschäftsbetrieb in Hamburg kennenzulernen.

Sie schlenderten den Neuen Wall entlang und bogen in den Jungfernstieg ein. Die breite Allee mit ihren noch jungen Bäumen war voller Menschen, eingehüllt in lange Mäntel und Pelzcapes, denn es war eisig kalt an diesem Februartag. Roger grüßte nach links und rechts und flüsterte den jungen Damen, die sich bei ihren Freundinnen untergehakt hatten, Artigkeiten zu. Moritz kam sich reichlich überflüssig vor. Er registrierte, dass die Demoiselles erröteten und dass die eine oder andere interessierte Blicke auf Roger warf. Das wiederum konnte er gut verstehen, denn der junge Commis war nach der neuesten englischen Mode gekleidet. Er trug seine gepflegten, braunen Haare schulterlang und zeigte ein offenes Lächeln.

»Kennst du all diese Leute?«, fragte Moritz.

Roger lachte amüsiert. »Natürlich nicht. Aber man muss Kontakte knüpfen, Moritz. Die Menschen müssen sich erinnern, dass sie dich schon einmal gesehen haben. Das ist gut fürs Geschäft. Und es massiert die Seele.«

»Was nützt es dir, wenn die Hamburger Bürger dich kennen? Du bist doch bald wieder in London.«

Roger grüßte einen vornehmen Herrn, der mit seiner Frau über den Jungfernstieg flanierte. »Das ist der Kaufmann Laeisz«, sagte er. »Er ist ein Kunde unserer Bank. Wir vergeben auch Kredite auf dem Kontinent. Vielleicht braucht er irgendwann Geld für ein neues Schiff. Es gibt jetzt Dampfschiffe, die ganz aus Eisen sind. Die sind teuer, doch sie sind die Zukunft. Für die Reeder und auch für uns Bankiers.«

Moritz blieb vor Empörung stehen. »Ein Schiff aus Eisen? Du willst mich auf den Arm nehmen. Eisen schwimmt nicht. Ich habe noch nie so einen Unsinn gehört.«

»Du hast recht: eine Eisenstange schwimmt nicht. Aber ein eisernes Schiff schwimmt. Ich habe in London selbst eines gesehen. Mein Vater hat es finanziert. Und mein Vater würde nie sein Geld für ein Schiff hergeben, das nicht schwimmt.«

Tief in Gedanken ging Moritz neben Roger her. Ein Schiff aus Eisen? Undenkbar! Andererseits: Roger war kein Aufschneider. Er war zwar Commis mit einer Schwäche für hübsche Mädchen, aber normalerweise erzählte er keinen Unsinn. Er war Mitglied im angesehenen »Verein zur Förderung der nützlichen Künste«, dem Patriotischen Verein. Und sicherlich hatte er auch Kontakt zu diesem genialen Ingenieur Lindley, schließlich waren beide Engländer.

Am Nachmittag legte Moritz die letzten Kohlen in den Ofen und holte einen neuen Vorrat aus dem Keller. Nachdem er sorgfältig seine Hände gereinigt hatte, stellte er sich wieder ans Pult, um einen Brief abzuschreiben, der am nächsten Tag verschickt werden sollte. Doch Schreiben war eine Arbeit, die er überhaupt nicht liebte und die er auch nicht besonders gut konnte. Aber er wusste, dass sie fast die Hälfte der Tätigkeiten in jedem Kontor ausmachte, und deshalb malte er mühsam, mit ungelenken Fingern, Buchstabe für Buchstabe auf das Blatt. Trotz seiner Sorgfalt sah das Ergebnis aus, als wäre ein hinkendes Huhn übers Papier gelaufen.

Zögerlich ging er zum Kontorvorsteher hinüber. Harms rückte den Kneifer zurecht, schaute auf das Papier, schüttelte den Kopf, wischte mit einem riesigen Schnupftuch auf dem Kneifer herum, blickte wieder hindurch, schüttelte noch einmal den Kopf. Er betrachtete seinen Lehrling mit einem Ausdruck tiefer Verzweiflung, griff dann in eine Schublade und überreichte Moritz wortlos ein neues, unbeschriebenes Blatt.

Der versuchte es erneut, doch wie viel Mühe er sich auch gab, ständig strebten die Zeilen am rechten Rand irgendwo gen Himmel. Und dann die einzelnen Buchstaben: Es gelang ihm zwar inzwischen, sie einigermaßen lesbar zu Papier zu bringen, doch sie wurden immer noch unterschiedlich groß, und nicht eines der Zeichen befand sich auf der gleichen Höhe wie sein Vorgänger. Darüber hinaus hatte der Federkiel die bösartige Angewohnheit, am Ende jedes Schreibens einen großen Tintenklecks aufs Papier zu zaubern. Und wenn es nicht der Federkiel war, der das Blatt verunstaltete, so war es eine Träne der Verzweiflung, die aufs Papier tropfte und die Tinte verwischte.

Moritz schlich wieder zu Harms, um sein Arbeitsergebnis vorzulegen. Der Vorsteher reichte ihm mit steinerner Mine ein weiteres weißes Blatt.

Moritz starrte auf das Pult und dachte über seine verzweifelte Lage nach.

Damals, beim großen Brand, hatte das Unglück begonnen. Er war knapp dreizehn Jahre alt gewesen und hatte seinem Vater und seinem großen Bruder bei der Quartiersmeisterei schon gut mithelfen können. Natürlich konnte er noch keine schweren Lasten schleppen, doch er hatte ein ausgezeichnetes Zahlenverständnis und konnte sich auch über längere Zeit gut konzentrieren. Genau diese Eigenschaften wurden von einem Tallymann, dem Ladungszähler, erwartet und Moritz war ein guter Tallymann, der sich nie, tatsächlich nie, bei den Fässern, Säcken und Ballen verzählte, die in den Speicher eingeliefert oder herausgegeben wurden. Für ihn war die Welt in Ordnung, und sie hätte so weiterbestehen können, bis er alt genug gewesen wäre, Quartiersmannlehrling zu werden.

Doch dann war dieser unsägliche 5. Mai 1842 gekommen. Sein Vater, Johann Forck, arbeitete an diesem Tag auf dem obersten

Stockwerk des angemieteten Speichers am Alten Wandrahm, Jan, der Bruder, war von einem der unteren Böden heraufgekommen.

»Brennt es immer noch?«, hatte er aufgeregt gefragt.

Fest und schwer wie ein Standbild war der Vater dagestanden und hatte zur brennenden Stadt hinübergeschaut. Schließlich führte er die Hand zum Mund, feuchtete den Zeigefinger an, hielt ihn aus der Luke heraus. »Ja, es brennt noch, doch hier besteht keine Gefahr. Wir haben Südwind, der treibt die Flammen von uns weg zum Alsterbecken hin.«

Am zweiten Tag des Brandes hatte mit einem Mal der Kaufmann Schröder auf dem obersten Boden gestanden, niemand hatte ihn heraufkommen hören. Der Vater begrüßte den Besucher freundlich; man kannte sich und hatte mehrfach Geschäfte zur beidseitigen Zufriedenheit gemacht.

»Du musst mir helfen, Johann Forck«, stieß Caesar Schröder hervor, ohne sich mit den üblichen Höflichkeitsfloskeln aufzuhalten. »Wir liegen am Rande der Feuersbrunst. Wenn der Wind dreht, geht alles in Flammen auf: mein Haus und, was noch schlimmer ist, meine Waren im Speicher am Ness.«

Der Quartiersmann nickte. »Das lässt sich machen. Wir haben noch Platz im Speicher, und ich habe rechtzeitig eine Schute organisiert. Aber ich brauche Leute, meine Söhne reichen nicht.«

»Leute habe ich genug«, sagte Schröder schnell. »Kapitän Westphalen kann mir seine Seeleute schicken.«

Der große Brand wütete vier Tage und legte ein Viertel der Stadt in Asche. Glücklicherweise blieben sowohl das Handelshaus Schröder & Westphalen als auch der Speicher des Quartiersmanns Forck verschont.

Nachdem die Güter zum Ness zurück transportiert worden waren, war Caesar Schröder erneut im Speicher erschienen. »Du hast mein Geschäft gerettet, Johann Forck«, sagte er mit Pathos in der Stimme. »Dafür hast du einen Wunsch frei. Wenn es mir irgendwie möglich ist, werde ich ihn dir erfüllen.«

Der Quartiersmann überlegte nicht lange. »Ich will kein Geld, aber wenn mein Sohn als Commis bei Ihnen in die Lehre gehen könnte, wäre ich zufrieden.«

»Wann?«, fragte der Kaufmann.

»Im nächsten Jahr. Nach Ostern, wenn er eingesegnet worden ist.«

Die Männer gaben sich die Hand, damit war es beschlossen.

Moritz hob den Kopf, überrascht vom ungewohnten Lärm im Kontor. Die angespannte Stimmung, die seit dem Besuch des Klabautermanns geherrscht hatte, hatte sich in einem Streit zwischen den beiden Kontoristen entladen. Alexander Schröder, der nicht nur in der Körperfülle, sondern auch in den Ansichten seinem Vater nachzueifern versuchte, war mit dem hitzköpfigen Roger Stove aneinandergeraten.

»Du musst endlich einsehen, du neunmalkluger englischer Dandy«, rief Alexander erregt, »dass Holz ein bewährter Werkstoff ist. Nicht umsonst hat schon Noah seine Arche aus Baumstämmen gefertigt.«

»Vielleicht ist es den Hamburgern noch nicht aufgefallen«, höhnte Roger, »dass sich die Zeiten seit dem Alten Testament geändert haben. Zumindest in England ist man schon ein gutes Stück weiter. Man baut seit einem halben Jahrhundert Schiffsmaschinen aus Eisen, und sicherlich hätte Noah seine Arche ebenfalls mit einer Dampfmaschine ausgerüstet, wenn es damals welche gegeben hätte. Dann wäre er nämlich nicht vierzig Tage lang sinnlos herumgetrieben.«

»Es geht hier nicht um Dampfmaschinen, es geht um Elbrands Hebemaschine!«

Roger hauchte gelangweilt auf seine gepflegten Fingernägel. »Die Lasten sind andere geworden, Alexander. Man kann eine schwere eiserne Lokomotive nicht mit einem hölzernen Kran anheben. Das schafft diese Hebemaschine nicht.«

»So einen Unsinn habe ich noch nie gehört!«, schrie Alexander. »In Lüneburg haben sie eine Lokomotive mit dem alten Tretradkran aus einem Schiff gehoben. Und dieser Kran ist mehr als hundert Jahre alt.«

»*As I say!*«, triumphierte Roger. »Die Lokomotive hat fast das Schiff versenkt, weil das Seil gerissen ist. Und dann brach die Welle des Krans auseinander. Eine Welle aus Holz.«

»Elbrand hat viel Erfahrung. Er baut nicht nur Segler, er baut auch diese hölzernen Vorrichtungen im Hafen, mit denen die Schiffe auf die Seite gelegt werden können, um das Unterwasserschiff zu reinigen.«

»Die heißen Bullen«, warf Moritz unvorsichtigerweise dazwischen.

Alexander schaute ärgerlich zu ihm hinüber. Moritz war der Lehrling, und als solcher durfte er nicht ungefragt reden. Er wollte gerade einen Tadel aussprechen, als sich der Kontorvorsteher in den Streit einmischte.

»Meine Herren«, sagte er unwillig, »eilen Sie an die Pulte und setzen Sie Ihre Korrespondenz fort, oder was immer Sie gerade bearbeiten mögen. Ihren Streit, wenn ich diesen Disput so nennen darf, ohne Ihnen zu nahezutreten, Ihren Streit also können Sie heute Abend, oder wann auch immer, jedenfalls nach Arbeitsende, und wo auch immer, nur nicht …«

Harms hatte den Faden verloren, wie so häufig. Er räusperte sich, suchte verzweifelt nach dem Satzende, fand ihn nicht und schritt kopfschüttelnd zu seinem Pult zurück.

Um fünf Uhr am Nachmittag setzte die Dämmerung ein. Der Kontorvorsteher klappte das Kassenbuch zu und streifte seine Ärmelschoner ab. Dies war das Zeichen, dass der Arbeitstag zu Ende war. Es gab kaum Güterumschlag im Winter, da viele Schiffe auf der Elbe im Eis festlagen, und wegen der wenigen Arbeit lohnte es nicht, teure Kerzen anzuzünden.

Alexander Schröder und Roger Stove hatten sich schnell wieder versöhnt. Jetzt machten sie sich auf den Weg zum »König von England«, wo sie den Abend im Kreise der anderen Commis verbringen wollten. Für Moritz jedoch ging der Arbeitstag weiter. Er öffnete den Ofen und zog die letzten Reste der glühenden Kohlen auseinander. Dann wischte er die Stehpulte ab, füllte Tinte in die Fässchen, schnitt die Federkiele für den morgigen Tag zurecht und fegte den Löschsand auf dem Boden zusammen. Unter dem Pult von Roger hatte sich wieder einmal eine beachtliche Sanddüne abgelagert. An der hellen Farbe konnte Moritz erkennen, dass der wenigste Sand zum Trocknen der Tinte verwendet worden war. Ungeachtet der Ermahnungen von Harms bezüglich eines sparsamen Wirtschaftens verteilte Roger gedankenlos ein großes Quantum auf dem Papier und kippte den Sand dann achtlos auf den Boden, ohne ihn für eine weitere Verwendung zu sammeln. Dem strafenden Blick des Kontorvorstehers begegnete er stets mit einem geringschätzigen Lächeln.

Dass Roger den Vorsteher nicht ausstehen konnte, war unübersehbar, er machte sich nicht einmal die Mühe, es zu verbergen. Alexander Schröder dagegen hatte keine Probleme mit Harms. Zum einen lag es daran, dass sich der Vorsteher dem Sohn des Patrons gegenüber sehr vorsichtig äußerte, zum anderen wusste Alexander, dass der Ober-Kontorist ein Meister der Buchhaltung und damit wichtig fürs Geschäft war. Moritz dagegen ging es genauso wie Roger: Auch er konnte diesen kleinen Mann mit dem griesgrämigen Gesicht nicht ausstehen, der seine Untergebenen triezte und vor seinem Patron buckelte. Als Lehrling durfte er das jedoch nicht zeigen. Dennoch nannte auch er ihn heimlich den »preußischen Feldwebel«, als den Roger ihn einmal bezeichnet hatte.

Moritz kroch noch auf den Boden herum, als sich die Tür zum zweiten Obergeschoss öffnete.

»Hast du Zeit?«, flüsterte Cäcilie.

Moritz richtete sich auf, in der einen Hand die Schaufel, in der anderen den Handfeger. »Ja, ja, natürlich«, stotterte er – und ärgerte sich im gleichen Augenblick darüber, dass es ihm immer noch nicht gelang, in Cäcilies Gegenwart so kühl und gelassen zu bleiben wie es Roger Stove vermutlich in seiner Situation gewesen wäre.

Cäcilie Schröder legte ihr dickes Warenkunde-Buch auf das Pult von Harms, kramte eine Kerze aus den unzähligen Falten ihres Kleides, schlug geschickt den Feuerstein und entzündete das Licht.

Moritz schüttelte ärgerlich den Kopf. »Warum schon wieder Warenkunde? Du brauchst das nicht zu wissen, das ist Alexanders Aufgabe. Er ist der Mann, der später das Geschäft übernimmt –«

Cäcilie unterbrach ihn mit einer heftigen Handbewegung. »Alexander ist ein Träumer. Der wird niemals ein guter Kaufmann werden. Ich weiß schon heute mehr über Handelsgüter als er. Ich weiß, wie sie gelagert werden müssen und welchen Wert sie haben.«

»Hat deine Mutter nicht gesagt, dass du kochen lernen sollst?«

Cäcilie stapfte empört mit dem Fuß auf. »Ja, das hat sie! Doch warum soll ich kochen lernen, wenn ich nie in meinem Leben kochen werde? Ich heirate einen erfolgreichen Kaufmann. Oder einen Oberst der Bürgerwehr. Oder einen reichen Kapitän. Jedenfalls einen Mann, der eine Kochfrau beschäftigt.«

Damit war die Diskussion beendet. Moritz beantwortete ihre Fragen bezüglich verschiedener Waren nach bestem Wissen und Gewissen, und er hatte ein umfangreiches Wissen, denn sein Vater hatte ihm viel über die Lagerung der Handelsgüter beigebracht. Später dann, als Cäcilies Neugierde gestillt war, zog sie einige unbeschriebene Blätter aus dem Buch hervor.

»Deutschstunde!«

»Keine Nachhilfe«, wiegelte Moritz ab, »es reicht mir für heute.«

Cäcilie blitzte ihn böse an. »Keine Ausflüchte. Ich mag es nicht leiden, dass Harms dich ständig verbessert. Du schreibst jetzt!«

Nachdem Moritz eine Zeit lang nach ihrem Diktat geschrieben und sie ihn wie eine strenge Lehrerin korrigiert hatte, griff sie nach dem Warenkunde-Buch, raffte ihre Röcke und war mit schnellen Schritten bei der Tür.

»Papa kommt bald nach Hause«, flüsterte sie, »er darf mich hier nicht sehen.«

Moritz legte erschöpft die Feder beiseite. »Warum machst du ständig diese ekligen Übungen mit mir?«

Cäcilie, schon auf der untersten Stufe, warf den Kopf herum und blickte ihn von oben herab an. »Mein Gott, Moritz, wie oft soll ich es dir noch sagen? Ich mag dich. Sicherlich bist du irgendwann einmal ein erfolgreicher Kaufmann. Dann werde ich dich heiraten – vielleicht. Ich mag aber keinen Mann, der zu dumm ist, einen ordentlichen Brief zu schreiben.«

Während Cäcilie leichtfüßig die Treppe hinaufeilte, stand Moritz am Pult und schüttelte verwirrt den Kopf. Er war sich ziemlich sicher, dass er kein erfolgreicher Kaufmann werden würde, und ob er Cäcilie heiraten wollte, darüber war er sich überhaupt nicht klar.

2

Moritz schloss die Tür des Handelshauses, zog seine Jacke vor der Brust zusammen und eilte die Straße entlang. Es war dunkel und kalt auf der Großen Reichenstraße. Die Feuchtigkeit kroch ihm unter die Kleidung, da hätte es nicht auch noch des Regens bedurft. Aber das war nun einmal so im winterlichen Hamburg. Er bog in die Brandstwiete ein und erreichte die Kornhausbrücke. Für einen Augenblick blieb er stehen und schaute hinunter. Schwarz und träge stand das Wasser im Dovenfleet, der Gestank von Moder und Fäkalien drang in seine Nase. Die Kerzen in den Straßenlaternen leuchteten so schwach, dass sie sich kaum im Wasser widerspiegelten. Ein Gegenstand trieb langsam unter der Brücke hindurch, Moritz konnte nicht genau erkennen, was es war. Ein Stück Segeltuch vielleicht, oder ein Kleiderbündel.

Schließlich erreichte er, ziemlich durchnässt, den Hinterhof in der Holländischen Reihe, in dem er mit den Eltern und dem älteren Bruder wohnte. Aus dem Bretterverschlag neben dem Hauseingang roch es säuerlich mit einem Hauch von Verwesung. Ein streunender Hund, der an der Tür gescharrt hatte, machte sich mit eingekniffenem Schwanz davon.

Moritz kletterte die knarrenden Stufen nach oben und öffnete die Wohnungstür. Der Vater und Jan hatten sich gerade zum Essen hingesetzt. Moritz zwängte sich auf die Küchenbank neben seinen Bruder, die Mutter nahm den schweren Kochtopf vom Herd und stellte ihn auf den Tisch.

Johann Forck verzog das Gesicht, als sie ihm Fleischstücke auf den Teller füllen wollte. »Kein Fleisch! Ich mag es heute nicht riechen.«

Die Mutter reagierte beleidigt. »Heute ist Sonnabend. Es gibt immer Fleisch am Sonnabend.«

Der Vater lehnte sich angeekelt zurück. »Wir haben heute eine Ladung Schweinsdärme angenommen, was wir sonst nie machen. Ich hasse diese stinkende Ware. Und dann war noch eines der Fässer leck. Wir mussten es umpacken.« Er schüttelte sich. »Nach Verwesung stinkende Schweinedärme in Salzlake. Eine glibberige Masse, wir konnten sie kaum festhalten, immer wieder flutschte sie einem aus der Hand. Bringt aber viel Geld.«

Jetzt wurde Moritz einiges klar. Das also war dieser ekelhafte Geruch im Bretterverschlag gewesen, in dem die beiden Quartiersleute ihre Arbeitskleidung ablegten.

Jan zuckte teilnahmslos mit den Schultern und fischte nach einem Fleischbrocken. »Mich stört es nicht«, sagte er mit vollem Mund, »wer Fleisch isst, muss auch Innereien anfassen können. Das gehört zum Geschäft eines Quartiersmanns.«

»Bei uns zu Hause, bei meinen Eltern, war immer der Sonntag der Fleischtag«, sagte die Mutter leise.

Johann Forck knallte den Löffel auf die Tischplatte. »Hier ist es aber anders: Fleisch gibt es am Sonnabend!« Er verharrte einen Augenblick und horchte seiner Stimme nach. Besänftigend legte er dann die Hand auf den Arm seiner Frau. »Du weißt doch, wie gerne wir sonntags Ausflüge machen. Ich möchte keine Frau haben, die den halben Tag in der Küche stehen muss und hinterher wie ein wandelnder Bratentopf riecht.«

»Was machen wir morgen?«, wollte Jan wissen.

»Vielleicht nehmen wir den Pferdeomnibus und fahren nach Altona ins Dänische. Oder wir wandern durchs Steintor ins Grüne. Und Mutter zieht ihr bestes Kleid an.«

Für einen kurzen Moment leuchteten Herta Forcks Augen, doch dann senkte sie den Kopf und verkrampfte die Hände unter dem Tisch. »Henriette wäre sicher auch gerne mit dem Pferdebus gefahren.«

Mit einem Mal war es still am Tisch. Der Vater faltete die Hände, Moritz senkte den Kopf und selbst Jan, der nicht besonders feinfühlig war, hörte auf zu kauen.

Nach einer angemessenen Zeit des Schweigens räusperte sich der Vater. »Sicher hätte sie es gemocht. Aber jetzt hat sie es einfacher. Engel können ja fliegen.«

Moritz blickte zur Mutter hinüber. Sie schien ihm noch grauer und eingesunkener, als es in der letzten Zeit der Fall gewesen war. Dann erinnerte er sich daran, dass bald der Geburtstag von Henriette sein musste. Nur so kurz gelebt, dachte er, der Tag der Geburt und der Todestag fielen fast zusammen. Es war ihm unbegreiflich, dass ein Kind sterben konnte. Alte Leute, sicherlich, die wurden im Winter oft krank, man hörte sie durch die dünnen Holzwände hindurch husten und keuchen, und dann waren sie irgendwann verschwunden. Aber ein neugeborenes Kind?

Wie hatte sich die Mutter gefreut, dass es diesmal ein Mädchen geworden war. Noch im Wochenbett hatte sie davon geschwärmt, welches Leibchen sie für Henriette nähen wollte und in welcher Farbe. Doch dann wurde das Mädchen immer kleiner, immer weniger, hörte auf zu schreien und lag schließlich ganz weiß und steif im Bett.

Seit diesem Tage schien die Farbe aus dem Leben der Mutter verschwunden zu sein. Ihr Gesicht wirkte müde, ebenso ihr Gang, und die Haare hatten sich recht schnell grau verfärbt. Es war das gleiche Grau wie das ihres Kleides und der Schürze. Moritz stellte sich vor, dass seine Mutter irgendwann einmal vor einem der neuen, grauen Gebäude am Alsterbecken stehen und unmerklich damit verschmelzen würde, ohne dass man erkennen konnte, welcher Teil Mensch und welcher Stein wäre.

Bevor der Kloß in seinem Hals noch größer wurde, nahm er schnell noch eine Kelle vom Eintopf.

Nach dem Essen, das schweigsam eingenommen worden war, holte Moritz den Eimer aus dem Bretterverschlag. Der langgezogene Hof, umstanden von altersschwachen Häusern, war erfüllt vom Geklapper der Küchengerätschaften, dem Schreien der Kinder, dem Fluchen der Männer und dem Keifen der Frauen.

Beißender Gestank hing in der Luft: vom Unrat in den Ecken und den schlecht abgedeckten Latrinen.

Moritz bewegte den Schwengel der Pumpe so lange auf und nieder, bis ein kräftiger Strahl Wasser kam. Als der Eimer gefüllt war, schleppte er ihn in den dritten Stock hinauf. Während die Mutter das Geschirr im Spülstein reinigte, kniete Moritz vor dem Ofen und leerte den Aschfall. Danach brachte er den Eimer wieder nach unten, durchquerte den Hof und kippte das Wasser in die Rinne in der Mitte der Twiete. Er war dort nicht der Einzige, von überall wurde Wasser ausgekippt, es floss in einem immer kräftiger werdenden Schwall die Gasse hinunter bis ins Fleet.

Auch Jette Jacobsen war da. Breitbeinig und mit nackten Füßen stand sie über der Abflussrinne, in der einen Hand den Eimer, in der anderen das geraffte Kleid und die Schürze. Mit ihren blonden Zöpfen, den blauen Augen und den Sommersprossen auf der Nase wäre Jette in dem Pulk der anderen Mädchen kaum aufgefallen. Doch sie hatte einen schönen, großen Mund, in dem die vielen weißen Zähne kaum Platz hatten, wenn sie lachte. Leider lachte sie nicht sehr oft, sie hatte nicht viel zu lachen als älteste Tochter einer kinderreichen Familie.

Moritz nickte Jette kurz zu und lief schnell in den Hof zurück. Dort stellte er den Wassereimer in den Holzverschlag, nahm einen Korb, füllte ihn mit Kohlen und Holzscheiten und kletterte wieder in den dritten Stock hinauf.

Die Eltern und Jan hatten sich in die Stube zurückgezogen, die den Eltern auch als Schlafzimmer diente. Die Jungen schliefen in der angrenzenden Kammer in einem gemeinsamen Bett. Bequem war es nicht in dem schmalen Bettgestell, und je mehr Moritz wuchs, umso enger wurde es. Daher hatten sie es sich angewöhnt, seitenverkehrt zu schlafen, jeder mit dem Kopf an den Füßen des anderen. Im Winter, wenn in dem ungeheizten Raum die Eisblumen an dem einzigen, kleinen Fenster blühten, war es ja recht gemütlich, so eng aneinanderzuliegen, doch im Sommer, wenn eine stickige Hitze herrschte, flüchtete Moritz häufig mit seiner Pferdedecke auf die Küchenbank.

Der Vater stellte die aus Resten neu gezogene Kerze auf den Eichentisch, den er vom Krämer aus zweiter Hand erstanden hatte. Moritz strich andächtig über die fast makellose Tischplatte. Er konnte nicht verstehen, wie man einen so schönen und wertvollen Tisch weggeben konnte, doch der Altwarenhöker hatte ihm erklärt, dass zurzeit die Mode wechselte und die reichen Leute ihre Möbel beim Höker ablieferten oder sie einfach verbrannten. Das sei die göttliche Gerechtigkeit, hatte Johann Forck gesagt, dass er von Zeit zu Zeit die Mode wechseln ließe, damit auch ein Arbeiter in den Genuss von schönen Dingen käme.

Der Vater lehnte sich in seinem Ohrensessel - ebenfalls aus zweiter oder dritter Hand - zurück und stopfte die kurze Pfeife, während er mit Jan über den bevorstehenden Rückgang des Eises plauderte und über die Schiffe, die dann endlich wieder an den Vorsetzen anlegen und in den Binnenhafen einfahren konnten. Bis dahin, erklärte er, müssten sie den Speicher möglichst leer bekommen.

Die Mutter hatte ihr Nähzeug auf den Knien liegen und versuchte erfolglos im flackernden Schein der Kerze einen Faden in das Nadelöhr zu fädeln. Nachdem Jan eine Zeit lang zugesehen hatte, nahm er ihr kurzerhand die Nadel aus den Fingern, leckte den Faden an und steckte ihn ohne Probleme durch den schmalen Schlitz.

»Meine Augen werden auch immer schlechter«, seufzte die Mutter.

Jan steckte eine Hand in die Hosentasche. Als er sie wieder herauszog, hatte er sie zur Faust geballt und hielt sie der Mutter vors Gesicht. »Ich habe eine Überraschung für dich. Rate mal, was es ist.«

Herta Forck erriet es nicht. Jan öffnete seine große Faust und ließ graugrüne Kaffeebohnen auf den Tisch prasseln. Dem Vater fiel fast die Pfeife aus dem Mund.

»Junge«, rief er entsetzt, »du hast doch nicht etwa Kaffee aus unserem Speicher gestohlen?«

Jan lachte nur. »Nein, Vater, die sind von Brüggemann und Konsorten. Dort ist ein Sack geplatzt, direkt neben dem Fuhrwerk. Sie haben zwar alles aufgefegt, aber zwischen den Pflastersteinen blieb vieles liegen. Diese Bohnen habe ich zusammengeklaubt.« Er griff wieder in die Tasche und förderte noch eine Handvoll hervor.

Die Mutter röstete den Kaffee so lange, bis ihr der scharfe Brandgeruch fast den Atem nahm. Auf einem Holzbrett zerkleinerte Jan die Bohnen mit der Rückseite seines Beils. Bald darauf zog der Duft von Mocca durch die Wohnung. Moritz mochte das bittere Zeug nicht, und Johann Forck lehnte aufgeklaubten Kaffee, der ihnen nicht gehörte, aus Prinzip ab. Doch Herta und Jan tranken die schwarze Brühe mit Genuss. Die Mutter bekam sogar einen Hauch von Röte auf die Wangen und etwas Glanz in die Augen.

Der Vater und Jan nahmen ihr Gespräch wieder auf. Während der Raum von den Erzählungen über Schiffe, Waren, Verpackungen und den wohlklingenden Namen ferner Hafenstädte erfüllt war, dachte Moritz an seine endlosen Stunden im Kontor von Schröder & Westphalen. Die Zeit dort, zwischen Papier, Tinte und Löschsand, erschien ihm wieder einmal wie eine lebenslange Gefängnisstrafe.

»Pfeffer ist auch so eine geruchsintensive Ware.« Jan schniefte lautstark und fuhr sich mit dem Jackenärmel unter der Nase entlang. Unwillkürlich musste Moritz an das Schnäuztuch in seiner Hosentasche denken. Er war der einzige in der Familie, der eines besaß. Der Vater hatte es ihm aufgedrängt. »Du lernst in einem vornehmen Handelshaus«, hatte er gesagt, »also musst du dich auch so benehmen.« – »Ich finde es eklig«, hatte Moritz geantwortet, »warum soll man seinen Schnodder in der Tasche spazieren tragen?« – »Schau auf die anderen, mach es genauso wie sie«, hatte der Vater angeordnet, »wir wollen nicht wie ungehobelte Menschen dastehen.« – »Ich würde lieber Quartiersmann werden wie Jan«, hatte Moritz darauf geantwortet, doch der Vater hatte nur empört geschnauft. »Ich will keine zwei Söhne in einem Beruf haben, den es vielleicht in zwanzig oder dreißig Jahren nicht mehr gibt. Es ändert sich so viel in der letzten Zeit. Wenn der Deutsche Bund kommt und die Zollfreiheit in der Stadt aufgehoben wird, brauchen wir die Waren nicht mehr zwischenzulagern. Dann werden sie sofort vom Schiff zum Ladungsbesitzer transportiert. Und wir sind arbeitslos.« – »Für einen kräftigen jungen Mann gibt es immer Arbeit«, hatte Jan dazwischen geworfen. »Ich kann auch als Schauermann arbeiten.« – »Möglich. Aber wir Quartiersleute sind am besten angesehen im Hafen. Wir sind die Treuhänder der Kaufleute. Die Schauerleute kommen erst an zweiter Stelle.«

Jan riss Moritz aus seinen düsteren Gedanken. »Erzähl doch etwas von deiner Arbeit. Ich will wissen, wie es bei feinen Leuten zugeht.«

Was gibt es da zu erzählen?, dachte Moritz. Soll ich ihm sagen, wie viel Papier ich heute vergeudet und wie viel Löschsand ich unter den Pulten zusammengefegt habe? Er dachte angestrengt über irgendetwas Interessantes nach, als ihm schließlich die Hebemaschine einfiel.

»Der Rat will einen neuen Kran bauen lassen. Der alte ist ja beim großen Brand vernichtet worden.«

»Davon habe ich gehört«, sagte Jan. »Der soll dreihundert Zentner heben. Stellt euch das vor: ganze dreihundert Zentner!«

»Es gibt einen Vorschlag für einen Holzkran. Kapitän Westphalen war ganz empört, dass es kein Kran aus Eisen werden soll.«

Vater Forck nahm die Pfeife aus dem Mund. »Eisen ist ein schwieriger Werkstoff«, sagte er bedächtig. »Es gab schon Unfälle, weil bei grimmiger Kälte das Metall gebrochen ist.«

»Roger sagt, dass Eisenmaschinen das Holz irgendwann ganz ersetzen werden.«

»Das denke ich auch«, sagte der Vater, »doch für unseren Beruf ist es egal, was für ein Kran es werden wird. Was interessieren uns Lokomotiven und Marmorblöcke? Damit haben wir Quartiersleute nichts zu tun.«

»Wer wird den Kran bauen?«, fragte Jan.

»Ein Werftbesitzer namens Elbrand. Der hat auch die Bullen im Hafen gebaut.«

Johann Forck zog erstaunt die Augenbrauen hoch. »Sieh an, der alte Elbrand. Ich dachte, der hätte sich längst zur Ruhe gesetzt.«

»Kennst du ihn?«, wollte Jan wissen.

»Kaum. Ich glaube, er war Senator. Oder Deputierter im Bauamt? Jedenfalls ein hohes Tier.«

3

Massive Eiche! Moritz konnte seinen Blick nicht von dem schönen Möbelstück losreißen. Er war noch nie im »Heiligtum« gewesen, dem Büro von Caesar Schröder, und was er jetzt sah, übertraf seine Vorstellungen bei Weitem. So einen schönen Schreibtisch möchte ich auch einmal haben, dachte er. Doch im gleichen Augenblick hatte er die enge, steile Treppe in der Holländischen Reihe vor Augen, über die man ein so großes Möbelstück wohl kaum würde nach oben schaffen können. Und wo sollte der Schreibtisch Platz finden in der kleinen Wohnung seiner Eltern?

Caesar Schröder schmunzelte. Ganz offensichtlich amüsierte es ihn, dass seinem alten Schreibtisch so viel Aufmerksamkeit zuteil wurde. Er wuchtete sich aus seinem Stuhl und trat an den massiven Schrank im hinteren Teil des Zimmers. Es knarrte, als er die beiden Schlüssel in den Schlössern drehte. Als er sich wieder zu seinem Lehrjungen umwandte, hielt er in der einen Hand einen Stoß Papiere, in der anderen eine abgeschabte Ledertasche.

»Herr Harms ist krank«, sagte er und schob den Kneifer über der Nase zurecht, »hoffentlich ist es keine Influenza.« Er runzelte besorgt die Stirn, dann wandte er sich wieder Moritz zu. »Normalerweise geht Herr Stove zum Hafen hinunter, doch er und mein Sohn sind mit dringenden Terminarbeiten beschäftigt. Deshalb musst du einen Botengang zu Kapitän Westphalen machen.«

Moritz verzog keine Miene, doch innerlich tat sein Herz einen riesigen Hüpfer. Endlich raus aus dem dunklen Kontor! Endlich durfte er in den Hafen zu Kapitän Westphalen. Obwohl er nun schon fast ein Jahr bei Schröder & Westphalen arbeitete, hatte man ihn bis jetzt noch nie dort hingeschickt.

Der Patron packte die Papiere sorgfältig in die Tasche und knotete die Bänder zusammen. Danach hielt er eine Stange Siegellack über eine Kerze und ließ den geschmolzenen Lack auf die Bänder tropfen. Mit dem Ring, den er vom Finger abgezogen hatte, versiegelte er sie. Schließlich legte er beide Hände auf die Tasche.

»Hier drin sind Konnossemente, Moritz. Das ist der Eigentumsnachweis für die Güter, die verfrachtet werden sollen. Es ist, als würdest du die Waren selbst in der Hand halten. Also sei vorsichtig. Gehe zu Kapitän Westphalen. Auf dem kürzesten Weg und nur durch die breiten Straßen. Keine Abstecher in die Gassen und Höfe. Und keinen Umweg in die Vorstadt St. Pauli. Du darfst die Tasche nie aus der Hand legen. Versprich mir das.«

Moritz wusste von seinem Vater, welch einen ungeheuren Wert ein Konnossement haben konnte, und war sich der Wichtigkeit seiner Aufgabe bewusst. Er wischte seine feuchten Hände an der Hose ab und nickte tapfer.

Die Tasche fest gegen die Rippen gedrückt, eilte er durch die Stadt. Es waren viele Leute unterwegs: Fußgänger, Lastenträger und Karrenschieber. Glücklicherweise sahen sie alle nicht wie Diebe aus. Er lief über die Trostbrücke und steuerte den Hopfenmarkt an. Es war Markttag, und wie immer wimmelte es von Händlern, Käufern und solchen Leuten, die den lieben langen Tag nichts zu tun hatten. Dieses Gewühl war Moritz nicht geheuer. Er wandte sich nach Süden und strebte über die Reimerstwiete dem Binnenhafen zu.

An den Mühren verlangsamte er seinen Schritt und blinzelte in die Sonne. Endlich frei! Auf der Hohen Brücke blieb er eine Zeit lang stehen und blickte auf die Schuten und Ewer hinunter, die festgefroren im Eis vor den Speichern lagen. Mit einem schnellen Sprung saß Moritz auf der breiten Brüstung, legte die Tasche neben sich und blinzelte in die Sonne. Nach den dunklen und kalten Tagen zwängten sich die ersten warmen Sonnenstrahlen durch die Wolken, und es war ihm, als würden sie ihn bis ins Herz hinein wärmen. Trotz der Kälte flog ihn ein Gefühl von Frühling an, er pfiff ein Lied und überlegte, ob er einen Abstecher zum Speicher seines Vaters machen sollte. Doch dort würde er nur im Wege herumstehen. Ja, wenn er Quartiersmannslehrling wäre, würde er eine Funktion im Speicher haben, hochgeachtet und anerkannt, wie es ihm jetzt schien.

Er kletterte von der Brüstung hinunter und schlenderte, tief in Gedanken versunken, weiter. An den Kajen angekommen, stutzte er: Irgendetwas stimmte nicht, etwas war anders als zuvor. Plötzlich überfiel ihn die lodernde Flamme der Erkenntnis. Es drückte ihm nichts gegen die Rippen, er hatte die Tasche nicht mehr bei sich! Einen Augenblick lang war er starr vor Schreck, dann hetzte er mit Riesenschritten zurück. Vor Anstrengung keuchend kam er bei der Hohen Brücke an. Oben auf der Brüstung, mitten im hellsten Sonnenschein, lag die Tasche. Moritz riss sie an sich, prüfte das Siegel, es war nicht erbrochen. Erleichtert stieß er die Luft aus, die er wohl die ganze Zeit angehalten hatte. Mit zitternden Händen drückte er die Tasche gegen die Brust und rannte in Richtung Baumhaus.

Das Kontor des Kapitäns lag am Steinhöft, mit Blick auf den Binnenhafen. Moritz drängte atemlos durch die Tür, die Tasche immer noch an die Rippen gepresst. Erstaunt blieb er stehen und schaute sich um. Durch eine niedrige Absperrung wurde der große Raum in zwei ungleiche Hälften geteilt. Die kleinere, fast leere Hälfte war der Eingangsbereich, in der größeren gab es einen Schrank, einen Stuhl, einen Tisch und einen hohen Lehnstuhl, der aus einem einzigen Baumstamm gearbeitet zu sein schien. In diesem Lehnstuhl saß Kapitän Westphalen.

»Komm auf diese Seite«, befahl der Klabautermann. »Aber sei vorsichtig mit der Pforte. Sie ist nicht mehr ganz in Ordnung.«

Moritz öffnete die niedrige Tür. Sie knarrte und wackelte erbärmlich. Mit einem kurzen Blick stellte er fest, dass sich ein Scharnier gelöst hatte.

»Ich sollte sie endlich reparieren lassen«, sagte Kapitän Westphalen nachdenklich.

Während er das Siegel prüfte und die Konnossemente der Tasche entnahm, schaute sich Moritz um. An den Wänden hingen Mitbringsel aus aller Welt. Rechts von ihm sperrte ein kleines Krokodil seinen Rachen auf, über ihm schwebte ein fliegender Fisch mit ausgebreiteten Flossen, auf der linken Seite hingen düstere afrikanische Masken. Etwas weiter gab es das Gebiss eines Hais zu bestaunen und das Modell einer Fregatte. Auf dem Boden stand eine Seekiste, daneben hingen eine kunstvoll geflochtene Peitsche aus feinem, weißem Leder und drei faustgroße, mit dem gleichen Leder bespannte Kugeln, die über lange, dünne Lederbänder miteinander verbunden waren.

»Was ist das?«, fragte Moritz erstaunt.

Der Klabautermann blickte hoch. »Das ist eine argentinische Bola. Die werden von den Viehtreibern geschleudert, wenn sie Stiere einfangen wollen. Die Kugeln wickeln sich um die Hinterbeine der Tiere und bringen sie zu Fall.« Er lächelte. »Das klappt natürlich nur, wenn man geübt ist.«

In diesem Augenblick verdunkelte sich der Eingang. Ein Kapitän trat ein, gefolgt von zwei Matrosen, die einen Baum hinter sich herschleppten. In der Mitte des Raumes wurde der mit Segeltuch umwickelte Wurzelballen abgestellt und der Baum aufgerichtet. Die kahlen Äste reichten bis zur Decke.

Kapitän Westphalen umrundete das merkwürdige Gewächs. »Was bringt ihr da?«, fragte er barsch.

Der fremde Kapitän zuckte mit den Schultern. »Ich weiß es nicht. Wir haben es von einem Brasilienfahrer bekommen, als wir im Hafen von Lissabon lagen. Es soll ziemlich selten sein.«

Der Klabautermann bedachte die sonderbare Pflanze mit einem misstrauischen Blick und zupfte an einem vertrockneten Zweig. Die beiden Matrosen sahen ihm teilnahmslos zu. Es waren kräftige Männer mit derben Händen, umweht von einem Geruch von Salz und Teer.

»Schlechte Ware«, sagte der Klabautermann. »Ich habe Order gegeben, nur beste Ware zu liefern.«

Der fremde Kapitän streckte bedauernd die Handflächen nach außen. »Die Reise dauerte extrem lange. Wir hatten fast nur Wind von vorne. Und dann ging das Frischwasser zu Ende. Wir konnten den Baum nur noch mit Salzwasser gießen …« Seine Stimme verlor sich im Raum.

»Kaufmann Schröder wird nicht begeistert sein«, sagte der Klabautermann. »Er wartet schon seit geraumer Zeit auf eine exotische Pflanze, die niemand anderes im Garten hat.« Er blickte noch einmal auf das gebeutelte Gewächs, dann auf den fremden Kapitän. »Sie bekommen Ihre Prämie, wenn der Baum anwächst. Vielleicht schafft es der Gärtner, der soll ja ein Meister seines Fachs sein.«

Nachdem die drei gegangen waren, widmete sich Kapitän Westphalen wieder den Papieren. Moritz goss den Baum, der nun draußen an der Hauswand lehnte, mit frischem Wasser aus der Pumpe. Danach kam er herein und betrachtete erneut die Mitbringsel. Er sah sich gerade das Kapitänsbild eines Clippers unter Leesegel an, als ihn ein Geräusch herumfahren ließ. Erschrocken machte er einen schnellen Schritt nach hinten, denn die weit aufgerissenen Augen eines getrockneten Seetieres starrten ihn an. Nachdem der erste Schreck verflogen war, musste Moritz lauthals lachen. Der merkwürdige, eckige Fisch mit dem viel zu kleinen Kopf sah wirklich zu komisch aus.

»Das ist ein Kofferfisch«, erklärte Kapitän Westphalen. »Er lebt in tropischen Gewässern. Eigentlich ist er klein, doch bei Gefahr bläst er sich auf. Ich hatte ihn für meinen Sohn –« Der Kapitän brach mitten im Satz ab. Er drehte sich abrupt um, warf den Fisch achtlos auf den Tisch, trat ans Fenster und starrte auf den Binnenhafen hinaus. »Bist du schon einmal auf hoher See gewesen?«

»Nein, ich war noch nie von Hamburg weg.«

»Recht so! Die Seefahrt ist ein gefährliches Geschäft. Zuweilen sogar tödlich.«

»Ich weiß aber alles über Segelschiffe. Und ich war auch schon ganz oben im Mast. Auf der Bramrah.«

»Wie kann man auf der Bramrah stehen, wenn man noch nicht zur See gefahren ist?«

Oh je, dachte Moritz, zu viel verraten.

»Ich erwarte eine Antwort!«, sagte der Klabautermann scharf.

»Nun ja«, stotterte Moritz. »Also es ist so: Wenn die Schiffe im Winter im Eis lagen, früher meine ich, also unbewacht waren, sozusagen, da sind meine Freunde und ich in der Takelage herumgeklettert.«

Er machte eine Pause und kam sich irgendwie ertappt vor. Der Klabautermann zog die schwarzen Augenbrauen zusammen, bis sie einen durchgehenden Strich bildeten.

»Weiter!«

»Wir haben nichts kaputt gemacht. Wir haben nur so getan, als wären wir Matrosen in der Takelage. Und dabei haben wir uns die Namen für das stehende und das laufende Gut zugerufen.«

Die Augenbrauen wanderten wieder seitwärts, der Klabautermann lächelte. »Gut so! Nur so entsteht seemännischer Nachwuchs. Die Stadt hat ohnehin einen großen Matrosenmangel.«

Eine halbe Stunde später standen sie an Deck der BÜRGERMEISTER BEHNKE. Ein Jollenführer hatte sie hingerudert, denn der Segler lag an den Pfählen im Strom.

»Routinearbeit«, hatte Kapitän Westphalen im Ruderboot erklärt. »Ich prüfe jedes Mal vor der Abreise den Proviant, damit keines unserer Schiffe mit schlechten Lebensmitteln unterwegs ist.«

Moritz hatte genickt.

»Du führst die Proviantliste«, hatte der Kapitän angeordnet.

Während Kapitän Westphalen den Bericht des Steuermanns entgegennahm, hörte Moritz plötzlich eine Stimme hinter sich.

»He, mien Jung, was machst du denn hier?«

Er schaute sich um. An Deck waren die Schauerleute damit beschäftigt, schwere Kisten über Bord zu hieven. Keiner nahm von ihm Notiz.

Wieder hörte er die Stimme. »Ich bin in der Luke, du Dösbaddel. Komm runter, wir brauchen einen Tallymann.«

Moritz beugte sich über das Lukensüll und blickte in den Laderaum hinunter. »Onkel Hermann, du hier? Ich kann nicht, ich muss den Proviant prüfen.«

»Ach was, Proviant. Wir brauchen einen Tallymann, aber einen guten. In den Kisten ist Zucker. Teure Ware. Da darf man sich nicht verzählen. Und du hast dich nie verzählt.«

Moritz schüttelte den Kopf und drehte sich weg. Kapitän Westphalen, der das Gespräch mitgehört hatte, bedachte ihn mit einem nachdenklichen Blick.

Der Steuermann führte Westphalen und Moritz in die Kajüte des Seglers und von dort über eine steile Stiege hinunter in den Proviantraum. Der Kapitän öffnete den Papiersack mit dem Schiffszwieback und nahm eine Probe. Jeweils zwei der grauen Brotscheiben waren zusammengebacken. Er roch an ihnen, trennte sie dann und begutachtete das Innere.

»Die sind noch in Ordnung«, sagte er. »Keine Maden und keine Käfer drin.«

Als nächstes kam das Fass mit dem Salzfleisch dran. Der obere Fassreifen wurde gelockert, um den Deckel abheben zu können. Dabei trat etwas Salzlake aus, die einen bestialischen Gestank nach Verwestem verbreitete.

»Stopp!«, rief der Kapitän. »Lassen Sie den Deckel drauf. Das Fass geht unbesehen an Land.«

Danach prüfte er die Qualität der Hülsenfrüchte. Die Bohnen sahen eingetrocknet aus, die Erbsen ganz klein und schrumpelig. Die würde ich nicht einmal zum Blasrohrschießen nehmen, dachte Moritz.

»Die sind in Ordnung«, sagte Kapitän Westphalen. »Wenn sie ein paar Stunden gekocht werden, sehen sie wieder aus wie frisch geerntet. Aber es sind zu wenig.«

Moritz machte in rasender Eile Notizen. Wie gut, dass Cäcilie mit mir geübt hat, dachte er in einer kurzen Verschnaufpause.

Dann waren sie wieder im Boot. Kapitän Westphalen prüfte die Liste. »Sehr brauchbar«, sagte er ruhig, »die Liste und auch der Protokollist.«

Moritz freute sich über das Lob. Bis sie wieder am Steinhöft angekommen waren, ruhte der Blick des Klabautermanns auf dem Kontorlehrling, der sich zunehmend unwohl fühlte unter dessen forschenden Augen.

Vor dem Kontor wässerte Moritz noch einmal den gebeutelten Baum. Danach reichte ihm der Klabautermann eine Depesche für Caesar Schröder und die abgewetzte Ledertasche.

»Mein Sohn wäre jetzt im gleichen Alter wie du«, sagte er mit rauer Stimme. Er stellte sich ans Fenster, blickte über den Binnenhafen zur Elbe und schien nicht mehr ansprechbar zu sein.

Auf dem Rückweg dachte Moritz über das Wort »wäre« nach. Es klang so merkwürdig: nach Vergangenheit, nach Tod. Schon wieder ein totes Kind? Er konnte sich nicht vorstellen, wie es wäre, tot zu sein, nicht einmal, wenn er an Henriette dachte. Man war nicht tot in jungen Jahren. Das Leben begann erst, jeder Tag war neu, es gab noch viel zu entdecken – da hatte man keine Zeit zum Sterben. Seine Großeltern, die waren tot, aber die waren schon müde und verschrumpelt gewesen, bestimmt fünfzig Jahre alt.

4

Die Zeit eilte im ständigen Gleichmaß dahin. Nein, nicht im ständigen Gleichmaß, das kam Moritz nur so vor. Jetzt, Ende Februar, waren die Tage und damit auch die Arbeitszeit schon ein gutes Stück länger geworden. Jeden Morgen musste Moritz etwas früher aufstehen, um den Ofen im Kontor anzuheizen. Das war lästig. Doch dafür brauchte er weniger Holz und Kohlen nach oben zu schleppen, weil die Tage nicht nur länger hell, sondern auch wärmer geworden waren.

Wenn er am frühen Morgen den Klopfer anhob und ihn gegen die Tür des alten Handelshauses fallen ließ, passierte zunächst überhaupt nichts. Dann, nach ein paar Minuten, hörte er schlurfende Schritte auf dem Steinboden, die Tür öffnete sich einen Spaltbreit, der Gärtner ließ ihn herein.

Der alte Mann mit dem muffigen Gesicht wurde im Winter mit allerlei Hilfstätigkeiten betraut. Er musste Holz und Kohlen besorgen, Vorräte an Lebensmitteln, Wein und Bier einlagern und das Haus bewachen. In der warmen Jahreszeit lebte und arbeitete er jedoch auf dem Gewese in Hamm, dem Sommersitz der Familie Schröder. Dort blühte er richtiggehend auf, war freundlich und umgänglich. Moritz hatte ihn sogar schon einmal dabei beobachtet, wie er mit seinen Blumen sprach. Nur wenn Caesar Schröder dort eine der prächtigen Gesellschaften veranstaltete, kehrte sein muffiges Wesen zurück, weil er zu Recht um seine Rosen fürchtete, die den Damen von ihren Verehrern überreicht wurden.

Täglich überlegte sich Moritz, ob er das Holz im Ofen aufs Neue anzünden sollte, hatte doch Kontorvorsteher Harms den sparsamen Umgang mit Heizmaterial angemahnt. Doch jedes Mal streckten ihm Alexander und Roger ihre Hände entgegen und fragten, ob er verantworten könne, dass sie die Korrespondenz mit steif gefrorenen Fingern erledigten müssten.

Inzwischen war das Eis auf der Elbe und in den Fleeten fast vollständig verschwunden, und die letzten Reste wurden vom anhaltenden Südwestwind weggeschmolzen. In dem Maße, in dem das Eis verschwand, kamen mehr Schiffe nach Hamburg, und jedes Schiff bedeutete auch ein Mehr an Arbeit im Kontor. Sowohl der Kontorvorsteher als auch die beiden Commis waren froh, dass es jetzt abends länger hell blieb, und nicht selten wurde Harms bei Caesar Schröder vorstellig wegen einiger zusätzlicher Kerzen.

Mehrmals in der Woche kam Cäcilie aus dem zweiten Stock herunter und drangsalierte Moritz mit unbekannten Wörtern, die er schreiben sollte und von denen er nicht einmal wusste, dass es sie gab. Und dann waren da auch noch diese vertrackten Wörter mit einem »ie« und einem »th« an Stellen, an denen er keine vermutete. Und welche mit »ieh«, die ihn in völlige Verzweiflung stürzten. Cäcilie war duldsam, wenn er mit der deutschen Sprache kämpfte, doch manchmal hatte auch ihre Geduld Grenzen.

»Moritz Forck, du bist ein Trottel!«

»Woher soll ich wissen, dass Donner mit ›er‹ am Ende geschrieben wird? Alle Leute, die ich kenne, sagen ›Donna‹ …«

»Es geht nicht darum, wie ein Wort ausgesprochen wird. Du musst die Schriftsprache können, wenn du Commis und Kaufmann werden willst.«

Moritz rammte den Federkiel ins Tintenfass. »Ich will überhaupt kein Kaufmann werden!«

Cäcilie hatte sich gefasst. Sie lächelte Moritz zuckersüß an. »Du musst aber Kaufmann werden, und zwar ein erfolgreicher. Dann hat Papa sicherlich nichts dagegen, wenn ich dich heirate.« Sie machte eine kleine Pause, in der ihr Lächeln erstarb. »Mutter hätte auch nichts dagegen … obwohl … da bin ich mir nicht ganz sicher.« Sie überlegte kurz. »Vielleicht müsstest du zusätzlich

Konsul werden oder einen Adelstitel haben. Vielleicht auch Bürgermeister sein. Nein, Bürgermeister wäre zu wenig.«

Das genau war die Stelle, an der sich Moritz aus dem Gespräch zurückzog. Er wollte kein Kaufmann werden, ihm grauste es bei der Vorstellung, sein Leben lang Papier vollschreiben zu müssen. Und Cäcilie heiraten? Eigentlich wollte er lieber Quartiersmann werden und Jette Jacobsen heiraten, wenn es unbedingt sein musste. Oder nur Quartiersmann werden …

Eines Morgens erschien Roger im Kontor mit einem Gesicht, als habe er das Geld seines Vaters im Casino verspielt. Er sprach den ganzen Vormittag kein Wort, war aber so wütend, dass er mehrere Federkiele zerbrach. Als die Schröders und auch Harms zum Mittagessen gegangen waren, machte er zum ersten Mal an diesem Tag den Mund auf. »Lass uns an diesen Alstertümpel gehen. Ich brauche frische Luft. Hier in der Stadt riecht es nach Schimmel und Verwesung!«

Sie steuerten eine abgelegene Stelle am Alsterbecken an, wo sie sich ungestört unterhalten konnten. Roger senkte den Kopf, zog seine dichten Augenbrauen zusammen und reckte das Kinn vor. Er erinnerte Moritz an einen angreifenden Stier.

»Der Rat der Stadt will diesen Entwurf der Hebemaschine ernsthaft prüfen«, stieß er hervor.

Moritz zuckte teilnahmslos mit den Schultern. »Mir kann es egal sein. Mein Vater transportiert keine Schwerlasten, er braucht keinen Kran.«

Roger ging nicht auf den Einwand ein. »Es gibt zwei Probleme«, erklärte er. »Erstens ist diese Maschine aus Holz und zweitens ist sie überhaupt kein Kran.«

»Sondern?«

»Sie ist eine Hebemaschine, wie der Name schon sagt. Dieses Ding kann nur Lasten anheben und dann an der gleichen Stelle wieder absetzen. Es kann die Lasten nicht an Land schwenken.«

»Das macht keinen Sinn«, sagte Moritz verblüfft. »So kann man doch keine Ladung aus einem Schiff bekommen.«

»Doch! Man hebt die Ladung an, schafft das Schiff beiseite, bringt eine Schute unter das Gut und senkt die Ladung dann wieder ab.«

»Und was soll das bringen? Dann hat man den Dampfkessel oder die Lokomotive immer noch nicht an Land, sondern in der Schute.«

»Die Schute wird dann zum Kai der Berlin-Hamburger Eisenbahn geschleppt und mit deren Eisenkran an Land gesetzt.«

»Dann kann man das Schiff doch gleich dort festmachen!«

»Das geht nicht. Der Binnenhafen hat zu wenig Tiefgang für die großen Schiffe.«

Moritz blickte über das Alsterbecken auf die neuen Häuser, die dort nach dem großen Brand entstanden waren. Das von Roger beschriebene Verfahren erschien ihm in der Tat recht umständlich. Vielleicht hatte ein Schiff mehrere dieser schweren Güter geladen, was dazu führte, dass es ständig hin- und herverholen werden musste.

»Warum baut man nicht den gleichen Kran wie den der Eisenbahngesellschaft?«

»Die Hebemaschine ist billiger. Außerdem scheint dieser Elbrand viele Freunde in der Deputation zu haben.«

»Und warum baut dieser Elbrand keinen eisernen Kran?«

Über diese naive Frage war Roger so verblüfft, dass er zunächst nicht antwortete. »Weil Elbrand eine Holzschiffswerft hat und keine Eisenwerft«, sagte er schließlich in einem Tonfall, als würde er einem Insassen des Siechenhauses etwas erklären. »Um einen Eisenkran bauen zu können, braucht man ein Hüttenwerk und eine Eisengießerei. Das gibt es nicht in Hamburg. Und man braucht Fachkräfte, die einen solchen Kran konstruieren können. Die gibt es nur in England. Alles, was du auf dem Kontinent aus Metall findest, kommt aus England. Wir haben die Fachleute, sonst niemand.«

Moritz begehrte auf. »Was ist mit den Eisenbrücken?«

»Aus England!«

»Und den Hamburger Schiffen, die mit Dampfmaschinen fahren?«

»Auch aus England.«

Moritz' Blick wanderte wieder zum neuen Stadtteil hinüber. Er fand die Gebäude zu groß und zu ungemütlich. Aber es sollte dort sehr fortschrittlich sein, hatte er gehört. Der englische Ingenieur, dieser William Lindley, hatte Rohre verlegen lassen, durch die das Abwasser unterirdisch in die Elbe floss. Und das Trinkwasser wurde sogar durch Bleileitungen bis in die Häuser gebracht.

»Hat man Herrn Lindley gefragt, welchen Kran er empfehlen würde?«

Roger lächelte säuerlich. »Ja, hat man. Aber Mr. Lindley hat gesagt, dass er mit wichtigeren Dingen beschäftigt ist, als sich um einen einzelnen Kran zu kümmern. Er hat dem Rat der Stadt empfohlen, sich den Kran der Eisenbahngesellschaft anzusehen.«

»Natürlich ein Kran, der in England gebaut worden ist.«

»Ganz richtig.«

Sie machten sich auf den Rückweg. Während Roger mit düsterem Blick vor sich hinbrütete, sah sich Moritz interessiert die Boote auf der Alster an. Da wurden vornehme Männer von ihren Domestiken gerudert, während sie gelangweilt eine Angel hielten. In einem Boot, das am Ufer festgemacht war, saß ein nach der neuesten englischen Mode gekleideter Herr und las in einem Buch. Diese Engländer haben schon sehr merkwürdige Angewohnheiten, dachte Moritz. Er versuchte sich Roger vorzustellen, wie er inmitten der belebten Alster in einem Boot sitzend ein Buch las. Es gelang ihm ohne Schwierigkeiten.

Die jungen Damen auf dem Jungfernstieg nickten Roger zu, doch der nahm heute keine Notiz von ihnen.

»Ärgere dich nicht«, sagte Moritz. »Bald bist du wieder in England. Was interessiert dich dann eine hölzerne Hebemaschine in Hamburg.«

Roger hatte die Hände hinter dem Rücken verschränkt und starrte vor sich hin. »Diese unsägliche Maschine ist wohl nicht zu verhindern. Es sei denn, man könnte Elbrand stoppen.«

Sie bogen in die Große Reichenstraße ein. Vor dem Handelshaus hob Roger den Kopf und schob das Kinn angriffslustig vor.

»Heute Abend gibt es in der Patriotischen Gesellschaft ein Streitgespräch zwischen diesem Elbrand und einem Agenten der Iron Company aus Birmingham. Diese Company stellt sehr gute Eisenkräne her. Ich werde hingehen und mir die Sache anhören. Sicherlich werden alle von der modernen Technik des englischen Eisenkrans begeistert sein.«

Nachdem Harms und die beiden Commis das Kontor verlassen hatten, musste sich Moritz, wie jeden Tag, über die Pulte und den Löschsand hermachen. Das störte ihn nicht, denn es war von jeher die Aufgabe des Lehrlings, das Kontor in einem ordentlichen Zustand zu hinterlassen. Und schließlich konnte er sich mit dem Gedanken trösten, dass der nächste Lehrling diese Aufgabe zu übernehmen hatte, wenn er selbst ein ausgebildeter Commis geworden war.

Mit der Arbeit zu Hause war es jedoch etwas anderes. Hier war er als das jüngste Kind für den Ofen und das Wasser zuständig, und dass ihm diese Aufgabe irgendwann einmal abgenommen werden würde, war wenig wahrscheinlich. Also machte er sich auch an diesem Abend mit dem Eimer auf den Weg zur Twiete, um das Abwaschwasser in den Rinnstein zu kippen. Wieder schwoll das Rinnsal in der Straße zu einem Bach und dann zu einem Fluss an, bevor es sich in den Fleet ergoss. Und wieder war Jette Jacobsen da. Moritz schaute zu ihr hinüber. Er hob die Hand zu einem flüchtigen Gruß, einem sehr flüchtigen Gruß. Jette musste ihn dennoch bemerkt haben, denn sie legte ihre großen Zähne frei und lachte Moritz an.

Das war zu viel. Schnell griff er nach seinem Eimer und rannte in den Hof zurück. Erst am Holzschuppen hielt er an und lehnte sich gegen die Latten des Verschlags. Warum schaue ich immer nach Jette, dachte er verwirrt, wo ich sie doch schon seit ewigen Zeiten kenne? Und dann habe ich ihr heute sogar zugewinkt, wie peinlich. Hoffentlich hat sie es nicht gesehen. Natürlich hat sie es gesehen, sie hat sogar gelacht.

Noch während er die steile Stiege hinaufkletterte, dachte er an Jette. Sie kannten sich wirklich schon lange. Als kleiner Junge hatte er mit ihr gespielt, wie auch mit den anderen Kindern aus den Höfen. Doch dann war es plötzlich anders geworden. Man spielte nicht mehr mit Mädchen, die waren so komisch geworden, ständig hatten sie etwas miteinander zu tuscheln und zu kichern. Anscheinend fühlte Jette auch kein Bedürfnis mehr, mit ihm zu spielen, sie waren sich aus dem Wege gegangen und sich schließlich fremd geworden.

Doch nun hatte sich offensichtlich wieder etwas verändert. Jette war in die Länge geschossen, sah schon fast erwachsen aus, obwohl sie so dünn war. Und wenn sie ihn auf der Twiete mit ihren blauen Augen ansah, ziepte es ihm im Magen. Gleichzeitig hörte er ein Geräusch in den Ohren, als wäre die große Glocke von St. Katharinen geschlagen worden. Er hätte sich gerne mit ihr unterhalten, würde es bestimmt auch irgendwann einmal tun – aber keinesfalls heute, und morgen wahrscheinlich auch nicht.

Mittlerweile war er im dritten Stock angekommen.

»Nanu, Moritz«, sagte die Mutter, »heute kein Holz und keine Kohlen?«

5

Während der Nacht hatte es kräftig geregnet, doch jetzt, am Morgen, zogen nur noch ein paar verirrte Wölkchen über den Himmel. Moritz schlenderte durch die Kühle des anbrechenden Tages zum Kontor. Er fühlte sich leicht, eine zitterige Aufgeregtheit hatte sich seiner bemächtigt, ohne dass er hätte sagen können, woher sie kam. Aber ungeachtet dieses schönen Tages würde er immer noch Feuer im Ofen machen müssen, denn in den dicken Mauern des Handelshauses hielt sich hartnäckig die Winterkälte.

Er war nicht allein auf der Straße, aus den Höfen und Gängen strömten die Arbeiter zum Hafen. Nahezu alle kamen Moritz entgegen, in seine Richtung ging kaum jemand. Manche der Männer plauderten und lachten mit ihren Kollegen, andere trotteten müde und mit verschlossenen Gesichtern einher. Moritz blickte ihnen sehnsüchtig nach. Jetzt, wo es wärmer geworden war, wollte er mehr denn je umkehren und mit ihnen gehen. Dorthin, wo man den ganzen Tag an der frischen Luft arbeitete und unter seinesgleichen war.

Obwohl Moritz am Abend zuvor die Pulte im Kontor hergerichtet hatte, kontrollierte er noch einmal die Tinte in den Fässchen, überprüfte die Spitzen der Federkiele und den Sand in den Dosen. Vor dem Pult des Kontorvorstehers schaute er sich aufmerksam um. Es war noch niemand im Kontor. Schnell nahm er den Deckel vom Fässchen und krümelte eine Prise Löschsand hinein. Der Sand würde sich an der Federspitze festsetzen und bewirken, dass die Feder beim Schreiben schmierte. Das war seine kleine, süße Rache, weil Harms ihn immerzu wegen seiner Schrift und seiner Rechtschreibung rügte. Bei dem Gedanken, dass Harms einen Brief wegen der Tintenkleckse noch einmal würde schreiben müssen, grinste Moritz gehässig. Ganz sicher würde er für seine Unachtsamkeit beim Reinigen der Tintenfässer von Harms getadelt werden, vielleicht musste er sogar mit einer Ohrfeige rechnen, doch das war ihm die Sache wert.

Da er immer noch allein im Kontor war, öffnete er die Glastüren des Kontorschranks, nahm die in Schweinsleder gebundenen »Gesetze und Verordnungen der Stadt Hamburg« heraus und blätterte interessiert darin. Auf einer Verordnung vom Oktober 1842 blieb sein Blick haften: *»Polizey-Verbot des eigenmächtigen Ausgrabens und Versetzens von Laternenpfählen«*, stand da. Und weiter: *»Der unterzeichneten Behörde ist zur Kunde gekommen, daß Laternenpfähle an den Straßen und in den Ruinen von Unbefugten ausgegraben und versetzt worden sind. Dieses augenscheinlich höchst widerrechtliche Verfahren wird hierdurch bei Arreststrafe untersagt.«*

Moritz schmunzelte. Immerhin sind die Pfähle nicht gestohlen worden, dachte er.

Im Oktober 1844 hatte sich der Rat der Stadt Gedanken über die Behinderung der Fußgänger auf den Gehsteigen gemacht und verfügt, *»daß auf den Trottoirs sowie auf den öffentlichen Fuß-Promenaden keine Packen, Körbe und sonstige einer bequemen Passage hinderlichen oder lästigen Gegenstände getragen werden dürfen, es auch verboten ist, die Trottoirs oder Fuß-Promenaden mit Schiebekarren oder Wagen zu befahren«*.

Er schüttelte ungläubig den Kopf. Diese Verordnung schien offensichtlich niemandem bekannt zu sein, denn häufig konnte er sich auf seinen Spaziergängen mit Roger vor den Karrenschiebern nur durch einen schnellen Sprung auf die Fahrbahn retten, da diese nie, absolut nie Platz machten.

In der Halle fiel die Tür schwer ins Schloss. Schnell legte Moritz das Buch zurück. Der Kontorvorsteher kam die Treppe herauf, überflog seinen Arbeitsplatz, fand alles gewissenhaft gerichtet und nickte kaum merklich. Er holte das Kassenbuch aus dem »Heiligtum«, streifte die Ärmelschoner über und vertiefte sich in seine Unterlagen.

Auf der Treppe, die vom zweiten Stock ins Kontor herunterführte, polterte es, dann erschienen Caesar Schröder und Alexander. Der Kaufmann schaute sich wohlwollend um, stutzte kurz, als er den Arbeitsplatz von Roger Stove leer fand, ging dann ohne einen Kommentar in sein Büro.

Moritz hörte müde Schritte die Treppe heraufkommen. Das war Roger, reichlich verspätet. Harms räusperte sich laut und anhaltend, doch der Commis bemerkte es nicht. Er war übel gelaunt, stierte mit rot unterlaufenen Augen auf sein Pult und sonderte ein Gemisch aus Alkohol und Schweiß ab.

Alexander grinste anzüglich. »Du musst eine aufregende Liebesnacht hinter dir haben, Roger.«

»Liebesnacht? Überhaupt keine Liebesnacht! Ich habe mich betrunken, weil ich ärgerlich war.«

Alexander war von seinem Thema nicht abzubringen. »Wollte die Dame nicht so wie du?«

Roger rülpste ungeniert in den Raum. »Ich musste mich betrinken, weil ich mich über diese verfluchte Hebemaschine geärgert habe.«

Kontorvorsteher Harms, der bereits Anstalten gemacht hatte, das Gespräch der Commis zu unterbinden, spitzte die Ohren.

»Der Rat der Stadt wird sich wohl für diesen hölzernen Kran aussprechen«, fuhr Roger fort, »und damit bekommt Elbrand den Auftrag.«

Alexander lümmelte sich gelangweilt an sein Stehpult. »Bei Gott, Roger! Es ist doch egal, ob dieser Schwergutkran aus Holz oder Eisen ist. Hauptsache, er funktioniert.«

»Er funktioniert nicht! Ich habe mir gestern Elbrands Vortrag angehört. Es ist eine Katastrophe. Die Arbeit mit der Maschine ist umständlicher, als sie es mit dem fünfhundert Jahre alten Tretradkran gewesen ist.«

Alexander rieb nachdenklich mit dem Daumen an der Nase entlang. Es war eine Geste, die auch sein Vater machte, wenn der überlegte. »Ich kann nicht glauben, dass die Ratsherren einem solchen Unsinn zustimmen werden.«

Roger zuckte resigniert mit den Schultern. »Wahrscheinlich hat Elbrand gute Freunde in der Kaufmannschaft und auch im Rat der Stadt. Oder …«

Harms, der nähergetreten war, machte eine abwehrende Handbewegung, mit der er Roger Stove zum Schweigen bringen wollte.

»… es ist ihm irgendwer bei der Baudeputation verpflichtet. Vielleicht hat jemand Geld von ihm genommen.«

»Herr Stove!« Der Kontorvorsteher hatte einen roten Kopf bekommen und nestelte nervös an seinem steifen Kragen herum. »Ich möchte hiermit klarstellen, also ein für alle Mal klarmachen, dass weder die Kaufmannschaft noch die Deputierten noch der Rat der Stadt Hamburg bestechlich sind. Das trifft auch auf die Bürger zu, auf diese im Besonderen, wir leben schließlich in einem unbescholtenen Gemeinwesen.« Nach dieser langen Rede, die Harms überraschenderweise zu Ende gebracht hatte, musste er erst einmal Luft holen. Doch dann legte er wieder los: »Also, wie gesagt, ohne mich wiederholen zu wollen, oder wenn doch, dann nur der Deutlichkeit wegen: Wir sind ein honorables Gemeinwesen, das nur dem Wohle der Bürger und dem Fortschritt verpflichtet ist.« Er hatte den Zeigefinger erhoben, fuchtelte damit in der Luft herum und blickte strafend um sich. »Im Übrigen steht es Ihnen als Gast unserer Stadt nicht zu, über diese Dinge, die sich wahrscheinlich Ihrem Urteil entziehen, zumindest, soweit es den großen Zusammenhang betrifft …« Jetzt hatte Harms doch wieder das Ende des Satzes verloren. Er blickte Roger böse an. »Arbeiten Sie weiter, Herr Stove«, sagte er kurz. Dann blickte er auf Moritz, als würde er seiner jetzt erst gewahr werden. »Was machst du hier? Wenn du nicht sofort auf deinen Platz verschwindest, werde ich dir nachhelfen, sozusagen deinen Bewegungsdrang befördern, handgreiflich, wenn es sein muss.«

In diesem Augenblick donnerte der Klopfer gegen die Tür des Hauses. Moritz hörte das Schlurfen des Hausmeisters, die schwere Eingangstür knarrte in den Angeln, dann war eine laute, befehlsgewohnte Stimme zu vernehmen. Der Gärtner stieg ohne Eile die Treppe hinauf, durchquerte schlurfend das Kontor, schob den Vorsteher beiseite, als sei er ein lästiges Insekt, betrat Caesar Schröders »Heiligtum« und schloss gewissenhaft die Tür hinter sich. Kurz darauf schoss Caesar Schröder mit hochrotem Kopf aus seinem Büro, den Gärtner hinter sich herziehend. Beide verschwanden nach unten.

Da stimmt was nicht, dachte Moritz. Kaufmannsknechte mit Aufträgen ihrer Herren konnten es nicht sein, die da unten in der Diele warteten, denn die fertigte der Kontorvorsteher alleine ab. Es konnten aber auch keine Ewerführer mit Waren gekommen sein, da sich der Speicher von Schröders & Westphalen am Ness befand. Und wenn es andere Kaufleute gewesen wären, hätte Caesar Schröder den Kontorvorsteher mitgenommen und nicht den Gärtner.

Alexander rieb sich wieder nachdenklich die Nase, Roger Stove starrte teilnahmslos auf sein Pult und schien nichts zu bemerken, Harms stand verloren im Raum. Er war sich offensichtlich nicht sicher, ob er seinem Patron folgen sollte. Schließlich rieb er verlegen die Hände aneinander, als wäre ihm kalt, sagte etwas, das nach »Nun, wie auch immer« klang und ging gemessenen Schrittes und erhobenen Hauptes zu seinem Pult zurück.

Plötzlich polterte es auf der Treppe. Es hörte sich an, als würde eine Abteilung des Bürger-Militärs in den ersten Stock hinaufsteigen, doch es waren nur Caesar Schröder, ein Mann in einem dicken, dunkelblauen Mantel und drei Polizeioffizianten. Der Mann im Mantel blieb vor Roger stehen.

»Sind Sie Stove?«

Roger stierte ihn mit seinen rotgeränderten Augen an. »*Yes, Sir*«, sagte er ruhig, »ich bin Roger Stove. Und wer sind Sie?«

Der Mann ging nicht auf die Frage ein. »Sie sind festgenommen«, schnarrte er. »Sie werden des Mordes an dem Werftbesitzer Elbrand verdächtigt.«

Eine bleierne Stille legte sich über den Raum, das Ticken der großen Standuhr war überdeutlich zu vernehmen. Moritz fühlte einen merkwürdigen Geschmack im Mund, irgendwie pelzig. Seine Zunge fuhr über die Lippen, als würde sie nicht zu ihm gehören.

Roger Stove rührte sich nicht. Er schaute den Mann im blauen Mantel verständnislos an. *»Interesting«*, sagte er, mehr nicht.

Zwei Polizeioffizianten nahmen Roger in die Mitte, der Mann mit dem blauen Mantel setzte sich an die Spitze des Zuges, der dritte Offiziant bildete die Nachhut. So steuerten die vier Männer und der Verhaftete auf die Treppe zu.

»Halt!«

Die Stimme Caesar Schröders donnerte durch den Raum, in dem die Kontorbediensteten hilflos herumstanden. Der Mann im blauen Mantel reagierte nicht, ebenso wenig wie die Offizianten. Doch sie alle hatten nicht mit der Wendigkeit des Hausherrn gerechnet. Plötzlich stand er vor ihnen, hoch aufgerichtet, in voller Leibesfülle und versperrte ihnen den Weg nach unten.

»Ich bin Reserveoffizier des Bürger-Militärs!«, brüllte Caesar Schröder. »Welchen Dienstrang bekleiden Sie?«

Die Offizianten nahmen Haltung an, der Mann im blauen Mantel sackte etwas in sich zusammen. »Ich bin Sergeant Heißig. Ich habe den Befehl, diesen Mann zu arretieren.«

Schröder machte eine wegwerfende Handbewegung. »Alle Leute in diesem Haus stehen unter meinem Schutz. Hier wird niemand ohne meine Zustimmung abtransportiert.«

»Das mag schon sein«, sagte der Sergeant, »aber ich habe meine Befehle.«

»Bitte folgen Sie mir in mein Büro«, sagte der Reserveoffizier Schröder. Es hörte sich durchaus nicht wie eine Bitte an.

Die Polizeioffizianten warteten mit dem Verhafteten unten in der Diele. Oben im Kontor war wieder nur das Ticken der Uhr zu hören. Harms saß tief gebeugt über seinem Kassenbuch, doch es sah nicht aus, als würde er Zahlen eintragen. Alexander machte keine Anstalten, irgendwelche Aktivitäten vorzutäuschen. Er stand an seinem Pult und blickte durch das Fenster auf die gegenüberliegende Hauswand. Moritz fühlte sich aller Energie beraubt. Er machte den mühsamen Versuch, einige Zeilen zu kopieren, doch recht bald ließ er es sein, weil alles vor Fehlern strotzte.

Schließlich öffnete sich die Tür des »Heiligtums«. Sergeant Heißig schritt an den Commis vorbei nach unten, bellte seine Befehle, Füße scharrten über den Steinfußboden, dann knallte die Tür ins Schloss.

Caesar Schröder versammelte seine Leute um sich. »Wie Sie gehört haben«, begann er mit schleppender Stimme, »ist Herr Stove wegen des Verdachts, den Werftbesitzer Elbrand ermordet zu haben, verhaftet worden.« Er griff in die Hosentasche und wischte sich mit einem Taschentuch den Schweiß aus dem Gesicht. »Ich kann es nicht glauben, doch die Umstände sprechen gegen ihn. Er ist in der Nacht beobachtet worden, als er sich im Herrengraben mit Herrn Elbrand gestritten hat. Es muss ziemlich laut und heftig zugegangen sein. Einige Zeit später wurde der Werftbesitzer von der Nachtwache entdeckt. Er lag tot auf dem Boden, offensichtlich erstochen.«

Caesar Schröder blickte sich hilflos um, wieder wischte er sich mit dem Taschentuch übers Gesicht.

»Der Arme«, sagte Alexander mitfühlend. Es war nicht zu erkennen, ob der den Werftbesitzer oder Roger meinte.

»Der Arme, der Arme«, äffte eine helle Stimme von der Treppe her. Dort stand Cäcilie, die Hände auf die Hüften gestützt, und bedachte ihren Bruder mit einem giftigen Blick.

»Du sollst nicht lauschen«, sagte Caesar Schröder matt. »Hier passieren schreckliche Dinge. Das ist nichts für kleine Mädchen.«

»Ich bin kein kleines Mädchen! Und ich lausche auch nicht. Mama hat schon mehrfach zum Essen klingeln lassen, aber die Herrn sitzen wohl auf ihren Ohren.«

Niemand sagte etwas.

»Was wollt ihr jetzt tun?«, fragte Cäcilie.

Alexander blickte seine Schwester verwirrt an. »Was können wir schon tun? Wenn er unschuldig ist, wird er bald wieder frei sein.«

»Er ist unschuldig!«, bestimmte Cäcilie.

»Die Gerechtigkeit nimmt ihren Lauf«, sagte Caesar Schröder.

Cäcilie fuchtelte undamenhaft mit den Händen. »Wir müssen etwas tun! Wir können Roger doch nicht alleine lassen.«

»Du wirst doch nicht schon wieder etwas aushecken?«, fragte Alexander erschrocken. »Denke daran, dass dies ein ehrbares Handelshaus ist. Es schadet dem Geschäft, wenn wir uns in aller Öffentlichkeit für einen Mörder einsetzen.«

»Wir müssen doch nicht jedem erzählen, dass wir für Roger etwas tun wollen.«

Die Familie Schröder begab sich zum Mittagessen ins zweite Obergeschoss des umgebauten Speichers. Was die Arbeiter früher den »zweiten Boden«, genannt hatten, bezeichnete Anna Louise Schröder heute als »Beletage«. Caesar Schröder und seine Frau nahmen auf den harten Stühlen mit den hohen Rückenlehnen Platz, die Kinder warteten, bis sich die Eltern gesetzt hatten. Das Hausmädchen stand vor dem kleinen Geschirrraum, der von Schröders nach Art der Segelschiffe als »Pantry« bezeichnet wurde. Die Köchin war nicht anwesend, sie bereitete das Essen in einem steinernen Anbau im Hof vor, des offenen Feuers und der permanent drohenden Brandgefahr wegen.

Caesar Schröder blickte über die Häupter der Anwesenden, senkte dann den Kopf und faltete die Hände. Das Hausmädchen zupfte ihre gestärkte Schürze zurecht und stellte die Füße züchtig nebeneinander. Der Hausherr betete halblaut und dankte Gott dafür, dass er sie so sicher durch das Leben führte und ihnen immer eine gefüllte Suppenterrine schenkte.

Caesar Schröder war kein gläubiger Christ. Er ging zwar jeden Sonntag mit seiner Familie in die Kirche, wie es der Anstand und seine Stellung vorschrieben, doch spendete er keine Kerzen. Er lehnte diese Art von Bestechung ab, wie es die Katholiken taten, um Gott auf ihre Seite zu ziehen. Er machte grundsätzlich keine Geschäfte mit Personen, die ihm nicht persönlich bekannt waren oder ausdrücklich von glaubwürdigen Geschäftspartnern empfohlen wurden. Und Pastor Kielmann war keine Autorität, auf die er sich verlassen wollte. Außerdem schien ihm der Allmächtige ohnehin ein Gott der Frauen zu sein. Ihm vertrauten sie sich an mit ihren großen und kleinen Wünschen, und manchmal wurden sie erhört. Auch die Wunder der neueren Zeit, von denen allenthalben berichtet wurde, kamen fast ausschließlich den Frauen zugute. Warum also, fragte sich der Kaufmann Caesar Schröder, sollte sich ein Mann einem Gott der Frauen anvertrauen?

Ungeachtet dessen hatte er sich jedoch ein Repertoire an Floskeln und Versatzstücken zurechtgelegt, das es ihm ermöglichte, das Mittagsgebet zu sprechen, ohne sich im Laufe des Jahres allzu oft zu wiederholen, und das ihm das Wohlwollen seiner Frau und auch das der Kochfrau einbrachte.

Nach dem Gebet blickte er mit ernster Miene in die Runde. Madame zog die Augenbrauen fragend hoch, Alexander starrte auf seinen Teller, Cäcilie rutschte nervös auf dem Stuhl hin und her und nestelte an ihrer Serviettentasche mit dem eingestickten Monogram. Die Mutter legte ihre Hand auf Cäcilies Arm. Es sah wie eine beruhigende Geste aus, doch der Druck war unangenehm stark. Ärgerlich zog Cäcilie die Hand weg.

Das Hausmädchen brachte einen Krug Braunbier und schenkte der Reihe nach ein. Dann servierte sie Fleischbouillon mit Mehlklößchen. Zwischen den sorgfältig gezupften Augenbrauen der Hausfrau bildete sich eine steile Falte.

»Von links vorlegen!«, zischte sie.

Alexander schaute zu seiner Mutter und rümpfte missbilligend die Nase.

Madame streifte mit einem hilfesuchenden Blick die drei dunklen Ölgemälde an der Längswand, die Familienangehörige derer von und zu Kerkenstein zeigten, die Vorfahren Anna Louise Schröders. »Wir wollen doch auf die Etikette achten«, sagte sie.

Nach der Vorsuppe stapfte die Kochfrau die steile Stiege auf der Rückseite des Speichers herauf, erhitzt vom Herdfeuer und den zahlreichen Stufen.

Cäcilie verzog das Gesicht. »Schon wieder Fisch«, flüsterte sie Alexander zu.

»Stint ist gerade billig«, sagte die Kochfrau. »Dazu gibt es Kartoffel-Speck-Salat. Und auf besonderen Wunsch des Herrn Alexander habe ich Erbsenpüree gemacht.«

Das Hausmädchen legte vor, diesmal ängstlich auf die richtige Seite achtend.

Das Hauptgericht wurde in absoluter Stille und in angemessener Aufmerksamkeit den Gaben Gottes gegenüber eingenommen. Schließlich legte der Hausherr das Besteck beiseite, nahm die Serviette vor den Mund, rülpste verhalten und blickte zur Köchin hinüber, die in der Pantrytür auf Abruf stand. »Das Essen war ausgezeichnet«, sagte er, »wir klingeln, wenn wir etwas brauchen.«

Man wartete, bis die Kochfrau und das Hausmädchen weit genug die knarrende Treppe hinuntergestiegen waren, dann informierte Caesar Schröder seine Frau über den Tod Elbrands und die Verhaftung des Commis' Roger Stove.

»Elbrand?« Madame blickte auf die Bilder ihrer Vorfahren. »War das nicht dieser ungehobelte Zimmermann?«

»Elbrand war ein Meister des Schiffbaus. Er war Werftbesitzer und ein erfolgreicher Kaufmann«, begehrte Caesar auf.

»So genial kann er nicht gewesen sein«, giftete Cäcilie. »Die Konsul Hagemeister sank bereits auf der Jungfernfahrt.«

Alexander sah seine Schwester ärgerlich an. »Man sagt, dass das Schiff überladen war.«

»Man sagt aber auch, dass es schlecht gebaut war«, keifte Cäcilie zurück.

»Der musste so enden, der war gottlos, ich habe ihn noch nie in der Kirche gesehen«, meldete sich Madame zu Wort. Und dann sagte sie noch, mit tiefem Bedauern in der Stimme: »Der arme Roger. So ein feiner Mensch und aus einer so vornehmen Familie.«

Schweigen im Speisezimmer. Ein jeder hing seinen Gedanken nach. Cäcilie zog das Messer über den Hohlsaum der Tischdecke, Anna Louise Schröder blickte sich im Raum um, ihre Mundwinkel wanderten nach unten.

Das macht dich nicht jünger, dachte Cäcilie.

»Caesar! Wir müssen weg von hier. Ich möchte keine Minute länger in dieser Gegend wohnen, wo immerzu Menschen umgebracht werden.«

Der Hausherr gab sich erstaunt. »Wir leben in einer ruhigen Gegend, Anna Louise. Hier passiert nie etwas. Wir hatten noch nie einen Toten.«

»Aber jetzt haben wir einen Mord. Nicht sehr weit von uns entfernt. Ich fühle mich hier nicht mehr sicher.«

Cäcilie warf ihrer Mutter einen schnellen Blick zu. Wieder die alte Leier, dachte sie.

»Der Mord ereignete sich am Herrengraben in der Neustadt«, sagte Caesar Schröder. »Das ist in der Nähe des Hafens, also nicht vor unserer Tür.«

»Wir sollten überhaupt nicht hier wohnen, mit oder ohne Mord. Dieser alte Kasten ist nicht standesgemäß. Er ist viel zu wenig repräsentabel. Ich möchte in eines der großen, neuen Häuser am Jungfernstieg ziehen.«

Wusste ich's doch, dachte Cäcilie.

Caesar Schröder warf empört seine Serviette auf den Tisch. »Der Herr hat uns beim großen Brand verschont, weil wir gottgefällig sind. Wir leben bescheiden und frönen nicht der Völlerei. Er hat uns diesen Platz zugewiesen, damit wir unser Feld beackern. Sollen wir Gott für seine Nachsicht strafen?«

Cäcilie senkte den Kopf und lächelte. Ihr Vater war zwar nicht gläubig, doch wenn es ihm sinnvoll erschien, benutzte er Gott ohne Skrupel für seine Zwecke. Mit ziemlichem Erfolg, denn damit war die Diskussion ein für alle Mal beendet. Wobei »ein für alle Mal« höchstens ein paar Wochen umfasste, denn Cäcilie wusste, wie hartnäckig ihre Mutter sein konnte.

Die Kochfrau brachte den letzten Gang.

»Grießbrei!«, rief Alexander erfreut und stürzte sich auf den Teller.

»Ich gehe jetzt nach Hause«, sagte die Kochfrau. »Der kalte Braten für das Abendbrot steht in der Speisekammer.«

Das Mädchen räumte ab. Als es versehentlich Alexanders Arm streifte, fiel ein Teller zu Boden. Hastig sammelte es die Scherben auf und stolperte mit hochrotem Kopf zur Treppe.

»Ich verstehe nicht«, murrte Madame, »dass die Kochfrau jetzt geht, wo wir noch beim Essen sind.«

»Sie arbeitet nur vormittags, liebste Frau Mama«, sagte Cäcilie.

Madame schnaubte empört. »Wenn sie wenigstens gut kochen könnte. Immer gibt es diese Hausmannskost, die sie in ihrem Dorf gelernt hat. Und dann das Hausmädchen! Die ist völlig ungelenk mit ihrem dicken Pferdehintern. Überall eckt sie an.«

Caesar Schröder und Alexander schnappten empört nach Luft, Cäcilie schaute demonstrativ an ihrer Mutter herunter und blieb an deren ausladenden Hüften hängen.

»Hatte Elbrand Feinde, Herr Papa?«, fragte Cäcilie nach einer Zeit des Schweigens.

Caesar Schröder zog die Schultern hoch. »Jeder Kaufmann hat Feinde. Und ein erfolgreicher hat besonders viele Neider.«

»Sie könnten sich vielleicht umhören, Herr Papa, ob ihm jemand etwas Böses wollte. Sie treffen doch jeden Tag halb Hamburg an der Börse.«

»Unmöglich! Ich bespitzele keine Geschäftsfreunde«, entgegnete Caesar Schröder entrüstet und mit hochrotem Kopf. »Außerdem ist Mord nicht üblich unter Kaufleuten. Wenn wir jemand erledigen wollen, treiben wir ihn in den Konkurs.«

Cäcilie spielte nachdenklich mit dem Messer. »Vielleicht ist die Börse doch nicht der richtige Ort ...« Sie prüfte mit dem Daumen die Schärfe der Schneide. »Abendgesellschaften! Das ist es. Auf Abendgesellschaften wird viel geredet. Über Gott und die Welt. Ganz sicher auch über diesen schrecklichen Mord.«

Caesar Schröder schlug mit der flachen Hand so heftig auf den Tisch, dass die Gläser hochsprangen. »Cäcilie, mäßige dich! Frauen sind für das Haus zuständig und nicht für Dinge, die außerhalb geschehen.« Er musterte seine Familie, einen nach dem andern, mit einem bösen Blick. »Außerdem gehen wir nicht auf Abendgesellschaften.«

Am anderen Ende der Tafel knallte Madame ihr Glas auf den Tisch. »Doch! Wir gehen auf Abendgesellschaften. Meine Eltern bemühten sich immer um Einladungen, das war eine gesellschaftliche Verpflichtung. Aber in diesem alten Speicher wird man ja lebendig begraben.« Sie tupfte mit der Serviette das Bier auf, das aus dem Glas geschwappt war. »Außerdem müssen Alexander und Cäcilie lernen, wie man sich in großen und vornehmen Gesellschaften bewegt.«

Alexander streckte abwehrend die Hände von sich. »Abendgesellschaften«, stöhnte er, »endloses Gequatsche über Kleider und über Könige, Prinzen und Fürsten. Nicht mit mir!«

»Alexander Friedrich! Drücke dich gewählter aus. Deinem Stand entsprechend.«

»Ich gehe auch nicht mit«, erklärte Caesar Schröder und verschränkte demonstrativ die Arme vor der Brust.

Armer Papa, dachte Cäcilie, natürlich wirst du mitgehen.

Anna Louise wandte sich ihrer Tochter zu. »Ende nächster Woche gibt Senator Albers ein Dinner am Alsterdamm. Ich werde dafür sorgen, dass wir eine Einladung bekommen.«

An diesem Nachmittag brachte Moritz eine eilige Nachricht zum Steinhöft. Kapitän Westphalen riss das Couvert auf, las die Mitteilung und blickte Moritz erschrocken an.

»Elbrand ermordet?« Der Klabautermann schüttelte den Kopf, als wolle er verscheuchen, was er gerade gelesen hatte. Mit zitternder Hand legte er das Schreiben auf den Tisch, erhob sich schwerfällig und trat ans Fenster. »Kein Mord ohne Motiv«, sagte er nachdenklich, mehr zu sich als zu dem Lehrling.

Darüber hatte Moritz auch schon nachgedacht.

»Vielleicht hat ihm jemand aufgelauert, der es auf seinen Geldsäckel abgesehen hatte«, brummte Kapitän Westphalen vor sich hin, »es treibt sich ja allerlei Gesindel in der Stadt herum.«

Am Abend fegte Moritz gerade das Kontor in der Großen Reichenstraße, als plötzlich Cäcilie in den Raum platzte. Sie war reichlich aufgeregt und hatte rote Flecken am Hals. »Wir müssen etwas tun«, stieß sie hervor, »wir müssen Roger befreien.«

»Willst du das Gefängnis stürmen? Das hat feste Mauern und wird bewacht.«

»Ich will ihn nicht mit Gewalt befreien, du Trottel. Wir müssen Erkundigungen einholen, die beweisen, dass Roger diesen Elbrand nicht umgebracht haben kann.«

»Wie willst du das machen?«

»Wir hören uns um. Ich bei den Kaufleuten und du im Hafen. Der Mord ist doch in eurer Nähe passiert. Vielleicht hat jemand etwas gehört oder gesehen.«

»Nun ja, in unserer Nähe war es nicht.« Moritz dachte nach. »Es könnte jemand von den Freunden des Eisenkrans gewesen sein. Die lagen im Streit mit Elbrand.«

»Ach was! Das sind Menschen, die immer nur über Maschinen reden, die wissen doch nicht einmal, wie man ein Messer anfasst.«

Moritz war sich nicht sicher, ob Roger oder ein anderer Verfechter der Metalltechnik wirklich so ungeübt im Umgang mit Messern war, denn schließlich waren Messer aus Metall. »Ich werde die Ohren aufsperren«, sagte er.

»Und ich höre mich bei der Kaufmannschaft und unter den Deputierten um. Immerhin war dieser Elbrand recht bekannt in der Stadt.«

»Wie willst du das machen? Man wird ein Mädchen nicht gerade für voll nehmen.«

Cäcilie richtete sich auf und blitzte Moritz zornig an. »Ich werde es herausbekommen! Immerhin bin ich eine Schröder. Und hinterher wird man mich für voll nehmen.«

Moritz verstand nicht, was sie damit meinte, dass sie »eine Schröder« sei, doch er fand sie sehr schön, wie sie dastand – so aufrecht, mit flammendem Blick. Sie sah so ähnlich aus wie die Frau auf dem Bild von der Revolution in Frankreich, die auf den Barrikaden die Fahne schwenkte. Doch die zeigte erfreulich viel Busen, was Cäcilie nun leider überhaupt nicht tat.

6

Johann Forck und Jan löffelten den aufgewärmten Bohneneintopf vom Vortag. Die Mutter hatte sich, wie auch schon in den letzten Tagen, in die Kammer der Söhne zurückgezogen. Keiner wusste, ob sie Schmerzen hatte, sie weinte viel, wollte aber nicht, dass eine der heilkundigen Frauen aus der Nachbarschaft gerufen wurde.

»Wie geht es Mutter?«, fragte Moritz besorgt.

»Wie gestern«, brummte der Vater, »keine Änderung.«

Moritz hatte eigentlich keinen Hunger, als er jedoch Jans gierigen Blick sah, häufte er sich schnell zwei Kellen Eintopf auf den Teller. »Es gab da einen Mord am Herrengraben«, sagte er mit vollem Mund.

»Schon gehört«, sagte Johann Forck kurz, »so was spricht sich im Hafen schnell rum.«

Jan griff nach dem gusseisernen Topf und kratzte mit seinem Löffel darin herum. »Die Leute am Hafenrand sind nicht besonders traurig über einen toten Elbrand«, sagte er. »Sicherlich gibt es einige, die gerne mitgeholfen hätten.«

»Was erzählt man sich?«, fragte Moritz gespannt.

Jan war immer noch mit dem Topf beschäftigt. »Nichts Genaues. Nur, dass dieser Werftbesitzer nicht gerade beliebt war.«

»Man bringt niemand um, nur weil er nicht beliebt ist.«

»Etwas finde ich erstaunlich …«, sagte Jan und steckte sich den Löffel in den Mund.

»Was?«

»Die Werften liegen doch auf dem Grasbrook. Wenn dieser Elbrand auf dem Weg nach Hause war, hätte er eigentlich in die andere Richtung gehen müssen.«

»Vielleicht wollte er sich ein bisschen die Beine vertreten.«

Mit gespieltem Erstaunen riss Jan die Augen auf. »Machen diese Leute so etwas? Ich dachte, die fahren immer mit der Kutsche.«

Moritz schaute zu seinem Vater hinüber. »Könntest du nicht … Du könntest doch mal …« Er wusste nicht, wie er seine Bitte formulieren sollte. »Ich meine, du könntest dich doch mal im Hafen umhören. Vielleicht spricht man dort über den Mord.«

Johann Forck stopfte umständlich seine Pfeife. »Was gehen uns die Probleme der reichen Leute an?«

»Der arme Roger sitzt im Gefängnis. Er ist mein Freund, und er ist unschuldig. Ich will ihm helfen.«

»Nee, nee, das mach ich nicht. Die Leute werden sagen, der alte Forck ist verrückt geworden. Er kümmert sich um die Reichen, seit sein Sohn Kontorlehrling geworden ist.«

So ist dem Vater nicht beizukommen, dachte Moritz.

»Ich habe mich heute mit der Tochter meines Patrons unterhalten. Sie sagt, dass ihre Mutter nicht mehr in dieser Gegend bleiben will, wo so viel Gesindel wohnt. Wo ständig Mörder und Totschläger unterwegs sind.«

Johann Forck richtete sich auf. Kerzengerade saß er da, seine Augen blitzten. »Was meint sie mit *dieser Gegend*? Welche *Gegend*?«

»Na, die Gegend eben, in der dieser Elbrand umgebracht wurde. Vielleicht meinte sie die Hafengegend, der Herrengraben reicht ja fast bis zum Binnenhafen.«

Der Quartiersmann trommelte ärgerlich mit den Fingern auf die Tischplatte.

»Und dann hat Madame Schröder noch gesagt, dass sie vielleicht wegziehen wollen.«

»Wegziehen? Wohin?«

»Was weiß ich. Wegziehen eben. Jedenfalls weg aus dieser Stadt, wo ein Mörder frei herumläuft.«

»Und dein Lehrvertrag?«

Moritz schwieg. Er blickte auf die Tischplatte, die wohl niemand mehr gescheuert hatte, seit Mutter krank war. Der Vater paffte hektisch und nebelte sich in eine Tabakswolke ein. Moritz wartete.

»Wenn ihr euch nicht umhören wollt, werde ich es selbst machen«, sagte er schließlich.

Dem Quartiersmann fiel vor Schreck die Pfeife aus dem Mund. »Bist du verrückt, Junge? Mit Mördern ist nicht zu spaßen. Wer einmal mordet, macht es auch ein zweites Mal.«

»Ich werde Roger helfen!«

Johann Forck blickte unschlüssig zu seinem älteren Sohn hinüber. Der hatte inzwischen den letzten Rest aus dem Topf gekratzt.

»Fragen kostet nichts«, sagte Jan.

Der Vater ließ sich Zeit. Er schaute erst auf Moritz, dann horchte er eine Zeit lang zur Kammertür hin. »Gut, gut. Am Wochenende haben wir eine Quartiersmannsversammlung. Dort werde ich die Sache vorbringen. Man wird mich allerdings für verrückt erklären.« Er verzog gequält das Gesicht. »Und es könnte mich meinen guten Ruf kosten.«

Moritz lehnte sich erleichtert auf der Küchenbank zurück. Dieses Problem war erst einmal gelöst. Doch wirklich zufrieden war er nicht, denn da war noch das zweite Problem. Bei dem konnten ihm jedoch weder sein Vater noch Jan helfen, damit musste er ganz allein fertig werden. Das war nicht leicht, denn er kannte sich wenig mit Mädchen aus vornehmem Hause aus. Er kannte sich überhaupt nicht gut mit Mädchen aus.

Nachdem Cäcilie im Kontor wie eine Rachegöttin aufgetreten war, hatte sie Moritz über das Gespräch beim Mittagessen im Detail informiert. Das war natürlich streng geheim, und so verwunderte es Moritz nicht, dass Cäcilie ganz nahe an ihn heranrückte. Am Anfang hatte er noch zugehört, doch dann schienen seine Ohren zu versagen. Alles, was sie sagte, war irgendwie in Watte gepackt. Dafür schienen seine anderen Sinne extrem geschärft. Diese Nähe, diese Wärme, dieser Geruch! Irgendwie roch sie nach Blumen, Frühlingsblumen, welche, wusste er nicht. Cäcilie roch ganz anders als seine Mutter, obwohl diese auch gut roch.

Cäcilie musste wohl ein fürchterlich schlechtes Gewissen bekommen haben, weil sie das Gespräch ihrer Eltern an ihn, einen Fremden, weitergegeben hatte. Jedenfalls schwankte sie plötzlich, lehnte sich schwer an ihn, war ganz außer Atem. Schließlich raffte sie sich auf, schleppte sich zur Tür und stieg wortlos die Treppe hinauf.

Zurück blieb ein verwirrter Lehrling, der sich fragte, warum ihn ihre Wärme und ihr Geruch mehr beschäftigten als ihre Beinahe-Ohnmacht.

7

Trotz der schrecklichen Vorkommnisse gingen die Geschäfte bei Schröder & Westphalen ihren gewohnten Gang, wenn auch nicht so reibungslos wie zuvor. Roger Stove fehlte überall, am meisten jedoch bei der englischen Korrespondenz. Kontorvorsteher Harms wollte die Lücke füllen, doch sein Englisch war so schlecht, dass er schnell wieder aufgab.

Der Einzige, der fließendes Englisch sprach, war Kapitän Westphalen. Doch den konnte man ja wohl nicht als Commis im Kontor beschäftigen. Caesar Schröder löste das Problem, indem er Moritz zwei Tage nach der Verhaftung mit Briefentwürfen zum Steinhöft schickte.

Als Moritz in Kapitän Westphalens Kontor stürzte, prallte er gegen einen Mann. Der Zusammenstoß war so stark, dass sich der Mann am Türrahmen festhalten musste, um nicht umgerissen zu werden. Er hustete ein schreckliches Husten, das aus den Tiefen seines Brustkorbs kam, er konnte fast nicht aufhören. Moritz entschuldigte sich wortreich, doch der Mann ging einfach an ihm vorbei und spuckte seinen Auswurf ins Hafenbecken.

Merkwürdig, dachte Moritz, dass der jetzt noch hustet. Im Winter, wenn die Stadt unter dem immerwährenden Nieselregen zu leiden hatte, husteten viele Leute, manchmal wachte Moritz von den Hustenattacken auf, die über den Hof schallten. Doch jetzt, wo es wärmer war und die Fenster wieder geöffnet werden konnten, husteten eigentlich nur noch die ganz alten Leute.

Kapitän Westphalen war an die Tür getreten. »Das ist Hinrich Quast«, sagte er. »Früher war er Schiffszimmermann, ein sehr guter sogar. Doch dann sank sein Schiff vor Borkum.« Der Kapitän sah dem Mann hinterher. »Er hat als Einziger überlebt, weil er sich am Mast festgebunden hatte. Als man ihn auf den Strand zog, war er mehr tot als lebendig. Die Inselbewohner haben ihn gesund gepflegt, doch seine Lunge haben sie nicht wieder hinbekommen.« Der Kapitän trat von der Tür zurück. »Auf See ist er nicht mehr zu gebrauchen. Aber bei mir als Knecht ist er genau richtig. Es ist immer von Vorteil, einen Zimmermann im Hause zu haben.«

Der Klabautermann streckte die Hand aus, Moritz reichte ihm die Postmappe.

»Kannst du Englisch?«

»Ein paar Wörter«, sagte Moritz, »was man so braucht als Tallymann.«

»Sehr gut! Bis der Commis Stove zurück ist, wirst du hier schreiben, was ich dir diktiere.«

Moritz wich erschrocken zurück. »Ich habe noch nie ein englisches Wort geschrieben.«

»Dann wirst du es lernen«, sagte der Klabautermann kühl.

In den folgenden Tagen kam es Moritz vor, als sei er bei einem immerwährenden Nachhilfeunterricht mit Cäcilie, nur eben auf Englisch. Es war niederschmetternd, wie wenig die Aussprache mit den geschriebenen Wörtern übereinstimmte. Doch mit der Zeit merkte er, dass die Geschäftskorrespondenz häufig aus den immer gleichen Sätzen bestand. Und er stellte zu seiner großen Freude fest, dass es im Englischen viel seltener Wörter mit »ie« und anscheinend kein einziges mit »ieh« gab.

Nachdem er die ersten Schwierigkeiten überwunden hatte, fühlte er sich wohl im Kontor, durch dessen offene Tür die Gerüche von Salzwasser und Teer hereinwehten, auch wenn es reichlich kalt war im Raum.

»An Bord gibt es auch keinen Ofen«, hatte Kapitän Westphalen erklärt, »doch dafür viel frische Luft. So wie hier.«

Was sich für Moritz wirklich als problematisch erwies, war das fehlende Stehpult. Er musste am Tisch sitzen und schreiben, was er als überaus unbequem empfand.

Kapitän Westphalen war und blieb ein Rätsel für Moritz. Morgens, wenn er mit den Briefentwürfen kam, schien der Kapitän hocherfreut, ihn zu sehen. Sie tranken einen goldgelben Tee zusammen, den Hinrich Quast in dünnen japanischen Teetässchen servierte. Sie plauderten ein wenig über dieses und jenes, und manchmal erzählte der Klabautermann von seinen Reisen, bevor er sich an die Übersetzung der Briefe machte. Um die Mittagszeit jedoch, wenn Moritz seine mitgebrachten Brotkanten verzehrte, wurde der Kapitän immer einsilbiger. Dann stand er stundenlang am Fenster und schaute auf den Binnenhafen hinaus. Am Nachmittag saß er in seinem riesigen Sessel und murmelte mit düsterem Blick Unverständliches vor sich hin. Das war der Zeitpunkt, an dem sich Moritz vor ihm fürchtete und froh war, wieder in die Große Reichenstraße zurückkehren zu können.

Die Arbeit am Steinhöft befreite Moritz nicht von den Pflichten eines Kontorlehrlings. Nach wie vor musste er die Tintenfässer auffüllen und die Federkiele zurechtschneiden. Lediglich das Ausfegen gestaltete sich einfacher, weil er jetzt nicht mehr Rogers Wanderdüne beseitigen musste. Doch er hätte gern ganze Schiffsladungen Löschsand aufgefegt, wenn er den englischen Commis damit aus dem Gefängnis hätte freikaufen können.

An einem dieser Abende stand Cäcilie wieder im Kontor.

»Deutschstunde!«, rief sie fröhlich.

»Keine Deutschstunde. Ich schreibe jetzt englisch.«

Sie schaute überrascht.

»Es ist einfacher, als es aussieht.«

»Dann brauchst du mich ja wohl nicht mehr«, sagte sie schnippisch und wandte sich zur Tür.

»Halt! Ich brauche dich. Ich muss doch wieder deutsch schreiben, wenn Roger zurückkommt.«

Sie stieg die Treppe hoch, ohne ihn zu beachten.

»Außerdem ...« rief ihr Moritz hinterher, doch plötzlich fehlten ihm die Worte. »Na ja«, krächzte er, »es gefällt mir, wenn du mich hier besuchst.«

Cäcilie kam die Treppe wieder herunter, trat direkt vor ihn und lächelte. »Sicherlich wolltest du gerade sagen, dass du mich leiden magst.«

Da war er wieder, dieser Kloß im Hals. »Eigentlich ja«, quetschte er hervor.

Plötzlich war es unerträglich heiß im Kontor. Schnell ging er in die Knie und fegte ziellos auf dem Boden herum. Cäcilie lehnte sich gegen Rogers Schreibpult und schaute ihm zu.

»Wie gefällt es dir da unten am Hafen?«

»Gefällt mir gut. Nur Kapitän Westphalen ist manchmal komisch.«

»Komisch? Ist er ein Clown?«

»Nein, eher seltsam. Morgens ist er ganz fröhlich. Aber nachmittags schaut er immer so düster. Irgendwie gefährlich.«

Cäcilie schwieg lange. Dann schniefte sie, faltete die Hände und blickte zu Boden. »Er schaut nicht böse«, sagte sie leise, »er schaut traurig.«

»Wieso traurig? Er sitzt am Hafen zwischen seinen Erinnerungen und kann die Schiffe sehen. Besser kann es ein alter Kapitän doch wohl nicht haben.«

»Du machst ihn traurig, sagt Mama.«

Mit Getöse fiel die Kehrschaufel zu Boden. »Das kann nicht sein. Er sagt mir immer, dass er mit meiner Arbeit zufrieden ist.«

»Es ist nicht die Arbeit. Du bist es. Er hat zu Mama gesagt, dass du ihn so sehr an seinen Sohn erinnerst.« Ihre Stimme war jetzt so leise, dass er sich zu ihr hinbeugen musste. Sie schniefte wieder. »Ich kenne die Geschichte von Onkel Harry. Ich hoffe, dass mir nie im Leben so etwas passiert.«

Cäcilie trat ans Fenster. Sie blickte hinaus, wie es auch ihr Vater tat, wenn er nachdachte. Dann nestelte sie am Beutelchen an ihrem Handgelenk und zog ein seidenes Taschentuch hervor.

Erst tupfte sie sich die Augen, dann schnäuzte sie sich – lautstark und undamenhaft. »Onkel Harry war früher Kapitän eines englischen Klippers. Er brachte Tee von Ceylon. Sicherlich hat er damals gute Geschäfte gemacht, denn er kaufte sich von seinen Ersparnissen zwei Schiffe, als er sich hier in Hamburg niederließ. Er tat sich mit meinem Vater zusammen, und die beiden gründeten das Handelshaus Schröder und Westphalen.« Wieder tupfte sie ihre Augen. »Papa und Onkel Harry passen hervorragend zueinander. Wie du ja weißt, hat jedes Handelshaus, das etwas auf sich hält, ein oder zwei eigene Schiffe.«

Moritz war zu ihr ans Fenster getreten. Es machte ihn ganz traurig, dass ihre Stimme so kraftlos klang.

»Irgendwann beschloss Mama, dass Onkel Harry heiraten sollte, obwohl er das übliche Heiratsalter weit überschritten hatte. Sie hörte sich um und fand schließlich die Tochter eines englischen Kaufmanns. An ihre Hochzeit kann ich mich nicht erinnern, ich war noch zu klein. Aber Justin, ihren Sohn, kannte ich. Wir spielten oft miteinander.« Cäcilie lächelte wehmütig. »Er war ein süßer kleiner Junge, der sich für alles interessierte, was mit Schiffen zu tun hatte. Wenn Onkel Harry ihn mit an Bord der HENRIETTE nahm, war die Mannschaft aus dem Häuschen. Der Bootsmann nahm ihn auf die Schultern und trug ihn an Deck herum.« Sie wandte sich zu Moritz und schaute ihn hilfesuchend an. »Eines Tages reiste Frau Kapitän Westphalen mit Justin nach England, um ihre Verwandtschaft zu besuchen. Onkel Harry hatte ihnen einen Platz auf einem Segler reserviert, der ihm komfortabel und stark gebaut schien.«

Ihre Stimme wurde noch leiser. Moritz ahnte, was gleich kommen würde. Wegen der Gefahr einer Ohnmacht legte er den Arm um ihre Schulter.

»Das Schiff kam nicht in England an, es sank noch in der Nordsee. Alle Leute ertranken, bis auf einen Mann.«

Jetzt weinte Cäcilie jämmerlich. Sie fiel nicht in Ohnmacht, klammerte sich aber fest an Moritz.

Wenn ich der Sohn von Kapitän Westphalen gewesen wäre, dachte er, dann würde ich jetzt tot im Wasser liegen. Er fühlte sich mit dem kleinen Justin und dem Kapitän verbunden. Und natürlich auch mit Cäcilie, die jetzt laut schluchzte.

»Seit dieser Zeit kleidet sich Onkel Harry nur noch in Schwarz. Er ist immer schroffer geworden, selbst Mama kommt nicht mehr an ihn heran. Man erzählt sich, dass er kaum schläft und dass die Kerzen in seinem Haus bis zum frühen Morgen brennen.«

Wie jeden Abend schleppte Moritz den Eimer mit dem Abwaschwasser zur Twiete und kippte ihn in den Rinnstein. Er schaute sich um, doch Jette Jacobsen war nicht da. Gerade wollte er zurück in den Hof gehen, da streifte sein Blick eine Gestalt, die zusammengesunken auf den Stufen von Wilhelm Stehrs Ausrüstungsgeschäft saß. Der Kleidung nach konnte es nur Jette sein. Sie hatte ihre Arme auf die Knie gelegt, den Kopf darauf gebettet und schien zu schlafen. Zu ihren Füßen stand der gefüllte Wassereimer.

In diesem Augenblick rollte ein beladener Bierwagen von St. Annen heran. Die Pferde mussten einiges an Gewicht ziehen, und der Kutscher, hochrot im Gesicht vom Freibier, hatte einige Mühe, den breiten Wagen an den Begrenzungspollern und den Niedergängen zu den Wohnkellern vorbeizulavieren. Für einen Wassereimer war kein Platz mehr. Moritz hielt vor Schreck die Luft an. Die Pferde kamen gerade noch an Jettes Eimer vorbei, doch das Vorderrad des Wagens stieß gegen das Hindernis und kippte es um. Es schepperte laut, und ein breiter Wasserschwall ergoss sich zur Straßenmitte.

Jette Jacobsen bemerkte offensichtlich nichts davon, jedenfalls rührte sie sich nicht. Sie sieht aus, dachte Moritz erschrocken, als wäre sie tot. Er drückte sich schnell in einen Gang und ließ die Pferde und den Wagen vorbei. Dann griff er nach dem Eimer, der glücklicherweise unbeschädigt war. Er lief in seinen Hof, pumpte Wasser und kam mit dem vollen Eimer zurück. Vorsichtig berührte er Jette am Arm. Sie schreckte hoch und schaute ihn mit einem ausdruckslosen Gesicht und kleinen Augen an.

»Bist du müde, Jette?«

Sie rieb sich die Augen und gähnte. »Habe ich geschlafen?«

»Ja, ziemlich fest.«

Jette rückte auf den Stufen etwas zur Seite, so dass sich Moritz setzen konnte.

»Ich bin immer müde«, sagte sie, »Ich muss mich ständig um meine Geschwister kümmern, immerzu.« Sie drehte an einer Haarsträhne, die sich aus ihrem Zopf gelöst hatte. »Vater arbeitet den ganzen Tag, und Mutter ist auch weg. Sie ist Zugehfrau.« Jette zog den Rock über den Knien stramm nach unten, so dass der Saum über ihre nackten Füße fiel. »Es ist nicht leicht für die Eltern, uns Kinder satt zu bekommen. Sie müssen viel arbeiten.«

8

Als Moritz am folgenden Abend im Keller eine Ladung Löschsand in die Dosen füllte, hörte er über sich das Knarren der Tür. Er blickte hoch, doch der Schein der Kerze reichte nicht aus, um den ganzen Keller auszuleuchten. Dann waren Schritte auf den Stufen über ihm, leichte, vorsichtige Schritte. Bevor er sehen konnte, wer die Treppe herunterkam, roch er es schon: Cäcilie!

»Bist du es, Moritz?«

»Cäcilie, was willst du hier? Wenn dich deine Mutter im Keller entdeckt, gibt es einen fürchterlichen Krach.«

Er hörte ihr helles Lachen, dann stand sie vor ihm.

»Mama würde sagen, dass Mädchen von meinem Stand nichts in einem Keller zu suchen haben.« Sie kicherte. »Aber Mama hat sich zum Kartenspielen zur Bürgermeisterin fahren lassen. Und Vater und Alexander sind mit dem Gärtner auf dem Gewese, um nach dem Rechten zu sehen. Das Hausmädchen ist auch nicht da, die hat heute ihren freien Abend. Wir sind allein im Haus, Moritz!«

Sie raffte ihre Röcke und setzte sich auf eine Stufe. Da er nicht mit der Kerze in der Hand neben einem Mädchen stehen wollte, setzte er sich auch. Sogleich benebelte ihn der Duft von Frühlingsblumen, diesmal jedoch durchmischt mit den Ausdünstungen der Sauerkrautfässer.

Cäcilie schaute ihn an, als hätte sie ihn noch nie gesehen. Aufmerksam tasteten ihre Augen sein Gesicht ab. Dann blickte sie in den dunklen Keller hinunter. »Hast du eine Freundin, Moritz?«

Er dachte an Jette Jacobsen. Dann räusperte er sich umständlich, um Zeit zu gewinnen. »Nein, eigentlich nicht.«

»Ich habe auch keinen Freund.« Das klang traurig. »Ich hätte aber gerne einen. Einen, der mich immerzu küsst.«

Das Mädchen immer vom Küssen reden, dachte Moritz. Kann man sich mit ihnen nie über etwas anderes unterhalten?

»Ich habe noch nie einen Mann geküsst«, sagte Cäcilie leise.

Moritz schwieg.

Plötzlich fuhr sie herum und blitzte ihn böse an. »Ich habe bald Geburtstag. Dann bin ich achtzehn und habe noch nie geküsst.«

»Ich auch nicht.«

»Du bist erst fünfzehn, du hast noch Zeit. Aber ich bin dann schon fast eine alte Jungfer.«

Moritz beteuerte wortreich, dass sie keine alte Jungfer sei, sondern ein junges Mädchen, und dass das mit dem Küssen bestimmt noch kommen werde.

Beide schwiegen. Es war so still im Keller, dass Moritz die Gasblasen an der Oberfläche der Sauerkrautfässer platzen hörte.

»Würdest du mich küssen?«, fragte Cäcilie.

Moritz hatte das Gefühl, als habe man ihm gerade einen Eimer kaltes Wasser über den Kopf geschüttet. Dieses Angebot kam doch sehr plötzlich, da musste er erst überlegen. Wenn ich sie einmal küsse, wird sie immer mehr wollen, dachte er. Jette würde das bestimmt nicht gut finden. »Ich werde dich nicht küssen.«

»Bin ich dir zu alt?«

»Mein Bruder sagt, man verliebt sich, wenn man sich küsst. Ich will mich aber nicht in dich verlieben. Du wirst irgendwann einen reichen Mann heiraten, und dann sitze ich hier auf der Kellertreppe und bin todunglücklich.«

Cäcilie seufzte laut und anhaltend. »Wenn es nach meiner Mutter geht, wird es wohl so kommen.« Sie überlegte einen Augenblick, dann schien sie einen Ausweg gefunden zu haben, denn ein spitzbübisches Lächeln breitete sich in ihrem Gesicht aus. »Du könntest Majordomo bei mir und meinem Gemahl werden, also Haushofmeister. Dann könnten wir uns häufig auf der Kellertreppe küssen. Und ich hätte einen Geliebten, wenn mein Mann auf der Börse ist.«

»Nee«, sagte Moritz, »das ist vielleicht bei reichen Leuten so üblich, aber darauf lasse ich mich nicht ein. Ich möchte lieber eine Freundin haben, die ich auch woanders küssen kann.«

Mit einem Satz war Cäcilie auf den Beinen. Sie stampfte heftig mit dem Fuß auf. »Wenn ich dir zu reich bin, dann kannst du meinetwegen die Kochfrau küssen. Oder das Hausmädchen.«

»Ach nein.« Er schüttelte energisch den Kopf. »Die Kochfrau ist so alt wie meine Mutter. Und das Hausmädchen hat eine Hasenscharte. Das ist bestimmt hinderlich beim Küssen.«

Er stand auf, weil sie auch stand. Und dann fragte er sich, warum er sich verteidigen musste, denn eigentlich wollte er sie gar nicht küssen, das war ihre Idee gewesen.

Cäcilie schien überhaupt nicht zugehört zu haben. Sie beugte sich zu ihm hin und drückte ihm einen Kuss auf die Wange. »Das«, sagte sie atemlos, »war jetzt ein Kuss von *Cäcilie auf der Kellertreppe*. Darauf musst du ganz stolz sein, denn so habe ich bisher nur meinen Vater geküsst.« Sie tastete nach seiner Hand und drückte sie fest. »Du darfst niemandem etwas davon erzählen, das ist unser Geheimnis. Du musst schwören.«

Moritz spürte ihre Wärme und roch die Frühlingsblumen und das Sauerkraut. Letzteres stärker als zuvor. Das sollte ein Kuss gewesen sein? Das hatte er sich anders vorgestellt. Und dann fragte er sich, was es da weiterzuerzählen gab, denn so aufregend war der Kuss von »Cäcilie auf der Kellertreppe« nun wirklich nicht gewesen.

»Soweit ich weiß«, sagte er mit einem kühnen Schwung in der Stimme, »küsst man sich normalerweise auf den Mund. Jedenfalls machen es meine Eltern so. Und mein Bruder Jan mit seiner Verlobten auch. Ganz oft und ganz lange.«

Cäcilie schnaubte empört. »Das ist in unserem Stand nicht üblich. Vielleicht bei euch, wo man es nicht so genau nimmt, woher die Kinder kommen.«

Jetzt war es Moritz, der nach Luft schnappen musste. Das konnte er nicht auf sich sitzen lassen, das ging gegen seine und die Ehre seiner Familie. »Meine Eltern schauen sicherlich ganz genau hin, wen sie küssen, Cäcilie. Und ich habe noch nie gesehen, dass mein Vater eine andere Frau geküsst hat.« Und dann sagte er noch, dass die Kinder nicht vom Küssen kommen und dass Cäcilie ihn jetzt gefälligst auf den Mund küssen solle, sonst würde es mit dem Haushofmeister nichts werden.

»Du bist frech, Moritz Forck«, schrie Cäcilie. »Ich will dich nie wiedersehen!«

Sie raffte ihre Röcke und machte Anstalten, nach oben zu eilen. Doch sie eilte nicht. Sie blieb auf der Treppe stehen und fixierte ihn mit einem zornigen Blick. »Ich habe es mir überlegt. Da ich dich ohnehin nie mehr wiedersehen werde, macht es bestimmt nichts aus, wenn ich dich zum Abschied küsse.«

Sie beugte sich nach vorn und hauchte ihm einen flüchtigen Kuss auf den Mund.

Moritz fuhr sich mit der Zunge über seine Lippen. Es schmeckte süß, fand er, aber auch, dass an einem Kuss nicht annähernd so viel dran sei, wie die Leute immer erzählten.

»Jetzt sind wir verlobt«, flüsterte sie.

Moritz betrachtete Cäcilie. Sie war sehr schön, wie sie so dastand, mit geschlossenen Augen, hinter sich die Kerze, die einen Heiligenschein um ihre blonden Haare zauberte. Er tastete nach ihrer Hand. So standen sie sich gegenüber – im Keller, in dem es nach Frühlingsblumen und Sauerkraut roch.

»Etwas stimmt nicht«, sagte er, »das war doch nur ein verbotener Kuss auf der Kellertreppe. Danach ist man bestimmt nicht verlobt. Und außerdem ging es viel zu schnell, ich habe fast nichts gespürt.«

Cäcilie ließ seine Hand los.

»Vielleicht könnten wir eine Stufe tiefer gehen und es noch mal probieren, Cäcilie.«

»Du bist unglaublich dreist, Moritz Forck! Du bis ja schlimmer als die Leutnants des Bürger-Militärs.«

Sie raffte ihre Röcke und rauschte nach oben. Moritz setzte sich auf die Treppe und schmunzelte. Er konnte beim besten Willen nicht erkennen, was an einem zweiten Kuss dreist sein sollte, wo sie sich doch gerade verlobt hatten.

9

Anfang März brach wieder eine schwere Zeit für die Männer der Stadt an. Die Frauen rissen sämtliche Fenster auf, bewaffneten sich mit Schrubber und Eimer und überschwemmten die Stuben mit Seifenwasser. Wer sich da nicht rechtzeitig in Sicherheit brachte, wurde von einer Sintflut hinweggespült.

Der Frühjahrsputz ging auch an den Bediensteten im Speicher der Familie Schröder nicht spurlos vorüber. Madame hatte durchgesetzt, dass das Kontor gesäubert werden musste. Eines Vormittags wurden alle nach draußen gescheucht mit dem drohenden Hinweis, auf keinen Fall vor elf Uhr wieder im Kontor zu erscheinen. Dann rückten die Kochfrau, das Hausmädchen und andere weibliche Hilfskräfte an und machten sich mit Scheuersand, grüner Seife und Essigessenz über die Fußbodendielen und insbesondere über die Tintenflecke her.

Diesen Hinauswurf aus den eigenen Räumen ertrugen Caesar Schröder und Alexander recht angenehm in einem Kaffeehaus in der Nähe der Börse. Harms war nach Hause gegangen und Moritz schlenderte ziellos durch die Stadt. Als die Verbannten schließlich zur vereinbarten Zeit wieder im Kontor erschienen, gesellte sich auch Kapitän Westphalen zu ihnen. Offensichtlich wollte der etwas mit seinem Partner besprechen. Als er jedoch den gescheuerten, nassen Fußboden sah und den scharfen Geruch einatmete, drehte er sich empört auf dem Absatz um und verschwand mit dem Hinweis, dass sich keine von den Frauen erdreisten solle, ihn mit Schrubber und Feudel auf dem Steinhöft heimzusuchen.

Auch Moritz wäre gerne aus dem feuchten Dunst des Kontors in die frische Luft des Hafens geflüchtet, doch ausgerechnet heute gab es nichts zu übersetzen. So holte er das Blatt Papier mit den untauglichen Schreibversuchen aus seinem Pult, tauchte die Feder ins Tintenfass und machte einen dicken Strich neben die bereits vorhandenen Striche. Jeder neue Strich bedeutete einen Tag mehr, den Roger Stove im Gefängnis saß, insgesamt waren es jetzt sieben. Moritz klappte das Pult zu, faltete die Hände und betete für eine baldige Freilassung seines Freundes.

Caesar Schröder war nach dem Kaffeehausbesuch noch in der Stadt unterwegs gewesen, doch pünktlich zum Mittagessen erschien er wieder im Speicher. Er sprach das Mittagsgebet und empfahl den Commis Roger Stove ausdrücklich der Gnade Gottes. Madame schaute fragend, sagte jedoch nichts. Nach dem Essen, als die Kochfrau und das Hausmädchen auf dem Weg hinunter in die Küche waren, faltete der Hausherr sorgfältig seine Serviette, räusperte sich und schaute mit ernstem Blick in die Runde.

»Ich war heute bei Johann Christian Grapengiesser, dem Capitain der Nachtwache. Wir kennen uns aus alten Zeiten, als wir im gleichen Corps dienten. Wir sind freundschaftlich verbunden, wenn ich so sagen darf.«

Cäcilie war wie elektrisiert. Sie nestelte nervös an der Seidenmanschette ihres Ärmels, die Mutter schien es nicht zu bemerken.

»Johann Christian hat mich über den Ablauf des Abends informiert, an dem der Werftbesitzer Elbrand ermordet wurde. Roger Stove und Elbrand waren in der Patriotischen Gesellschaft gewesen, der Werftbesitzer hat dort seine neueste Erfindung vorgestellt.«

»Die Hebemaschine«, stöhnte Alexander.

Caesar runzelte die Stirn ob dieser Unterbrechung, fand aber schnell den Faden wieder. »Offensichtlich haben beide die Gesellschaft zu unterschiedlichen Zeiten verlassen, sich jedoch in der Nähe des ›Hotels zum Kaiserhof‹ wieder getroffen. Dabei gerieten sie in einen heftigen Streit. Nach Angaben einer Anwohnerin wurden die beiden Männer so laut, dass sie davon aufwachte. Sie drohte ihnen mit der Nachtwache und hätte den Männern – nach eigenen Angaben – liebend gerne den Nachttopf über die Köpfe gegossen, wenn der denn schon voll gewesen wäre.«

Cäcilie prustete laut los, was ihr die strafenden Blicke ihrer Mutter und ihres Bruders einbrachte.

»Wie die Frau aussagte, waren ihr die Männer nicht bekannt. Doch sie erkannte am Akzent, dass einer von ihnen ein Engländer sein musste.«

»Was sagt Roger dazu?«, fragte Alexander.

»Er bestreitet nicht die Auseinandersetzung auf der Straße. Aber er bestreitet, dass er mit dem Tod von Herrn Elbrand etwas zu tun hat.«

Caesar Schröder nahm einen Schluck Braunbier, Alexander spielte nachdenklich mit seinem Besteck, doch Cäcilie konnte es vor Spannung kaum aushalten.

»Weiter!«, drängte sie.

»Offensichtlich entfernten sich die Männer auf getrennten Wegen, wobei sie sich immer noch beschimpften. Einige Zeit später fand die Nachtwache den Werftbesitzer in der Straße Herrengraben, in seinem Blute liegend. Er war durch mehrere Messerstiche in die Brust getötet worden. Es befanden sich keine Wertsachen bei dem Toten –«

»Dann kann es nicht Roger gewesen sein«, fuhr Cäcilie dazwischen, »der hat es nicht nötig, jemand auszurauben.«

»Das habe ich dem Capitain auch gesagt. Eigentlich wollte ich meinen Commis gleich mitnehmen.« Er machte eine bedauernde Handbewegung. »Leider ist das alles nicht so einfach. Johann Christian hat mir gesagt, dass Herr Stove bis zur vollständigen Aufklärung des Mordes im Gefängnis bleiben muss. Der Raubmord könnte eine Finte sein, um von seinem wirklichen Motiv abzulenken. Außerdem behielte man Ausländer gerne länger im Gefängnis, weil die Gefahr der Flucht bestünde. Denn wenn einer erstmal im Ausland wäre, könnte man seiner nicht mehr habhaft werden.«

»Der arme Roger, der arme Roger«, jammert Madame.

»Ich möchte wissen«, sagte Alexander, »wie es Roger im Gefängnis aushalten kann. Es ist doch unmöglich, mehr als ein paar Tage in so einem Etablissement zu überleben.«

»Sicherlich ist er völlig heruntergekommen, der Arme«, sagte Madame und tupfte sich eine Träne aus den Augen.

»Da wir uns kennen und schätzen«, sagte Caesar Schröder mit deutlich hörbarer Genugtuung, »habe ich von Johann Christian eine seltene Gnade erfahren: Ich erhielt die Genehmigung, den Delinquenten im Gefängnis zu besuchen. Ich möchte mich nicht in Einzelheiten ergehen, schließlich sind Frauen am Tisch«, hier nickte er seiner Frau und Cäcilie zu, »doch Herr Stove schien wohlauf zu sein, wenn auch etwas abgemagert. Und seine Kleidung war auch nicht mehr ganz sauber.«

»Wir können ihm einiges an Leibwäsche schicken«, sagte Madame schnell.

»Roger Stove hat sich auf seinen englischen Humor besonnen, ich würde es aber eher als Galgenhumor bezeichnen. Interessante Leute hier, hatte er gesagt, jetzt lerne er Hamburg einmal von einer ganz anderen Seite kennen. Dann hat er noch hinzugefügt, dass das Essen recht schlecht sei und dass es keine Mädchen im Gefängnis gäbe. Er hat mir tatsächlich die Bitte für den Polizeiherrn aufgetragen, man möge ihn ins Frauengefängnis überstellen.«

»Er ist verrückt geworden«, flüsterte Madame. »Kein Wunder, bei dieser Behandlung.«

Es senkte sich ein betretenes Schweigen über die Tafel. Caesar Schröder spielte nervös mit seiner Uhrkette.

»Da ist noch etwas Merkwürdiges passiert. Dieser englische Agent, der hier eine Maschinenfabrik vertritt, ist verschwunden.«

»Verschwunden?«, fragte Alexander.

»Nun ja, Roger Stove ist nicht der einzige junge Engländer in der Stadt. Deshalb hat die Polizei alle bekannten Briten aufgesucht. Doch den Agenten haben sie nicht angetroffen. Und er ist auch bisher nicht wieder aufgetaucht.«

»Jetzt ist es wichtiger denn je, sich in unseren Kreisen umzuhören«, platzte Cäcilie heraus.

Alle nickten, keiner widersprach, nicht einmal Caesar.

Am frühen Abend schlich Cäcilie nach unten, doch Moritz war nicht im Kontor. Natürlich nicht, dachte sie, sicherlich wartet er im Keller auf mich. Moritz wartete tatsächlich auf der Treppe. Er wollte sie gleich in den Arm nehmen, doch sie entzog sich seinem Griff.

»Erst musst du die Neuigkeiten erfahren.«

Moritz hörte ihrem Bericht ungeduldig zu. Dann blickte er in den dunklen Keller hinunter. »Mein Vater hat sich im Hafen umgehört, aber es ist wie verhext. Niemand will etwas gesehen oder gehört haben.«

Cäcilie war in Gedanken bei Roger. Sicherlich, dachte sie, sitzt er jetzt in einem ebenso kalten und feuchten Keller wie wir. Vielleicht sogar ohne Kerze. Ja, ganz sicher ohne Kerze. Wahrscheinlich haben sie ihn an einer Wand angekettet. Oder er schleift eine schwere Eisenkugel hinter sich her auf seiner ruhelosen Wanderung von einer Wand des Verlieses zur anderen. Und wenn er nicht wandert, dann schlägt er die Ratten tot, die sich über sein letztes Stück Brot hermachen.

Sie schüttelte sich vor Ekel und flüchtete in Moritz Arme. Dann pressten sie ihre Lippen fest aufeinander. Seine Nähe und die Stärke, mit der er sie an sich drückte, beruhigten Cäcilie. Küssen macht glücklich, stellte sie fest. Doch es schien nicht nur sie, sondern auch Moritz glücklich zu machen. Jedenfalls glänzten seine Augen nach jedem Kuss.

Seit sich Moritz um den umgefallenen Eimer von Jette gekümmert hatte, saßen die beiden regelmäßig auf den Stufen bei Stehr und plauderten miteinander. Um genauer zu sein: Meist sprach Moritz und Jette hörte zu. Er erzählte von seiner Arbeit im Kontor, wobei er allerdings verschwieg, wie wenig erfolgreich die

Schreibübungen waren. Auch die Nachhilfestunden mit Cäcilie und deren Küsse vergaß er zu erwähnen, viel lieber erzählte er vom Hafen und dem Kontor auf dem Steinhöft.

Manchmal empfand er es als anstrengend, nur von seiner Arbeit zu berichten, doch wenn er Jette aufforderte, auch etwas zu erzählen, sagte sie nur: »Was soll ich schon sagen? Soll ich dir erzählen, dass ich die Wohnung gefegt und die Wäsche gewaschen habe?« Mit Erstaunen stellte Moritz fest, dass Jette ähnliche Arbeiten verrichten musste wie er, und merkwürdigerweise erfüllte ihn das mit Befriedigung.

Es war angenehm, einfach nur auf der Treppe zu sitzen und zu reden oder dem Betrieb auf der Straße zuzusehen. Allerdings hielten beide einen gebührenden Abstand voneinander, jeder achtete streng darauf, auf seiner Seite der Treppe zu bleiben. Dieser Sicherheitsabstand ließ sich heute jedoch nur kurze Zeit aufrechterhalten, denn die Tür zu Stehrs Ausrüstungsgeschäft öffnete sich plötzlich. Die alte Anna Stehr blickte ärgerlich auf die beiden Kinder hinunter, die ihr den Weg versperrten.

»Platz da!«, keifte sie und stocherte mit ihrem Stock nach Moritz. »Das hier ist keine Parkbank. Ich will runter!«

Moritz rückte erschrocken zu Jette hinüber, um die alte Frau vorbeizulassen. Danach hätte er eigentlich wieder auf seine Seite wechseln können, doch er blieb, wo er war. Er hatte Jettes knochige Schulter an seiner Schulter gespürt und ihr hartes Knie durch den Stoff seiner Hose. Und er spürte ihre Hand unter seiner. Jette hatte kurz gezuckt, als sie sich berührten, doch sie ließ ihre Hand auf der Stufe liegen.

So saßen sie eng nebeneinander. Beide waren sich offensichtlich dieser ungeheuerlichen Situation bewusst, denn verlegen schaute jeder zur anderen Seite weg. Moritz spürte, wie sein Mund trocken wurde, und wusste plötzlich nicht mehr, was er gerade gesagt hatte. Es fiel ihm auch nichts ein, was er noch hätte erzählen können. Und dann registrierte er, dass wieder die große Glocke von St. Katharinen in seinem Kopf dröhnte.

Wahrscheinlich wären die beiden die ganze Nacht auf der Stufe sitzen geblieben, wenn nicht plötzlich Vater Jacobsen im Hof herumgebrüllt hätte, wo denn dieses faule und unzuverlässige Gör abgeblieben sei.

10

Wieder einmal gab es keine Korrespondenz, die ins Englische übersetzt werden musste, wieder war Moritz an das Pult in der Großen Reichenstraße gefesselt. Mit wenig Lust und mäßigem Erfolg fertigte er Briefkopien an.

Am nächsten Tag jedoch, dem neunten Tag von Rogers Kerkerhaft, wurde er wieder zum Steinhöft geschickt. Er hatte nur wenige Briefentwürfe bei sich, so dass die Arbeit schnell erledigt war.

»Gestern ist ein Kohledampfer aus England angekommen«, erklärte Kapitän Westphalen. »Die Ladung ist für unser Handelshaus bestimmt. Wir werden an Bord gehen und die Qualität der Kohle prüfen.«

Hinrich Quast ruderte sie zu den Liegeplätzen auf der Elbe. Das dauerte. Immer wieder legte der Schiffszimmermann Pausen ein, weil er husten musste.

»Haben wir einen eigenen Dampfer?«, fragte Moritz.

Der Klabautermann lächelte. »Nein, das Schiff gehört Captain Smith. Aber uns gehört die Ladung.«

»Was wollen wir mit so vielen Kohlen, mit einer ganzen Schiffsladung? Der Winter ist fast vorbei, jetzt kauft kein Mensch mehr Kohle.«

»Das ist keine Kohle für den Hausbrand, es ist Schiffskohle. Jedes Dampfschiff, das hier anlegt, muss Kohle bunkern, damit es genügend Brennstoff für die Rückreise hat. Da Hamburg kein eigenes Bergwerk besitzt, muss die Kohle von woanders hergebracht und hier auf Vorrat gelagert werden. Das ist ein gutes Geschäft für uns.«

Moritz blickte zu dem schwarzen Dampfer mit den klobigen Aufbauten und dem hohen Schornstein hinüber. »Wäre so ein Dampfer nicht auch etwas für das Handelshaus?«

Der Kapitän richtete sich abrupt auf. »Ich bin Segelschiffskapitän! Ich halte überhaupt nichts von diesen stinkenden und qualmenden Höllenmaschinen. Auf der Elbe sind sie ganz praktisch, um einen Segler gegen den Wind zu schleppen. Und auch auf den kurzen Distanzen in der Nordsee mögen sie einige Berechtigung haben.« Er blickte elbabwärts, in seinen Augen schimmerte ein ungewohnter Glanz. »Auf hoher See jedoch werden diese Dampfer nie eine Konkurrenz für die Klipper sein. Und auch nicht für die neuen Barken. Die richtige Seefahrt wird immer in den Händen der Tiefwasserkapitäne und ihrer Matrosen bleiben.«

Endlich hatten sie den Dampfer erreicht. Kapitän Westphalen forderte Hinrich Quast auf, mit an Bord zu kommen, der jedoch schaute misstrauisch zu dem Dampfer hoch und schüttelte den Kopf.

Der Kapitän und Moritz kletterten die Jacobsleiter hinauf, dann standen sie an Deck. Ihr Stand war wacklig, denn überall lagen Kohlenstücke herum. Über dem gesamten Schiff hing eine Wolke aus Kohlenstaub, der Moritz im Hals kratzte.

Kapitän Westphalen schnupperte in eine Luke hinein. »Frisch gebrochene Steinkohle aus Wales«, sagte er. »Gute Bunkerkohle, hat aber einen hohen Schwefelanteil. Das kann zur Selbstentzündung im Schiffsraum führen. Auf der kurzen Strecke über die Nordsee ist das glücklicherweise kein Problem.«

Inzwischen hatte man dem englischen Captain Meldung über die Ankunft der Gäste gemacht. Die beiden Männer begrüßten sich wie alte Bekannte. Sie unterhielten sich in einem Englisch, von dem Moritz kein einziges Wort verstand. Also machte er sich gar nicht erst die Mühe, den Sinn der Unterhaltung zu enträtseln, sondern beobachtete die Arbeiten an Bord. Der Löschbetrieb war in vollem Gange, zu sehen gab es also genug.

Er blickte in den Laderaum. Unten schaufelten rußige Männer die Ladung in große Körbe. Als einer der Männer nach oben schaute, blitzte Moritz das Weiße in seinen Augen entgegen. Jetzt hatte der Mann ihn entdeckt.

»Komm runter, mien Jung«, rief er, »wir haben noch ein paar Kohlen für dich übrig gelassen.«

Moritz lachte, das war seine Sprache, hier fühlte er sich wohl. »Geht nicht. Meine Mutter hat gesagt, dass ich mich nicht schmutzig machen darf.«

»Wahrschau! Nimm den Kop wech, du vorwitzigen Jung«, rief der Lukenviez.

In diesem Augenblick sprangen aus allen vier Ecken der Luke Arbeiter in den Laderaum hinunter. Moritz hielt vor Schreck die Luft an. Was machten die da? Er konnte sich keinen Reim darauf machen, weshalb sich die Männer in den tiefen Schiffsraum gestürzt hatten.

Während er noch ungläubig in die Tiefe starrte, kam ein gefüllter Kohlenkorb aus dem Laderaum heraufgeflogen, als wäre er von einem Katapult abgeschossen worden. Der Decksmann lehnte sich über die Lukenkante und griff schnell und zielsicher nach dem Korb. Auf Befehl des englischen Capitains stellte er ihn vor Kapitän Westphalen ab. Der Korb war bis zum Rand mit Kohle gefüllt: von der Größe einer Faust bis zu der eines Kinderkopfs. Kapitän Westphalen nahm ein Stück in die Hand, betrachtete es, hielt es gegen das Licht, roch daran.

»Gute Qualität«, nickte er zufrieden. Er wühlte im Korb herum, dass er schmutzige Hände bekam, schien ihn nicht zu stören. »Schöne große Stücke. Gut als Bunkerkohle zu verkaufen.« Er richtete sich wieder auf. »Manchmal liefern sie nur ganz kleine Stücke und viel Kohlenstaub, Moritz. Damit können wir nichts anfangen. Das treibt die Schiffsheizer zur Verzweiflung. Entweder fällt das Zeug durch den Rost nach unten, oder es verbrennt so schnell, dass die Männern auf den Dampfern kaum mit der Arbeit nachkommen.«

Moritz hörte nur mit einem Ohr zu. Immer wieder musste er zur Luke hinüberblicken, in der die Männer verschwunden waren.

»Was passiert hier?«, fragte er leise. »Gerade sind einige Männer freiwillig in die Luke gesprungen.«

Der Klabautermann lachte herzlich. »Das sind Kohlenjumper. Es ist ein ganz neuer Beruf. Den gibt es erst, seit die Schiffe so groß und die Laderäume so tief geworden sind.«

In diesem Augenblick kletterten die Männer, die Moritz schon für tot gehalten hatte, eine Leiter hoch und nahmen wieder Aufstellung an der Lukenkante.

»Früher konnte man die Körbe von Hand hochreichen oder über eine Planke nach oben tragen«, erklärte der Klabautermann, »doch das geht jetzt nicht mehr.«

Moritz beobachtete, wie jeder der Männer nach einem der herunterhängenden Seile griff.

»Siehst du den Knoten im Seil?«, fragte Kapitän Westphalen. »Das ist ihre Markierung. Sie springen hinunter, mit dem Knoten in den Händen. Wichtig ist, dass sie alle gleichzeitig springen. Bevor sie unten ankommen, spannen sich die Seile und die Männer werden durch das Gewicht des Kohlenkorbs abgebremst. Dadurch wird der Korb hochgerissen und kann oben an der Luke abgefangen werden.«

»Verstanden«. Moritz überlegte kurz, wie es wäre, selbst mit einem Seil in der Hand in den tiefen Laderaum zu springen. »Ich möchte das nicht machen. Das muss in den Armen und Schultern ziemlich wehtun.«

»Die Kohlenjumper verdienen am besten von allen im Hafen«, erklärte Kapitän Westphalen. »Trotzdem gibt es nur wenige Männer, die es machen wollen. Denn lange kann man diese anstrengende Arbeit nicht durchhalten. Höchstens zwei oder drei Jahre.«

Auf dem Rückweg beschäftigte sich Moritz immer noch mit den tollkühnen Männern, die Kohlenkörbe zum Fliegen brachten. Zum ersten Mal hatte er das Gefühl, das der Beruf des Commis' vielleicht doch nicht die schlechteste Wahl war.

Hinrich Quast schaffte es kaum, das Boot gegen den ablaufenden Ebbstrom vorwärts zu bringen. Jedes Mal, wenn ihn der Husten schüttelte, trieb das Boot wieder ein Stück zurück.

»Kannst du rudern?«, fragte der Kapitän.

Moritz nickte.

»Dann lös Hinrich ab.«

Moritz stemmte sich gegen das Fußholz und zog die Riemen durch. Das Boot machte Meter um Meter gut. Jetzt verdoppelte er seine Anstrengungen. Es bereitete ihm großes Vergnügen, den beiden Männern zu zeigen, dass er noch etwas anderes konnte als Tinte auf Papier zu klecksen.

Auch an diesem Abend trafen sich Moritz und Jette wieder bei Stehr auf der Treppe. Sie saßen eng nebeneinander, denn sicherlich wollte die alte Frau Stehr wieder ihren Abendspaziergang machen, und man wollte sie nicht ohne Not gegen sich aufbringen. Heute sprachen die beiden nicht viel, genau genommen gar nichts. Moritz spürte Jettes Schulter an seiner Schulter und ihre Hand unter seiner. Ihm fiel auf, dass sie ziemlich kalte Hände hatte.

Jette seufzte schwer und lehnte ihren Kopf gegen seine Brust. Moritz schaute sich erschrocken um. Zu seiner Beruhigung stellte er fest, dass niemand auf der Twiete stehen geblieben war und mit spitzen Fingern auf sie zeigte. Die Welt drohte anscheinend auch nicht unterzugehen, obwohl die große Glocke von St. Katharinen wie wild schlug.

Er schnupperte an Jettes Haaren. Sie dufteten nicht nach Frühlingsblumen wie bei Cäcilie, anscheinend roch die ganze Jette nicht nach Blumen. Sie roch eher so wie er, und er konnte sich nicht erinnern, je nach Frühlingsblumen gerochen zu haben. Auch die Wärme, die Cäcilie ausströmte, bemerkte er bei Jette nicht.

11

Es war Freitag geworden, die Woche steuerte ihrem Ende zu. Moritz machte den elften Strich auf dem Papier, dass er mit »Liste der Leiden des Roger Stove« überschrieben hatte. Er war sich sicher, dass Roger ebenfalls solche Striche machte, mühsam eingeritzt in die feuchten Wände seines kalten Verlieses.

Am Abend erledigte er seine Routinearbeiten im Kontor, doch er war nicht wirklich bei der Sache. Immer wieder hoffte er auf Cäcilies leichte Schritte, doch nichts war zu hören.

Johann Forck war beim Abendessen außergewöhnlich schweigsam. Er widmete sich dem gebratenen Hering und den Kartoffeln mit einem Interesse, das er dieser Malzeit sonst nicht entgegenbrachte. Jan und Moritz blickten sich fragend und ungeduldig an.

Schließlich legte Johann das Besteck zur Seite, musterte erst seine Söhne, dann seine Frau. Als er sicher war, die gebotene Aufmerksamkeit zu bekommen, räusperte er sich umständlich. »Ich habe eine Information über den Mord an Elbrand bekommen.«

Moritz riss es vor Überraschung fast von der Bank. »Welche Informationen? Erzähl schon!«

Johann Forck war nicht bereit, sein Geheimnis so schnell preiszugeben. »Als ich die anderen Vereinsmitglieder gebeten habe, sich im Hafen umzuhören«, erklärte er umständlich, »hätten sie mich fast aus meinem Amt als Kassenwart gejagt. Johann Forck, der ehrbare Johann Forck kümmert sich um die Probleme der Großbürger, haben sie hinter der Hand erzählt. Der hat nicht alle Tassen im Schrank, der ist verrückt geworden. Nicht genug, dass er seinen Sohn ins Kontor schickt, jetzt schmust er auch noch mit den Reichen.«

Er blickte in die Runde, in der Hoffnung auf Anerkennung für sein mutiges Vorgehen, doch seine Söhne starrten ihn nur an. »Immerhin haben sich die Kollegen umgehört. Und auch etwas erfahren. Albert Brüning vom Speicher am Dovenfleet hat mir erzählt, was er in der Gastwirtschaft von Wilhelm Schultz gehört hat.«

»Was?«, fragte Jan gespannt.

»Da war ein betrunkener Schauermann. Der hat damit geprahlt, dass er wüsste, wer der Mörder von Elbrand ist.«

»Wer ist es?«, fragte Moritz schnell.

»Das hat er nicht direkt gesagt. Hat wohl nur Andeutungen gemacht. Meinte, dass er nicht so blöd wäre, einen Namen zu sagen. Schließlich wolle er noch länger leben.«

Die Jungen blickten enttäuscht.

»Dann kümmert uns die Sache nicht weiter«, meldete sich Herta Forck zu Wort, die bis jetzt still zugehört hatte. »Wir zeigen den Schauermann bei der Polizei an – und Schluss.«

»So einfach ist die Sache nicht. Albert kannte den Mann nicht, aber er ist ihm gefolgt. Der Kerl haust in einem Wohnkeller. An der Ecke vom Herrengraben und dem Theilfeld.«

Eine Zeit lang war es still in der Küche, alle waren mit ihren Gedanken beschäftigt.

»Was machen wir jetzt?«, fragte Moritz schließlich.

Der Vater verschränkte die Arme vor der Brust. »Morgen ist Sonnabend. Nach der Arbeit werden wir diesem Schauermann einen Besuch abstatten.«

»Ich gehe nicht mit«, sagte die Mutter sehr bestimmt.

Es war spät in der Nacht, doch Moritz lag immer noch wach. Er war aufgeregt und warf sich immer wieder von einer Seite auf die andere.

»Was ist eigentlich los mit dir?«, brummte Jan ungnädig vom anderen Ende des Bettes. »Ständig trittst du mir in die Seite.«

Moritz setzte sich auf. »Ich kann nicht schlafen«, sagte er in die Dunkelheit, »am liebsten möchte ich sofort zu diesem Schauermann.«

»Quatsch nicht! Wenn du nicht auf der Stelle Ruhe gibst, hau ich dir eine rein. Dann schläfst du bis morgen Mittag durch.«

Moritz ahnte, dass diese Drohung kein Scherz war. Er klemmte sich die Decke unter den Arm und zog auf die Küchenbank um.

Am Sonnabend nach der Arbeit, jedoch noch vor Einbruch der Dämmerung, versammelte Johann Forck seine Truppen in der Küche. Herta Forck ließ sich müde auf einen Stuhl sinken. »Ich bleibe hier. Das ist mir alles zu anstrengend. Erst die vielen Stufen bis zum Hof hinunter und dann noch der weite Weg. Mir tut der Rücken jetzt schon weh. Und außerdem: Was habe ich mit dieser Sache zu tun?«

Johann Forck reagiert ärgerlich. »Es geht hier um unsere Ehre und die Ehre des Quartiers. Und um den Lehrvertrag. Ich will nicht, dass die Schröders wegziehen. Dann müsste Moritz in einer anderen Gegend bei fremden Leuten wohnen. Außerdem musst du mitkommen. Frauen achten auf andere Dinge als Männer. Das kann sehr wichtig sein.«

Jan schloss die Ofenklappe, dann gingen sie los. Herta Forck schlurfte murrend hinter ihnen her, manchmal stöhnte sie so laut, dass Moritz es kaum ertragen konnte. Sie überquerten die Hohe Brücke, gingen an den Binnenkajen entlang, passierten die Admiralitätsstraße und erreichten schließlich den Herrengraben.

Herta Forck blickte mit finsterem Gesicht die Straße auf und ab. In beide Richtungen reihte sich eine Schänke an die andere, gelegentlich unterbrochen von Matrosenherbergen und Seemannsausrüstern. Schützend legte sie ihren Arm um Moritz. »Hier würde ich nie allein über die Straße gehen. Weder bei Tag noch bei Nacht.«

Johann Forck zuckte gleichmütig mit den Schultern. »Irgendwo müssen sich die Matrosen ja aufhalten, wenn sie auf ein Schiff warten.«

Vor einem unscheinbaren Haus blieben sie stehen. »Hier ist es«, sagte der Vater leise.

Zwischen zwei Begrenzungspfählen führten ausgetretene Stufen in einen Wohnkeller. Die Tür stand offen, wohl um den letzten Rest des Tageslichts hereinzulassen. Leise, mit angehaltenem Atem tasteten sich die Forcks die schlüpfrigen Stufen hinunter. Ein moderiger Geruch wehte ihnen entgegen, irgendwo im Raum tropfte es. Das Erste, was Moritz sah, war ein Kerzenstummel auf einer fleckigen Tischplatte. Davor saß ein unrasierter Mann, der sich mit missmutigem Gesicht über sein linkes Bein strich. Ihm gegenüber kauerte ein sehr dünnes Mädchen, bekleidet mit einem fleckigen, langen Hemd. Moritz schätzte sie auf vielleicht acht Jahre. Mit großen, erschreckten Augen blickte sie auf die unangemeldeten Gäste. Der Mann bemerkte nichts, er starrte auf die Flasche, die vor ihm auf dem Tisch stand.

Moritz fühlte sich elend, sein Magen war in hellem Aufruhr. Der Mann, der Keller, alles war ihm unheimlich. Es schien, als wäre hier alle Farbe aus der Welt verschwunden. Die Wände, die Decke, den Tisch, selbst den Mann nahm er nur in einer Abstufung von unterschiedlichen Grautönen wahr. Er registrierte dunkelgraue Flecken an der Decke, schwarze Schattierungen an den Wänden, die schmutzige Kleidung des Mannes und sein graues Gesicht mit den dunklen Bartstoppeln.

Inzwischen hatte der Schauermann die Eindringlinge bemerkt. »Was wollt ihr«, zischte er undeutlich zwischen den Zähnen hervor. »Hier gibt's nix. Hab selber nix.« Er rülpste ungeniert, eine Alkoholfahne zog durch den Raum. »Wenn ihr klaun wollt, geht zum Jungfernstieg. Da gibt's viel zu holn.« Er lachte gehässig.

»Wir klauen nicht«, sagte Johann Forck. »Wir brauchen eine Information von dir.«

Der Mann kniff die Augen zu schmalen Schlitzen zusammen. »Polizei?«

»Keine Polizei«, sagte der Quartiersmann. Er wischte ein paar Lumpen von einem Schemel und setzte sich. »Wir brauchen private Informationen.«

»Was soll ich mit dir reden? Ich red nich mit jedem.«

»Deshalb!« Der Quartiersmann hielt einen halben Taler hoch.

Der Mann war schnell. Seine Hand schoss vor und grabschte nach dem Geldstück. Doch Johann Forck war auf der Hut, blitzschnell schloss er die Faust.

»Unser Geschäft lautet: erst Informationen, dann Geld.«

Inzwischen war Herta Forck, die an der Treppe gewartet hatte, in den Raum gekommen. Sie sah sich angeekelt um und murmelte etwas Abfälliges. Dann inspizierte sie die Lumpen auf dem Bett, den Müll in der Ecke, den Eimer mit dem schmutzigen Blechgeschirr und die feuchten Wände des Kellers. Lange ruhte ihr Blick auf dem verschreckten Mädchen. Schließlich richtete sie sich zu ihrer vollen Größe auf und stemmte die Fäuste in die Hüften. »Das wird hier nichts mehr!«, sagte sie mit lauter, klarer Stimme.

Moritz horchte auf. Der Satz hatte einen ungewohnt bestimmenden Klang. Es schien ihm, als würde auch der Vater die Mutter erstaunt mustern.

»So ein Saustall!«, schimpfte Herta Forck los. »Alles verwahrlost. Man erstickt im Dreck. Sicher gibt es hier Ratten.«

Der Mann am Tisch schaute verständnislos. »Natürlich gibt's Ratten hier. Im Keller gibt's immer Ratten.«

»Hast du wenigstens eine Rattenfalle aufgestellt?«

»Rattenfalle?« Der Mann lachte höhnisch. »Das bringt gar nix. Die sind überall. Wenn's regnet, kommen die zu Dutzenden –«

Mit einer schroffen Handbewegung schnitt ihm Herta Forck das Wort ab. »Das Kind braucht saubere Kleidung. Und etwas zu essen. Sicherlich hat es Hunger.«

Fürsorglich legte sie den Arm um die knochigen Schultern des Mädchens. Das lehnte seinen Kopf leicht gegen die fremde Frau.

»Das Essen besorg ich«, begehrte der Mann auf. »Wir könn uns selber ernährn, wir sind ehrbare Leute.«

Herta Forck kniff misstrauisch die Augen zusammen. »Wo ist deine Frau?«

Der Mann schaute auf die Tischplatte. »Gestorbn. Vor drei Monaten. An Influenza. Sie hat sich davongestohln und uns zurückgelassn.«

»Du sollst dich schämen!«, tadelte Mutter Forck. »So spricht man nicht über eine Tote.«

Betretenes Schweigen.

»Wo arbeitest du?«, fragte Johann Forck.

»Ich bin Tagelöhner. Bin mal hier, mal dort auf'm Schiff.«

»Ich hab dich noch nie im Hafen gesehen.«

Der Mann rieb sich über das linke Bein und verzog das Gesicht. »Ich hatt ein Unfall. Kann nur noch leichte Arbeit annehm.«

»Ein Unfall bei der Arbeit?«

»Bin hier die Treppe runtergefalln. Ist so glatt auf'n Stufn.«

»Der war stinkbesoffen«, kommentierte Jan.

Der Mann sagte erst nichts, doch dann bäumte er sich auf. »Haut ab! Ich will euch nich mehr sehn. Und wehe, wenn ihr wiederkommt.«

Er wollte aufstehen, doch er schaffte es nicht. Jan war hinter ihn getreten und hatte ihm seine Pranken auf die Schultern gelegt. Der Tagelöhner versuchte, sich dem Griff zu entwinden, doch es schien, als wolle sich eine Maus gegen den Würgegriff eines Löwen wehren.

»Wir gehen jetzt, doch wir kommen wieder!« Jans Stimme füllte den ganzen Raum. »Und verriegle nicht die Tür, sonst hast du hinterher nur noch Holzsplitter.«

Auf dem Rückweg hakte sich Herta bei ihrem Mann unter. Sie schritt kräftig aus und schnaubte vor Empörung. »Das arme Kind! Warum lässt Gott so etwas zu? Unsere Henriette hat er zu sich genommen, aber diesem schrecklichen Menschen lässt er das Mädchen.«

Vater Forck antwortete nicht.

»Vielleicht hat der Herr unsere Schritte gelenkt, Johann. Ja, ganz sicher! Wir müssen das Mädchen befreien. Ohne uns wird es verhungern.«

Johann tätschelte ihre Hand. »Diese Nacht wird es schon nicht verhungern. Und morgen, nach der Kirche, werden wir ihr etwas zu essen bringen.«

»Wir haben ihn nicht nach dem Mörder gefragt«, meldete sich Moritz zu Wort.

»Das hat keine Eile«, sagte Johann Forck. »Heute hätte er uns ohnehin nichts gesagt. Wir müssen erst sein Vertrauen gewinnen.«

Auf der Kornhausbrücke blieb die Mutter plötzlich stehen, die Augen schreckgeweitet. »Vielleicht schlägt er sie? Johann, wir müssen etwas tun! Wenn er weiter trinkt, wird er bald so betrunken sein, dass er sie totschlägt.«

»Das kann nicht passieren«, gluckste Jan in sich hinein. Er holte aus und warf die Flasche mit dem Fusel in hohem Bogen ins Fleet.

12

Am frühen Sonntagmorgen, noch vor dem Gottesdienst, stellte Herta Forck einen großen Topf mit Pferdebohnen auf den Herd. »Die machen satt«, erklärte sie den Jungen, »müssen aber lange kochen.«

Wieder zu Hause, packte die Mutter ein Stück Bauchspeck zu den Bohnen und schnitt Kartoffeln hinein. Als Johann und Jan beim Mittagessen ein zweites Mal zulangen wollten, wurden sie von der Mutter gebremst.

»Nicht so viel! Es muss noch etwas für das Mädchen übrig bleiben.«

Der Quartiersmann blickte erstaunt in den Topf, der ihm immer noch ziemlich voll zu sein schien.

Nach dem Essen verpackte Herta Forck das Essen in die Holzkiste zu der grünen Seife, der Dose mit Soda, dem Schrubber und dem Feudel. »Einen Besen werden die hoffentlich haben«, sagte sie.

Mit vor Empörung gerötetem Gesicht setzte sie sich an die Spitze der kleinen Armee Richtung Theilfeld. Hinter ihr bildeten Jan und Moritz die Hauptstreitmacht mit der Holzkiste. Die Nachhut hatte sich allerdings kurz vor dem Aufbruch aus dem Staub gemacht.

»Mich braucht ihr wohl nicht für diese Weiberarbeit«, hatte Johann Forck gesagt. Um eventuellen Gegenargumenten rechtzeitig den Wind aus den Segeln zu nehmen, hatte er schnell hinzugefügt, dass im Speicher dringend etwas umgestaut werden müsse.

Die Tür zum Wohnkeller stand offen, der Mann und das Mädchen saßen auf ihren Hockern am Tisch. Herta Forck fegte herein wie ein Orkan. Sie drückte das Mädchen kurz an sich, dann herrschte sie den Mann an. »Du holst Wasser und machst den Ofen an!«

Der Schauermann wagte keinen Widerspruch. Er griff einen Eimer und stieg mühsam die Stufen zur Twiete hinauf.

Es war viel Arbeit gewesen, doch schließlich hatten sie den Keller einigermaßen sauber bekommen und den Unrat in den angrenzenden Hof geschafft. Der moderige Gestank war dem der grünen Seife und dem beißenden Geruch von Soda gewichen. Inzwischen war auch das Wasser auf dem Ofen heiß.

Herta Forck blickte zu ihren Jungen hin. »Ihr beide geht spazieren. Ihr könnt wiederkommen, wenn das Mädchen sauber ist.«

Jan und Moritz schlenderten um den Hopfenmarkt und spuckten von der Trostbrücke ins Wasser. Als sie zum Keller zurückkamen, stand ein Mädchen mit glänzenden Haaren in einem sauberen Kleidchen vor ihnen, das die Mutter einer Nachbarin abgeschwatzt hatte.

»Ich dachte, sie hätte braune Haare«, sagte Herta Forck, »aber sie ist blond.« Sie roch zufrieden an dem Kind. »Du stinkst!«, herrschte sie dann den Vater an. »Wenn du dich nicht freiwillig wäschst, wirft dich Jan in die Alster.«

»Mit Vergnügen«, sagte Jan.

Mutter Forck schaute sich um, noch immer Unzufriedenheit im Blick. »Es ist jetzt zwar sauber hier, aber eine Wohnung ist dieser Keller trotzdem nicht geworden. Ein Quartiersmann würde hier nicht mal seine Därme lagern.«

Der Tagelöhner saß auf seinem Hocker und starrte wütend vor sich hin. Herta Forck dagegen wechselte geschäftig zwischen Herd und Tisch hin und her. Sie wuchtete den Topf mit den Bohnen auf die Tischplatte, holte die Teller vom Wandregal, betrachtete sie misstrauisch und stellte sie dann vor den Mann und das Mädchen. Heißhungrig schlang die Kleine die Bohnen und die großen Speckstücke hinunter. Der Mann aß langsam, beinahe widerwillig. Doch dann griff er noch ein zweites, ein drittes und ein viertes Mal zu. Schließlich blickte er hoch.

»Gut«, sagte er. Mehr nicht.

Mutter Forck saß ihm gegenüber und funkelte ihn angriffslustig an. »Ein Mann kann ein Kind nicht allein großziehen. Du brauchst eine Frau. Doch wer will dich schon nehmen, so versoffen und schmutzig wie du bist. Und dann dieser ungepflegte Bart! Wenn Jan dich in die Alster taucht, kann er dich auch gleich rasieren.«

Jan lachte schäbig. »Das mach ich gerne. Ich hab ein scharfes Arbeitsmesser.«

»Ich rasier mich selber.«

Herta Forck blickte in den leeren Topf. Zufrieden packte sie ihn in die Kiste zu den Putzmitteln.

»In den nächsten Tagen kommen wir wieder. Pass auf, dass es hier nicht wieder schmutzig wird.«

»Wir haben etwas vergessen, Mutter«, sagte Moritz, als sie auf der Straße waren. Er klang unzufrieden. »Wir haben vergessen, ihn nach seinen Beobachtungen zu fragen.«

»Das ist noch zu früh. Er beginnt gerade erst, uns zu vertrauen. Wenn wir ihn ordentlich füttern, wird er uns freiwillig erzählen, was er gesehen hat.«

»Wieso bist du so sicher?«, wollte Jan wissen.

»Männer sind ganz einfach gestrickt: Bei ihnen geht die Liebe durch den Magen. Da sind alle gleich.«

Als der Reinigungstrupp in die Wohnung in der Holländischen Reihe zurückkam, hatten es sich Johann Forck, Onkel Hermann und Tante Greta in der Küche gemütlich gemacht. Der Onkel hantierte ungeduldig mit einem Stapel Karten, und die Tante klapperte mit ihrem Strickzeug. Der Vater hatte sich in eine Tabakwolke eingenebelt und schien überaus zufrieden.

»Wird Zeit, dass du kommst, Jan«, sagte Hermann ungnädig, doch seine Augen blitzten vergnügt. »Die Karten glühen schon, weil ich so lange gemischt habe.«

Onkel Hermann war Vaters jüngerer Bruder. Als der Ältere hatte Johann Forck die Mitgliedschaft in der Quartiersmanns-Vereinigung, die Werkzeuge und die Kontakte zu den Kaufleuten von seinem Vater geerbt. Hermann konnte nur noch zweiter Mann im Betrieb werden. Statt jedoch unter der Fuchtel seines Bruders arbeiten zu müssen, war er lieber in die Stauerei gegangen.

Jeden Sonntag spielten die Forcks mit Hermann um einen halben Dreiling Skat. Das heißt: Johann, Hermann und Jan spielten, Moritz schaute zu und zählte in rasender Eile die Stiche auf beiden Seiten. Wenn eine der Parteien mehr als sechzig Punkte erreicht und damit gewonnen hatte, gab Moritz das Ergebnis bekannt, und das Spiel war zu Ende.

»Was meinst du, Moritz«, fragte Hermann, »mit wie viel Geld werde ich heute Abend nach Hause gehen?«

»Du wirst verlieren!«

»Du bist ein griechisches Orakel«, seufzte der Onkel, »aber leider ein Orakel, dessen Weissagungen immer zutreffen.«

Nachdem schon einiges Geld den Besitzer gewechselt und Tante Greta unwillig die Augenbrauen zusammengezogen hatte, beendeten die Männer das Spiel. Die Frauen tauschten die Neuigkeiten der letzten Zeit aus, die Männer fachsimpelten über die Arbeit im Hafen.

»Stellt euch vor«, sagte Hermann, »es gibt Überlegungen, den Hafen zu erweitern. Damit die großen Dampfschiffe direkt am Kai anlegen können.«

Johann Forck nahm die Pfeife aus dem Mund. »Wo soll der Kai gebaut werden?«

»Am Grasbrook.«

»Will der Rat der Stadt die Schiffswerften von dort vertreiben?«, fragte Jan ungläubig.

»Keine Ahnung. Aber für uns Schauerleute wäre es ein Vorteil. Dann bräuchten wir nicht immer auf die Elbe zu den Pfählen hinauszurudern.«

»Für die Ewerführer mit ihren Schuten wäre es das Ende«, warf Johann ein.

»Der Fortschritt ist nicht aufzuhalten. In England sollen sie sogar schon Kräne bauen, die von Dampfmaschinen betrieben werden.«

»Wir haben auch bald einen neuen Kran«, sagte Jan. »Die Hebemaschine.«

Johann Forck wiegte nachdenklich den Kopf. »Wenn sie noch gebaut wird. Jetzt wo Elbrand tot ist.«

»Die Hebemaschine ist wichtig, und sie kommt auf jeden Fall«, brauste Hermann auf. »Der Rat hat sie genehmigt, und Elbrands Söhne werden sie bauen. Der Platz auf den Vorsetzen ist schon abgesteckt.«

Der Onkel und die Tante rüsteten zum Aufbruch. Bei der Verabschiedung blickte Hermann seinen Bruder scharf an.

»Hast du keine Angst, Johann?«

Der Quartiersmann schaute überrascht. »Wovor sollte ich Angst haben?«

»Man erzählt sich im Hafen, dass du auf der Suche nach dem Mörder von Elbrand bist.«

Johann Forck nahm mit einer wütenden Bewegung die Pfeife aus dem Mund. »Man muss doch was tun! Es kann nicht angehen, dass ein Mörder mitten unter uns lebt.«

»Du solltest vorsichtig sein, Johann. Wenn sich das im Hafen herumgesprochen hat, dann weiß es der Mörder sicherlich auch.«

»Ich werde aufmerksam sein, Hermann.«

»Es geht nicht nur um dich.« Der Blick des Schauermanns wanderte zu Herta und den Jungens hinüber. »Ihr seid alle in Gefahr. Mit solchen Leuten ist nicht zu spaßen. Die stechen zu, wenn sie sich bedroht fühlen.«

13

Madame zupfte ungeduldig an einer Haarsträne, die sich aus ihrem Dutt gelöst hatte, schaute zum wiederholten Mal auf die Pendeluhr an der Wand und horchte zur Treppe hin. Nichts! Alexander tippte im immer gleichen Rhythmus mit der Messerspitze auf die Tischplatte. Cäcilie schnupperte dem verführerischen Duft des Essens nach und fragte sich, ob die anderen genauso hungrig waren wie sie. Das Hausmädchen hantierte in der Pantry, wohin Anna Louise sie geschickt hatte, um das Silber zu putzen.

»Besser, sie ist beschäftigt, statt hier herumzustehen und unseren Gesprächen zu lauschen«, hatte Madame halblaut zu Cäcilie gesagt.

Die Kochfrau stand an der Treppe. Mit einer nervösen Handbewegung glättete sie ihre Schürze. »Wenn ich jetzt nicht serviere, Madame, wird der Braten trocken.«

»Noch nicht«, bestimmte Anna Louise Schröder, »er wird jeden Augenblick hier sein.«

Die Kochfrau schwieg beleidigt.

Schließlich ein Poltern auf der Treppe. Caesar stürmte atemlos herein, nahm eilig Platz, sprach ein hastiges Gebet und steckte sich die Serviette in den Hemdenkragen. Die Kochfrau knallte unfreundlich das Essen auf den Tisch. Der auseinandergefallene Braten und das zerkochte Gemüse wurden schweigend und in einer angespannten Atmosphäre eingenommen.

Nach dem Essen legte Caesar Schröder die Serviette beiseite, blickte von einem zum anderen und räusperte sich umständlich. »Ich möchte mich entschuldigen, dass ich zu spät gekommen bin. Doch wichtige Dinge hatten Vorrang. Ich war mit dem Polizeiherrn verabredet. Ich habe ihn nach dem Stand der Ermittlungen im Mordfall Elbrand befragt.« Er blickte Beifall heischend in die Runde.

»Wie geht es Roger?«, fragte Alexander aufgeregt.

»Das weiß ich nicht. Ich weiß nur, dass sich die Ermittlungen zurzeit auf den englischen Agenten der Iron Company konzentrieren. Der Mann ist in der Mordnacht verschwunden, wie vom Erdboden verschluckt.«

»Merkwürdig«, sagte Madame.

»Wie kann jemand verschwinden?«, fragte Cäcilie. »Jeder Ausländer muss sich doch bei der Polizei anmelden, wenn er in die Stadt kommt. Und abmelden, wenn er geht.«

»Er wird schon seine Gründe gehabt haben, sich nicht abzumelden. Die Polizei kennt die Umstände auch nur, weil ihn der Wirt vom Hotel ›König von Dänemark‹ wegen Betrugs angezeigt hat. Der Mann hat nämlich seine Miete nicht bezahlt. Wie es aussieht, hat er das Hotel so eilends verlassen, dass er nicht einmal seine Kleider mitnehmen konnte.« Caesar fuhr mit den Fingern zum Kragen und lockerte die Halsbinde. »Roger Stove hat ausgesagt, dass der englische Agent in der Mordnacht einige Mängel an der Hebemaschine nachgewiesen und im Gegenzug seinen Eisenkran präsentiert habe. Darauf hat es wohl einen recht heftigen Streit in der Patriotischen Gesellschaft gegeben.«

»Hat die Polizei die Vereinigung der englischen Kaufleute aufs Korn genommen?«, fragte Alexander.

»Sie haben es wohl versucht, aber keinen Erfolg gehabt. Johann Christian, der Capitain der Nachtwache, ist ziemlich empört darüber, dass man an diese Leute einfach nicht herankommt. Sie hätten unsere Lebensweise seit Jahrhunderten nicht angenommen, sagte er, sie bilden eine abgesonderte Gemeinde mit eigener Rechtsprechung, manche könnten nicht einmal deutsch.«

Einen Augenblick lang herrschte Stille, jeder hing seinen Gedanken nach.

»Könnten Sie sich vorstellen, Herr Papa, dass der englische Agent ein Mörder ist?«, fragte Cäcilie.

Caesar Schröder überlegt lange und wählte seine Worte vorsichtig. »Ich kenne den Mann nicht, also kann ich nicht über ihn urteilen. Dennoch liegt es im Bereich des Möglichen, theoretisch gesehen. Die Engländer an sich sind ein recht seltsames Volk. Sie betreiben ihre Geschäfte manchmal auf eine Art und Weise, die für einen hanseatischen Kaufmann nur schwer verständlich ist.«

Alexander nickte zustimmend.

»Außerdem fühlen sie sich als Gottes auserwähltes Volk. Wegen ihres technischen Vorsprungs. Sie hatten keine Skrupel, ihren billigen, maschinengeknüpften Kattun auf den Kontinent zu werfen und die schlesischen Weber in den Hungertod zu treiben.«

»Herr Stove ist doch sicherlich nicht mit denen zu vergleichen«, empörte sich Madame.

»Auch die frühere Vereinigung der englischen Kaufleute, die Merchant Adventurer, waren keine zimperlichen Händler«, fuhr der Hausherr fort, »die haben uns das Leben recht schwer gemacht in der Hansezeit.«

»Aber das ist doch schon endlos lange her!«, brauste Cäcilie auf.

Caesar Schröder lächelte gequält. »Das stimmt. Aber es beflügelt ihren Geist immer noch.«

»Sie handeln doch auch mit englischem Kattun, verehrter Papa. Also verhalten Sie sich genauso wie die Engländer.«

»Nein, Cäcilie, es gibt einen Unterschied. Ich stelle keinen Kattun her, ich verkaufe ihn nur. Was kann ich dafür, dass die Leute danach verlangen?«

Vater und Tochter blickten sich feindselig an. Madame bemühte sich, von diesem unerquicklichen Thema abzulenken. »Caesar, im nächsten Monat wird Jenny Lind im Opernhaus auftreten. Ich gehe davon aus, dass du dich nicht dafür interessierst. Aber ich bitte dich, Karten für mich und Cäcilie zu besorgen. Es wird ein Ereignis von eminenter Bedeutung sein.«

Der Kaufmann schnaubte empört. »Natürlich gehe ich hin! Die ganze Börse geht hin. Welcher Mann wird sich schon Jenny

Lind entgehen lassen?« Er griff nach seinem Glas und kippte das Bier mit einem Zug herunter. »Es wird nicht einfach sein, noch Karten zu bekommen, aber ich habe so meine Verbindungen …«

Während die Familie Schröder beim Mittagessen war, stand Moritz ein Stockwerk tiefer vor seinem Pult und machte den fünfzehnten Strich auf seiner Liste. Der Kontorvorsteher blickte streng zu ihm herüber. Sofort konzentrierte sich Moritz wieder auf die Geschäftskorrespondenz.

Als die Dunkelheit hereinbrach, hastete er nach Hause, denn das Wetter lud nicht zu einem gemütlichen Spaziergang ein. Es stürmte aus Nordwesten, es war kalt, der Regen peitschte fast waagerecht durch die Straßen und Gassen.

Kurze Zeit später eilten vier Menschen, in Kapuzenmäntel gehüllt, an der nächtlichen Hafenkante entlang. Vor einem Keller im Herrengraben stellten sie ihre Fracht ab. Einer trat vor und klopfte an die Tür. Kaum hatte sie sich geöffnet, drängten die vier hinein.

Herta Forck nahm ihren nassen Schal ab, schlug die Kapuze zurück und stellte den Kochtopf auf den Tisch. Der Schauermann nahm den Deckel hoch, schaute hinein, blickte die Frau fragend an und schaute noch einmal in den Topf.

»Heute ist weniger drin als beim letzten Mal«, sagte Mutter Forck kühl. »Wir können auf Dauer keine zwei Leute zusätzlich durchfüttern. So reich sind wir nicht.«

Der Mann nickte, nahm die Kelle und füllte den Teller des Mädchens. Dann häufelte er sich einen Klacks des Kartoffel-Steckrüben-Eintopfs auf den eigenen Teller.

Der Quartiersmann und seine Frau hatten sich auf die Schemel gesetzt, die beiden Jungen lümmelten sich auf dem Bett. Moritz registrierte, dass der Schauermann rasiert war und sich wohl auch gewaschen hatte.

»Du musst arbeiten gehen«, sagte Johann Forck, »es muss Geld hereinkommen.«

»Leicht gesagt«, brummte der Mann und spuckte gezielt in den Spucknapf mit dem Sand. »Das Bein wird einfach nicht besser.«

»Lass mal sehen«, befahl Herta Forck.

Widerstrebend krempelte der Schauermann das Hosenbein hoch. Moritz konnte einen großen blauen Fleck erkennen und einige blutige Schrammen. Die erschienen ihm harmlos. Doch vorn, am Schienbein, sah es nicht gut aus. Da hatte sich eine dicke Kruste gebildet, die Ränder leuchteten ungesund rot. Die Mutter nahm die Kerze vom Tisch und betrachtete das Bein.

»Sieht schlimm aus«, sagte sie kopfschüttelnd, »die Wunde ist entzündet und nässt. Und hier fließt Eiter.« Sie stellte die Kerze wieder zurück, stemmte die Ellenbogen auf den Tisch und blickte dem Mann direkt ins Gesicht. »Du bist ein Fall für den Arzt. Doch dafür wirst du kein Geld haben. Und wir auch nicht. Aber ich kann nach der Kräuter-Anni schicken, die versteht sich gut auf diese Art von Verletzungen.«

Der Mann streckte die Hände von sich. »Kräuterweiber komm mir nicht ins Haus! Die helfn nich, die schaden nur. Ich kenn ein Mann, der ist gestorbn nach so einer –«

»Paperlapp!«, fuhr Herta Forck dazwischen. »Wenn du nichts tust, wird der Wundbrand ins Bein kommen. Dann bist du so gut wie tot.« Sie beugte sich über den Tisch, ihre Stimme wurde drängender. »Wir machen jetzt einen Vertrag: Wenn du gestorben bist, nehmen wir das Mädchen zu uns. Dann braucht es nicht ins Waisenhaus.« Sie winkte Richtung Bett. »Moritz, bring das Papier und die Feder!«

Über diese lange Rede musste der Mann erst einmal nachdenken. Er schaute an seinem Bein herunter, auf das Mädchen, das ganz verschüchtert vor seinem leeren Teller saß, und dann auf Herta Forck.

»Ist gut. Du kannst der Kräuterhexe Bescheid sagn.«

Die Mutter holte eine kleine Papiertüte aus ihrem Mantel und legte dem Mädchen zwei Bonbons hin. »Karamell-Kiensche. Die kommen ganz frisch aus der Pfanne.«

Auch Johann Forck griff in seine Manteltasche und beförderte eine Dose Tabak hervor. Die beiden Männer stopften ihre Pfeifen. Dann fischte der Quartiersmann zwei Flaschen Braunbier aus der Transportkiste.

Moritz hatte mit einem Mal das Gefühl, als würde er durch ein Fernrohr auf Hamburg blicken und in einem Wohnkeller im Herrengraben eine merkwürdige Gesellschaft entdecken: Da saßen zwei Männer am Tisch vor ihren Bierflaschen und rauchten, während am anderen Ende des Tisches eine Frau und ein kleines Mädchen ihre Köpfe zusammengesteckt hatten und tuschelten. Auf dem Bett an der Rückwand lag ein kräftiger junger Mann und schnarchte, während sich der andere mit abwesendem Blick im Keller umsah.

»Soweit ich weiß«, sagte der kräftigere der beiden Männer gerade, »gibt es in der Mordsache Elbrand keine neuen Erkenntnisse. Dann wird es wohl doch der Engländer gewesen sein.«

Der andere wiegte den Kopf. Er blickte vorsichtig zur Tür, zur Frau und dem Mädchen, dann zu dem schlafenden jungen Mann. Schließlich beugte er sich über den Tisch. »Vielleicht war's der Engländer. Könnt aber auch jemand anders gewesn sein.«

»Jemand anderes?«

Von draußen drang ein Geräusch in den Keller. Der Schauermann horchte, stand auf, blickte aufmerksam die Straße hinauf und hinunter und setzte sich dann wieder.

»Ich konnt in der Nacht nicht schlafn. Ich musst mich bewegn. Wegen dem Bein. Gerade als ich die Stufn hoch wollte, kam 'n Betrunkener vorbei. Der hat laut vor sich hin geflucht. Von der Kleidung nach war's 'n vornehmer Herr.« Er nahm den letzten Schluck und plierte bedauernd in die Flasche. »Ich hab ihn vorbeigelassn. Mit Betrunkenen ist nicht zu spaßn. Kurz darauf war da noch 'n Geräusch.«

»Was für ein Geräusch?«

»Tritte. Von vieln Füßn. Da schlichn drei oder vier Leute hinter dem Betrunknen her. Ich nehm an, das warn Männer, jedenfalls sahn sie kräftig aus. Einer trug ’n Sack in ’ner Hand.«

»Waren es drei oder vier?«

»Weiß nich. War dunkel.«

»Hast du ihre Gesichter gesehen?«

»Nee. Die warn ganz schwarz. Schwarze Sachen, schwarze Gesichter. Auch die Hände schwarz. Ganz schwarze Leute eben.«

»Waren das Mohren?«

Der Mann dachte nach. »Glaub ich nich. Mohren sehn anders aus. Die warn wie wir, nur schwarz eben.«

»Und dann?«

»Nix und dann! Ich hab die Tür verriegelt. Is besser, wenn man nich so viel sieht.«

»Hast du die Polizei informiert?«

»Polizei? Biste verrückt? Hier sehn wir die Polizei lieber gehn als kommn. Und warum auch? Was gehn mich vornehme Leute an. Die kümmern sich auch nich um mich.«

Die Gruppe mit den Kapuzenmänteln machte sich auf den Heimweg. Es war immer noch kalt und windig, aber wenigstens hatte der Regen aufgehört. »Ob diese Männer den Werftbesitzer umgebracht haben?«, fragte Jan.

»Wohl kaum«, sagte der Vater. »Wer auf Raub aus ist, geht allein. Dann braucht er die Beute nicht zu teilen.«

Die Mutter schüttelte nachdenklich den Kopf. »Es können auch nur zwei Leute gewesen sein. Vielleicht war der Schauermann so betrunken, dass er doppelt gesehen hat.«

Als die Familie um die Ecke bog, ließ sich Moritz zurückfallen. Er schaute sich um, niemand war zu sehen. Und doch hatte er das Gefühl, dass sie nicht allein auf der Straße waren. Schlimmer noch, es schien ihm, als ob sie verfolgt würden. Er drückte sich in die Dunkelheit eines Hauseingangs und beobachtete die

Umgebung. Nichts. Keine Bewegung, kein Schatten. Dennoch blieb dieses ungute Gefühl.

Moritz rannte los, um seine Eltern einzuholen, doch er kam nicht weit. Hinter der nächsten Ecke stieß er mit einem Mann zusammen. Der Unbekannte fluchte leise, fast wäre er von Moritz umgerissen worden. Er war von schmächtiger Gestalt, seinen breitkrempigen Hut hatte er tief ins Gesicht gezogen. Moritz wollte sich gerade entschuldigen, da war der Mann schon wieder verschwunden. Wohin, hätte Moritz nicht sagen können, er hatte sich einfach in Luft aufgelöst.

Schnell schloss er zu seinen Eltern und Jan auf. Von dem Zusammenstoß mit dem Fremden sagte er nichts. Wahrscheinlich war es ohnehin nur ein Spaziergänger gewesen.

An diesem Abend traf Moritz Jette Jacobsen, als sie gerade einen Korb mit Wäsche über die Twiete schleppte. Er wollte ihr helfen, doch da hatte sie schon den Korb abgestellt und setzte sich auf die Stufen von Stehr.

Eine Zeit lang saßen sie schweigend nebeneinander. Moritz schaute dem Treiben auf der Twiete zu, und Jette hatte ihre langen, dünnen Arme um die Beine geschlungen und starrte vor sich hin.

»Ich bin jetzt vierzehn Jahre alt«, sagte sie.

»Ich weiß.« Er holte ein paar Murmeln aus seiner Jackentasche und ließ sie die Stufen hinabhüpfen.

»Im nächsten Monat werde ich eingesegnet. Dann ist die Schule zu Ende.«

»Das war bei mir auch so.«

»Vielleicht ziehe ich weg.«

Moritz hielt vor Schreck die Luft an, die Murmeln rollten unbeachtet in den Rinnstein, ohne dass er sie eines Blickes würdigte. »Wegziehen?«

»Mein Vater sucht eine Stelle als Hausmädchen für mich. Vielleicht muss ich nach Altona zu den Dänen. Oder ins

Hannoversche.« Sie schaute ihn mit feuchten Augen an, ihre Unterlippe zitterte. »Meine Geschwister werden sich freuen. Endlich wird ein Platz im Bett frei.«

Moritz war wie vor den Kopf geschlagen. Jette, seine Jette, sollte wegziehen? Vorbei ihre gemeinsame Zeit bei Stehr auf den Stufen? Er fühlte sich plötzlich so kraftlos, als hätte er den ganzen Tag Steine geschleppt. Ihm war kalt, und er zog die Jacke vor der Brust zusammen. Jette lehnte sich gegen ihn. Moritz spürte ein Vibrieren, wahrscheinlich weinte sie. Unbeholfen legte er einen Arm um sie. Jetzt flossen die Tränen wie bei einem Deichbruch. Vielleicht sollte ich sie küssen?, dachte Moritz. Küssen macht glücklich. Aber ich kann sie nicht küssen, so richtig auf den Mund, ich küsse ja immer Cäcilie. Er nahm ihr Gesicht in beide Hände und küsste die Tränen von ihren Wangen. Das war anscheinend falsch, völlig falsch, denn nun kamen immer mehr.

14

Den halben Tag lang hatten Anna Louise Schröder und ihre Tochter damit verbracht, ihre Garderobe zu sichten.

»Wir dürfen nicht gar zu neumodisch gekleidet sein«, erklärte Madame, »das ziemt sich nicht bei Herrn und Frau Senator Albers.«

Na, das kann ja langweilig werden, dachte Cäcilie.

Sie entschied sich für das dunkelblaue Samtkleid mit den Puffärmeln und dem großen Ausschnitt, das sie zu ihrem ersten Ball bekommen hatte. Doch mit dieser Wahl stieß sie bei ihrer Mutter auf Granit.

»Damit gehen wir nicht zu Albers!«, ordnete Madame mit scharfer Stimme an. »Herr und Frau Senator sind greise Leute. Ihre Vorstellungen davon, was sich gehört, stammen noch aus der Zeit des Wiener Kongresses. Ich kann nicht verantworten, dass Frau Albers an Schlagfluss stirbt, wenn sie dich sieht.«

Cäcilie begehrte auf. »Ich trage über dem Kleid doch den schönen Seidenschal mit den Brüssler Spitzen, den ich von Papa bekommen habe. Darunter kann man das Dekolleté kaum sehen. Außerdem ist Frau Senator fast blind.«

»Diese Frau sieht alles! Und sie hat eine sehr spitze Zunge.«

Widerwillig hängte Cäcilie das Kleid weg.

Das Hausmädchen kam mit den Miedern. Die Unterkleidung bereitete Cäcilie keine Schwierigkeiten, ihr Mieder musste nur wenig geschnürt werden. Anders sah es bei Madame aus. Das Hausmädchen schaffte es einfach nicht, ohne Hilfe eine einigermaßen sichtbare Taille hinzuzaubern, Cäcilie musste mit anfassen. Gemeinsam zerrten sie an den Bändern. Endlich, unter vielen Mühen, zeigten sich Ansätze der gewünschten Kontur. Madame ließ die Behandlung mit einem Stöhnen über sich ergehen, doch dann trat ihr der Schweiß auf die Stirn, und sie atmete nur noch flach.

»Nicht so fest«, hauchte sie, »ich bekomme keine Luft mehr.«

Man gab etwas nach. Sofort nahm Anne Louises Figur ihre ursprüngliche Form an.

»Nein, so geht das nicht!«, schrie Madame entsetzt. »Mit dieser Taille kann ich mich nicht sehen lassen. Zieht wieder fester, aber nur unten. Oben brauche ich nicht geschnürt zu werden.«

Während sich die beiden wieder an die Arbeit machten, hielt sich Madame krampfhaft am Türrahmen fest, um nicht umgerissen zu werden.

»Wenn ich einen Schnürleib von Lacrois aus Paris hätte«, stöhnte sie, »wäre alles viel einfacher.«

»Frau Mama, es liegt nicht am Korsett«, wagte Cäcilie zu bemerken, denn sie wusste, dass ihre Mutter viel zu wenig Luft hatte, um sich mit ihr zu streiten.

Cäcilie schlüpfte in ihr braunes, hochgeschlossenes, eng anliegendes Kleid mit der schwarzen Knopfleiste. Madame blickte misstrauisch.

»Beinahe zu gewagt«, bemerkte sie missbilligend, »diese englische Mode verdirbt die Sitten.«

»Roger sagt, dass seine Königin solche Kleider trägt, wenn sie ausreitet.«

»Als Reitkleidung mag es angehen. Aber sicherlich nicht zum Dinner.«

»Ich werde Frau Senator sagen, dass ich dieses Kleid von Königin Victoria bekommen habe und es deshalb tragen muss.«

Madame schüttelte resigniert den Kopf. »Ich möchte, dass du dazu die weiße Spitzenhaube aufsetzt.«

Cäcilie bedachte ihre Mutter mit jenem mitleidigen Blick, der sonst nur den halbtoten Leuten im Siechenhaus galt. »Frau Mama«, sagte sie langsam, jedes Wort betonend, »man trägt kein Häubchen zu einem solchen Kleid. Man trägt entweder einen flachen Hut oder windet sich Bänder ins Haar.«

»Kind, wie willst du deine hochgesteckten Haare unter einen flachen Hut bekommen?«

»Die Haare steckt man nicht darunter, Frau Mama. Der Hut sitzt vor den hochgesteckten Haaren.«

Madame schüttelte verständnislos den Kopf. Sie umrundete ihre Tochter, zupfte hier am Kleid, glättete dort. »Ganz schön frivol. Ich werde Alexander einschärfen, dass er auf dich aufpasst.«

Madame schminkte sich sorgfältig und sparte auch nicht mit dem Talkumpulver. Als Cäcilie ebenfalls nach der Quaste greifen wollte, wehrte ihre Mutter ab. Doch dann besann sie sich.

»Es wird langsam Zeit, dass wir nach einem honorablen Mann für dich Ausschau halten, Cäcilie. Zu den Albers kommen zwar meist ältere Leute – aber wer weiß.« Sie fixierte ihre Tochter. »Du könntest dir die Nase pudern, damit sie nicht gar so glänzt.«

Cäcilie nahm die Quaste. Sie hielt einen Augenblick inne, dachte an Moritz, doch dann verschwand ihr Gesicht in einer Puderwolke.

»Wir müssen uns noch um unsere Haare kümmern«, sagte Madame. »Ich habe Monsieur Leblanc, den Coiffeur, rufen lassen. Er ist ein Meister, er wird uns herrliche Frisuren zaubern.«

»Frau Mama!« Cäcilie streckte erschrocken die Hände von sich. »Sie meinen doch nicht etwa diesen alten Mann in den Kniehosen? Solche Hosen trägt man nicht einmal mehr am Hofe des Königs von Sachsen. Und das will schon etwas heißen.«

»Cäcilie! Der König von Sachsen ist ein ehrenwerter Mann.«

»Er ist ein altmodischer Mann. Ich jedenfalls möchte keine Frisur *à la Joséphine* haben, dafür bin ich zu jung. Ich werde mir die Haare selbst ondulieren. Mit Hilfe des Hausmädchens.«

Als das Brenneisen heiß war, machte sich das Mädchen auf den Weg in Cäcilies Zimmer. Bald darauf zog der Geruch von verbranntem Horn durch den Speicher. Das Hausmädchen legte erschrocken das Eisen beiseite. »Vielleicht zu heiß?«

»Nein, die Hitze war richtig. Jetzt warten wir, bis die Haare abgekühlt sind, und dann drehen wir sie über den Lockenstock.«

Mutter und Tochter trafen sich im Salon, dem großen Raum neben dem Speisezimmer. Madame schwebte – nun ja, schritt – unter einem Turm aus Haaren und darin eingeflochtenen Schleifen und Bänder einher. Cäcilie hatte ihre Haare schlicht nach hinten gekämmt und mit einem Band sowie verschiedenen Hornkämmen hochgesteckt, wobei sie die Ohren bedeckt ließ, wie es der Anstand erforderte. An ihren Schläfen kringelten sich Coquetteslöckchen nach der neuesten Mode.

Schließlich erschienen auch Caesar Schröder und Alexander. Caesar nahm die holde Weiblichkeit in Augenschein, Alexander stieß angesichts seiner herausgeputzten Schwester einen anerkennenden Pfiff aus.

Diese wohlwollende Aufmerksamkeit war jedoch einseitig. Die beiden Männer mussten sich einer hochnotpeinlichen Untersuchung seitens der Dame des Hauses unterziehen. Alexander, der einen dunklen Frack über einer geblümten Weste sowie einen Chapeau Claque trug, kam fast ungeschoren davon. Madame rückte nur die Ärmel zurecht und wischte ein paar Haare vom Kragen.

Dann richtete sie den Blick auf die Kleidung ihres Mannes. »Caesar, so geht das nicht! Du hast immer noch deine Arbeitskleidung an. Damit hat man dich schon auf der Börse gesehen.«

Armer Papa, dachte Cäcilie, jetzt geht es dir an den Kragen, aber Mama hat recht.

»Die Kleidung wird doch dadurch nicht schlechter«, verteidigte sich Caesar Schröder, »dass ich sie heute Mittag bereits anhatte.«

Madame blickte verzweifelt zur Decke. »Dieser Frack ist schäbig. Warum trägst du nicht den neuen, den dir Meister Lambrecht geschneidert hat?«

»Dieser hier ist viel bequemer. Der andere spannt und kneift. Meister Lambrecht muss sich vermessen haben.«

Anna Louises Blick ruhte nachdenklich auf den beeindruckenden Rundungen ihres Gatten. »Meister Lambrecht hat richtig gemessen, du bist dicker geworden. Wir werden einen Keil in die Hose einsetzen lassen.« Sie umrundete ihren Mann. »Dieses alte Ding kannst du jedenfalls nicht tragen. Meine Freundinnen könnten glauben, ich komme mit meinem Großvater zum Dinner. Und wie du die Halsbinde angelegt hast. Alles zerknittert!« Sie zog und zerrte am Halstuch und am Kragen. »Warum machst du eine so altmodische Schleife, Caesar? Habe ich dir nicht tausend Mal erzählt, dass du das Tuch nach Byronmanier knoten sollst?«

Caesar wehrte ihre korrigierenden Hände ab. »Diesen merkwürdigen Knoten kann ich nicht. Außerdem ist es doch völlig egal, was ich anhabe. Die Männer schauen ohnehin nur auf die jungen Damen. Und die Frauen blicken auch auf die jungen Damen. Wenn ich nackt ginge, würde es niemand bemerken.«

»Caesar! Contenance, bitte. Es sind Kinder im Raum.«

Das Hausmädchen meldete, dass die Mietkutsche vorgefahren war. Man begab sich in die Diele, wo der Gärtner die Pelze für die Damen und die Capes für die Herren reichte.

Am Anwesen des Senators Albers herrschte dichtes Gedränge. Mietdroschke auf Mietdroschke rollte vor das Portal am Alsterdamm, hilfreiche Hände streckten sich den Damen entgegen, die vollauf damit beschäftigt waren, ihre bauschigen Kleider unversehrt aus den Kutschen zu bekommen. Caesar Schröder reichte Madame den Arm, Alexander und Cäcilie schritten hinter ihren Eltern über die gekieste Auffahrt. Vor dem Portal mussten die Schröders wegen des Gedränges warten.

An der Tür zum Saal beugte sich der livrierte Lohndiener Ludwig den Ankömmlingen entgegen. Man sagte leise seinen Namen, zwei Diener stießen die Doppeltür auf, und Ludwig meldete mit lauter Stimme die Neuankömmlinge. Caesar

Schröder musste seinen Namen nicht nennen, man kannte und schätzte sich seit Langem. Lohndiener Ludwig verbeugte sich vor Madame. Er schien ehrlich erfreut und rief den Namen »Schröder« in den Saal.

»Den Ludwig sollten wir mieten«, flüsterte Madame, »wenn wir im nächsten Jahr das Fest unserer silbernen Hochzeit feiern.«

Herr und Frau Senator schritten auf die Schröders zu, man verbeugte sich und tauschte Höflichkeiten aus. Der Gastgeber hatte sich in einen altmodischen schwarzen Frack geworfen, seine graue Weste hatte die gleiche Farbe wie seine Haare und das Gesicht. Frau Senator war eine kleine, dünne Person mit einer spitzen Nase und schmalen Lippen. Sie trug ein hochgeschlossenes, schwarzes Kleid im veralteten Empire-Stil.

Das kann ja heiter werden, dachte Cäcilie und rümpfte die gepuderte Nase. Zuerst dieser Lohndiener in seinen hellen Kniehosen und dann noch diese unfreundlich wirkende Frau in dem schrecklichen Kleid, das nicht einmal ein Dienstmädchen an ihrem freien Tag tragen würde.

Einer von Ludwigs Dienern geleitete Familie Schröder an die Tafel, während sich die Gastgeber den nächsten Ankömmlingen zuwandten.

»Ich hoffe, dass die Sitzordnung geschickter gewählt ist als beim letzten Mal«, flüsterte Madame. »Ich möchte nicht wieder dieser unmöglichen Person, der Konsulin Hagenau, gegenübersitzen müssen.«

»Der Konsul ist schon seit einem Jahr nicht mehr in Hamburg. Außerdem fand ich Madame Hagenau überaus attraktiv.«

»Was war an der wohl attraktiv?«

»Das Dekolleté«, antwortete Caesar trocken. »Es war eine wohlgeformte Paradefläche für ihren Familienschmuck.«

Madame war mit der Sitzordnung zufrieden, auch wenn Caesar den Kaufmann Menck und dessen Gattin als blass und langweilig empfand. Alexander und Cäcilie hatten ein besseres Los gezogen. Man hatte sie zu den jungen Leuten ans Ende der Tafel gesetzt.

Von dort flogen Wortfetzen und Lachen zu den steifen Gastgebern herüber, die in der Mitte der langen Tafel residierten.

Cäcilie saß einem Engländer gegenüber, der ein ausgezeichnetes Deutsch sprach. Er war nicht nur ein gebildeter junger Herr, sondern auch ein überaus gut aussehender Gentleman.

»Das Reitkleid steht Ihnen ausgezeichnet«, sagte er. »Bei mir zu Hause würden Sie von der Königin zur Fuchsjagd eingeladen werden.«

Cäcilie errötete, Alexander runzelte ärgerlich die Stirn.

Nachdem der Hausherr alle Gäste begrüßt und an der Tafel eine kleine Ansprache gehalten hatte, wurde das Essen aufgetragen. Als Vorspeise wurden eingemachtes, kaltes Gemüse und verschiedene Pickles sowie Weißbrot gereicht.

»Eine gute Idee«, raunte Madame, »das muss ich mir merken. Nach diesem Gang essen die Leute nicht mehr so viel vom Hauptgericht.«

Caesar wollte ihr nicht beipflichten.

Der erste Gang bestand aus verschiedenen Pasteten, einem sauer eingelegten Wildschweinkopf und geräuchertem Aal. Dazu trank man französischen Rotwein. Madame schaute angeekelt auf den Kopf des Tieres, das eine Zitronenscheibe im Maul hielt und mit blinden Augen genau in ihre Richtung blickte.

Caesar Schröder langte reichlich zu.

Der zweite Hauptgang war ein Ochsenmürbebraten in Meerrettichsauce. Zum Fleisch drang man jedoch erst durch, nachdem man einen Berg entschalter Austern beiseite geräumt hatte.

Madame verfluchte ihr Korsett. In einem unbeobachteten Augenblick pickte Caesar die Austern von ihrem Teller.

Die meisten Gäste streckten noch vor dem Nachtisch die Waffen, die Gespräche erlahmten. Doch Caesar Schröder mochte die Rote Grütze mit Sahne und insbesondere die Windbeuteltorte à la Louis Quatorze nicht unberührt stehen lassen. Ungeachtet der allgemeinen Erschlaffung ließ er sich den Teller zweimal auffüllen. Der magenkranke schwedische Konsul beobachtete ihn mit zunehmendem Entsetzen, rülpste hinter vorgehaltener Hand und bestellte einen doppelten Schnaps.

Nach dem Essen begaben sich die Männer in den Billardsalon, um zu rauchen. Es bildeten sich genau die gleichen Grüppchen, wie sie auch an der Börse zu finden waren. Man plauderte über die Entwicklung des Handels und der Schifffahrt, den Anstieg der Rohstoffpreise, die Unruhe unter den französischen Arbeitern und über die Bildung eines Arbeitervereins in Hamburg, was alle verwerflich fanden. Und man plauderte natürlich über die schwedische Opernsängerin Jenny Lind.

Nachdem sich die Männer entfernt hatten, erfüllte das Rauschen teurer Stoffe den Saal. Die Damen wechselten in den kleinen Salon, wo Mocca und Konfekt gereicht wurden.

»Haben Sie Demoiselle Stolte gesehen, Frau Mama?«, fragte Cäcilie leise. »Die hat sich gut herausgemacht. Sie ist richtig hübsch geworden.«

»Hübsch schon, doch hast du den kalten Blick bemerkt, mit dem sie uns gemustert hat? Die hat Gift in den Adern, genau wie ihre Mutter.«

»Taxieren sich nicht alle Frauen so?«

»Ja, leider.«

Zwischen Kaffee und Konfekt tauschten die Damen Komplimente aus, nicht selten gewürzt mit vergiftetem Lob. Madame Schröder verstand es geschickt, das Gespräch auf diesen schrecklichen Mord an dem Werftbesitzer zu lenken. Alle schienen betroffen über diesen Vorfall, man legte – der Pietät wegen – eine Schweigeminute ein. Danach jedoch führten die Klatschmäuler das große Wort. Frau Senator Albers mit ihrer schrillen, durchdringenden Stimme war es vergönnt, sich in dem allgemeinen Lärm Gehör zu verschaffen.

»Dass so etwas in unserer Stadt passieren kann«, rief sie und richtete ihren Blick gen Himmel – beziehungsweise zur Zimmerdecke. »Der Bürger Elbrand war ein so honorabler Mann. Er hat sich immer für das Gemeinwesen eingesetzt. Schon zur

Franzosenzeit hat er dafür gesorgt, dass die Belastungen der Bevölkerung nicht allzu drückend wurden.«

»Ach was«, entgegnete Madame Godeffroy schroff, »der hat doch sein Mäntelchen immer in den Wind gehängt. Erst hat er den Franzosen gedient, und als die endlich vertrieben waren, saß er plötzlich im Rat der Stadt.«

»Das können Sie ihm nicht vorwerfen!«, schrie Frau Senator in einem schrillen Diskant. »Er hat sich immer um das Wohlergehen der Stadt gekümmert. Und er hat die schönen Künste gefördert.«

Madame Godeffroy brach in ein hysterisches Lachen aus. »Der hat wohl eher die schönen Künstlerinnen gefördert. Seine Frau hat er jedenfalls stark unterdrückt, die sah immer sehr verhärmt aus. Und ist ja auch früh gestorben.«

»Der Mann hat nicht lange um seine Frau getrauert«, flüsterte eine der Damen ihrer Nachbarin zu. »Der war nie ein Freund von Traurigkeit. Ich sage nur: leichte Mädchen und so ...«

Die Diener kamen mit Likör, Cäcilie lehnte ab. Die Damen nippten mit abgespreiztem kleinem Finger an den Gläschen.

»Leider war er dem Alkohol sehr zugeneigt«, erklärte Frau Bürgermeister mit bedauerndem Tonfall. »Und er hat sich in der südlichen Neustadt herumgetrieben, wo kein ehrbarer Mensch hingeht. Mein Mann hat ihn dort einmal gesehen.«

»Interessant«, bemerkte Madame Schröder. »Und warum war *Ihr* Mann in dieser verpönten Gegend?«

Frau Bürgermeister errötete und schlug die Augen nieder. »Er hatte beruflich zu tun.«

»Ich verstehe nicht«, meldete sich nun wieder Madame Godeffroy, »warum dieser Hang zum Laster bei den Vorstehern der Baudeputation so verbreitet ist. Vielleicht liegt es an der dienstlichen Nähe zum Hafen. Über den Elbrand hat man sich schon immer das Maul zerrissen, aber sein Nachfolger im Amt soll noch schlimmer sein.«

Frau Senator Albers wechselte plötzlich ohne erkennbaren Grund die Seite. »Das stimmt nicht!«, empörte sie sich. »Dieses

Gerücht hat der Elbrand doch nur in der Stadt herumerzählt, um sich an seinem Nachfolger zu rächen. Weil der ihn aus dem Amt gedrängt hat.«

»Na ja. Zimperlich waren die beiden nicht im Umgang miteinander«, bemerkte Madame Godeffroy. »Ich will nichts gesagt haben, aber da lag doch immer Gewalt in der Luft, wenn die sich begegnet sind.«

Cäcilie begab sich in den Garten. Teils, um diesem sinnlosen Klatsch und Tratsch zu entgehen, teils, weil ihr das schwere Essen Blähungen verursachte. Sie setzte sich auf eine Bank in einer Nische und ließ den Blick über die kunstvoll angelegten und jetzt von Kerzenkandelabern erleuchteten Wege schweifen. Es war kühl, aber die Enge des kleinen Salons hatte sie so erhitzt, dass sie nicht fror.

»Darf ich mich zu Ihnen setzen«, fragte eine Stimme mit englischem Akzent.

Nach kurzem Zögern rückte Cäcilie zur Seite. Es hatte den Anschein, als würde sie es widerwillig tun, doch sie konnte nicht verhindern, dass ihre Augen strahlten. Es ist unschicklich, ohne Begleitung mit einem jungen Mann in einem dunklen Garten zu sitzen, meldete sich jetzt ihr Anstandsgefühl. Nun ja, es meldete sich sehr leise.

»Bei uns sehen die Gärten anders aus«, plauderte der junge Mann ungezwungen, »nicht so unübersichtlich. Ich habe lange gebraucht, Sie zu finden.«

»Warum wollten Sie mich finden?«, fragte Cäcilie frech.

Diese direkte Frage brachte den jungen Mann aus der Fassung. Er stotterte herum, fand nicht die richtigen Worte, schwieg schließlich verwirrt.

Cäcilie gab ihm noch eine Chance. »Erzählen Sie mir von sich.«

Das allerdings tat er gern und ausgiebig. So erfuhr sie, dass er Charles Turner hieß, dass er hier in Hamburg als Inspizient für eine englische Reederei arbeitete, dass er begeisterter Ruderer war und dass er bei Regatten auf der Themse bereits einige Preise gewonnen hatte.

Cäcilie hörte ihm aufmerksam zu. Er hatte eine weiche Stimme mit einem fremdländischen Klang und war nicht aufdringlich. Doch dann erinnerte sie sich wieder an den Grund, aus dem sie hier bei Senator Albers war.

»Kennen Sie Roger Stove?«

Der junge Engländer antwortete nicht sofort. Er blickte an ihr vorbei in den Garten und stützte den Kopf nachdenklich auf die rechte Hand. »Nein«, sagte er schließlich, »ich kenne niemand mit diesem Namen.« Es sollte beiläufig klingen, doch Cäcilie war sich sicher, dass der Engländer nicht die Wahrheit sagte.

»Sicher kennen sie den Agenten der Iron Company aus Birmingham?«

Charles Turner ließ sich wieder Zeit. »Ja, ich weiß, wen Sie meinen. Ich kenne den Agenten aber nicht persönlich.«

»Schade, wir haben schon lange nichts mehr von ihm gehört. Wir wüssten gerne, wo er sich jetzt aufhält.«

»Ich kann versuchen, das herauszufinden«, sagte der Engländer eifrig. Und dann sagte er noch, dass sie sich in ein paar Tagen treffen sollten, dann wüsste er mehr, vielleicht zu Mittag am Jungfernstieg, er würde sie gerne über das Alsterbecken rudern.

»Vielleicht«, sagte Cäcilie.

Auf dem Kies waren schnelle Schritte zu hören. Charles Turner verabschiedete sich hastig und verschwand in der Dunkelheit.

»Cäcilie«, rief Alexander empört, »was machst du hier? Wir suchen dich überall. Die Mietdroschke ist bereits vorgefahren.«

Cäcilie lehnte sich, eingepackt in ihren Pelz, wohlig in der Kutsche zurück. Charles ist zwar Ausländer, dachte sie, doch er ist ein interessanter Mann. Und ein wirklich gut aussehender Engländer.

15

Es war kalt und dunkel. Moritz lag wach im Bett, allein, ohne Jan. Es war nicht sein Bett und es war auch nicht ihre Kammer, in der das Bett stand, denn um ihn herum war viel Platz. Es musste ein riesiger Raum sein, so groß, dass er weder die Wände noch die Decke erkennen konnte. Moritz kniff die Augen zu Schlitzen zusammen, er versuchte es noch einmal. Jetzt sah er dunkelgraues, brüchiges Gestein, überall. Ohne Zweifel, er lag in einer Höhle. Er wollte sich aufrichten, sich aus dem Bett schwingen, doch es ging nicht. Er war festgekettet! Eine rostige, schmiedeeiserne Fußfessel an seinem rechten Bein verband ihn mit der Felswand. Er riss daran, doch die Fessel gab keinen Millimeter nach. Ungläubig schaute er sich um. Es gab nichts in dieser großen Höhle, keine Menschen und auch kein Möbelstück, nur ihn und dieses Bett.

Ganz weit entfernt, am Ende eines niedrigen Tunnels, konnte er jetzt einen flackernden Schein erkennen. Dort standen Menschen. Sie schrien und gestikulierten, doch er konnte sie nicht verstehen. Plötzlich vibrierte der Boden von stampfenden Schritten. Aus einer Nische löste sich ein schreckliches Wesen. Es wurde größer und größer und kam drohend auf ihn zu. Moritz zerrte wieder an der Fußfessel, doch die blieb fest verankert im Granit.

Dann stand der Drache vor ihm. Dunkelgrau war er und so groß, dass sein Rücken fast die Decke berührte. Aus seinen stachelbesetzten Schuppen tropfte weißes Sekret.

Der Drache riss das Maul auf. Zwischen den langen, spitzen Zähnen züngelte eine gespaltene Zunge hervor. Plötzlich schoss eine Flamme aus dem Rachen des Untiers, direkt auf Moritz zu. Sie traf ihn jedoch nicht, sondern fiel kurz vor ihm in sich zusammen. Doch er spürte die sengende Hitze, der beißende Gestank nahm ihm fast den Atem.

Noch ehe der Drache ein zweites Mal Feuer spucken konnte, stand seine Mutter vor dem Bett. Sie zerrte an Moritz' Arm, wollte ihn aus der Gefahrenzone bringen, doch da war immer noch diese Fußfessel. Wieder raste eine Feuerwalze auf Moritz zu, wieder die Hitze und dieser Gestank. Die Menschen vor dem Eingang schrien jetzt immer lauter. Die Mutter fasste mit beiden Händen zu, ein heftiger Ruck, ein stechender Schmerz, dann lang er vor dem Bett, von der Fessel befreit.

»Nun komm schon«, keuchte Herta Forck. »Oder willst du ersticken?«

Moritz schnappte nach Luft. Er musste husten, er konnte fast nicht aufhören. »Was ist los?«, krächzte er.

»Feuer im Hof. Es brennt!«

Moritz rappelte sich hoch und torkelte hinter der Mutter ins Wohnzimmer. Um das offene Fenster drängten sich die Familie Kruse aus dem zweiten Stock und die alte Witwe Stücker. Er zwängte sich zwischen ihnen hindurch und sog die frische Luft tief in seine Lungen. Dann blickte er nach unten. »Es brennt ja gar nicht.«

»Dummkopf!«, schimpfte Herr Kruse. »Das hier ist der nächste Hof. Es brennt auf der anderen Seite. In unserem Hof.«

Moritz blickte sich suchend um. »Wo sind Vater und Jan?«

»Draußen. Löschen.« Herta Forck blickte angespannt auf die kleine Gemeinde, die sich um sie versammelt hatte und ihren Schutz suchte. »Die haben es noch in den Hof geschafft. Aber ich musste erst die anderen wecken.«

Niemand sagte etwas, alle blickten voller Angst auf das Küchenfester, wo dunkler Rauch hochwallte. Moritz hörte das Prasseln der Flammen und die Rufe der Leute nach Wasser. Inzwischen brannte es wohl schon im Treppenhaus, denn dicke Schwaden quollen unter der Wohnungstür hindurch in die Küche. Witwe Stücker krampfte ihre knochigen Hände um den Gehstock und betete das Vaterunser. Die Kruse-Kinder drückten sich in die Schürze ihrer Mutter und weinten.

»Was machen wir, wenn das Feuer nicht zu löschen ist?«, fragte Frau Kruse. Ihre Stimme zitterte so stark, dass sie kaum zu verstehen war.

»Springen!«, sagte Herta Forck.

Herr Kruse stöhnte laut auf.

Moritz blickte wieder in den Hof hinunter. Im dritten Stock zu wohnen, war ihm bisher nicht besonders hoch erschienen. Die Speicher an den Fleeten reichten teilweise bis in den sechsten Stock, das war schon etwas anderes. Doch jetzt, wo er möglicherweise aus dieser Höhe hinunterspringen musste, war es ihm, als würde er hoch in den Wolken wohnen. Bevor ihm übel wurde, blickte er zur Seite.

Schlagartig erkannte er eine Möglichkeit der Rettung. Vielleicht konnten sie sich auf dem schmalen Sims zum nächsten Fenster hinüberhangeln und von dort auf das Dach des darunterliegenden Hauses springen. Da gab es zwar nichts, um sich festzuhalten, doch das schräge Dach würde den Aufprall zumindest etwas abfedern. Wenn sie dann vorsichtig weiterrutschten, bis zur Dachrinne, waren es höchstens noch zwei Meter bis zum Boden. Mutter würde die Rutschpartie wahrscheinlich überleben, Herr und Frau Kruse möglicherweise auch. Aber die Kinder und Witwe Stücker müssten wohl hier oben bleiben.

Vor dem Küchenfenster stieg jetzt weißer Dampf auf. Das Prasseln der Flammen ging in ein Zischen über. Schließlich hörte dieses Geräusch auf und auch die lauten Rufe im Hof. Es polterte auf der Treppe, die Wohnungstür flog auf, und im Türrahmen stand ein Mann. Er war ganz schwarz, nur das Weiße in seinen Augen war zu erkennen.

»Da seid ihr ja«, rief Jan. Schnell zählte er durch, keiner fehlte. Er boxte Moritz in die Seite und grinste. »Wir haben gewonnen. Das Feuer ist gelöscht.«

Moritz schaute seinen Bruder erleichtert an. »Du könntest dich mal wieder waschen. Und vorne hast du keine Haare mehr.«

»Oh, gar nicht gemerkt.« Jan strich sich über den Kopf. »Du hast was versäumt, Kleiner. Wir haben mit den Elementen gekämpft.«

»Es hätte auch daneben gehen können«, sagte Johann Forck, der gerade die Treppe hochkam. Er sah ebenso schwarz aus wie Jan, seine Hose triefte vom Löschwasser.

Moritz schaute sich unten im Hof um. Von dem Holzverschlag, in dem die Forcks ihre Quartiersmannschürzen untergebracht und ihren Holz- und Kohlenvorrat gelagert hatten, stand nur noch das verkohlte Gerüst. Die Haustür daneben war vollständig in Flammen aufgegangen, der Türrahmen angekokelt. Auch die Fenster hatten einiges abbekommen: die einen waren angesengt, andere nur rußgeschwärzt.

Ein Ächzen und Quietschen riss Moritz aus seinen Gedanken. Einige Männer wendeten gerade die Feuerspritze und schoben sie nach draußen auf die Gasse, wo die Pferde warteten.

»Der Pumpenwagen war recht schnell hier«, sagte Johann Forck anerkennend, »viel schneller als vor drei Jahren. Wir haben doch einiges dazugelernt seit dem großen Brand.«

Die Männer und Frauen standen erschöpft beieinander und redeten leise. Schließlich sammelten sie ihre Eimer und Töpfe ein. Ludwig Stern, der invalide war und nicht mehr arbeiten konnte, erklärte sich zur Feuerwache bereit.

Familie Forck saß in der Küche um eine Kerze, die Mutter Forck vorsichtshalber in eine Schüssel mit Wasser gestellt hatte. Obwohl alle müde waren, mochte jetzt keiner schlafen gehen. Vater und Jan tranken einen halben Eimer Wasser aus.

»Ich kann trinken, so viel ich will, ich bekomme diesen ekligen Geschmack nicht von der Zunge«, schimpfte Jan. Er wischte sich über die feuchten Lippen, ein heller Streifen auf der Wange wurde sichtbar.

»Wir haben doppeltes Glück gehabt«, sagte der Vater. »Unser Leben haben wir Ludwig Stern zu verdanken. Der konnte nicht schlafen wegen der Schmerzen in seiner steifen Hüfte. Als er aus dem Fenster sah, hat er die Flammen bemerkt.«

Moritz blickte unangenehm berührt zu Boden. Er nahm sich vor, den alten, verbitterten Mann in Zukunft freundlich zu grüßen, was er bisher noch nie getan hatte, weil er sich vor dem Invaliden fürchtete.

»Ludwig hat aber noch etwas gesehen. Einen Mann, der über den Hof lief.«

»Brandstiftung?«, fragte die Mutter erschrocken.

»Ganz sicher«, sagte Jan.

»Nicht unmöglich«, schränkte der Vater ein. »Vielleicht wollte der …«, er zögerte kurz, »der Brandstifter das Feuer im Schuppen legen, dann hätten wir es viel zu spät bemerkt. Er hat jedoch den Riegel an der Tür nicht aufbekommen. Das ist das andere Glück, das wir hatten.«

Jan grinste, und Moritz wusste warum. Die Tür ging nur auf, wenn man sie anhob und gleichzeitig am Riegel zog. Jan hatte schon lange den Auftrag, die Tür zu reparieren, doch er hatte keine Lust dazu gehabt.

»Lasst uns schlafen gehen«, sagte der Vater. »Wir müssen in ein paar Stunden wieder aufstehen. Jan und ich legen uns auf den Fußboden, so schmutzig wie wir sind. Mutter und Moritz gehen in die Kammer.«

»Wer kann so gemein sein und Feuer an ein Wohnhaus legen?«, fragte Moritz.

»Wir hätten uns nie auf die Sache mit diesem Elbrandmord einlassen sollen«, sagte die Mutter.

Johann Forck schaute sie ärgerlich an. »Du hast recht, Frau. Doch jetzt ist es zu spät. Jammern nützt nichts.«

»Wir müssen Wachen aufstellen«, meldete sich Jan zu Wort. »Tag und Nacht.«

»Lasst uns jetzt schlafen gehen«, sagte der Quartiersmann noch einmal. »Heute wird der Brandstifter nicht wiederkommen. Morgen werden wir die Wache organisieren. Jeder im Hof kommt einmal dran, dann sind die Lasten gleichmäßig verteilt.«

16

Nach diesem aufregenden Wochenende hätte Moritz gern mit jemanden über den »Schauermann im Keller« und über den »Brand im Hof« gesprochen. Doch Roger war im Gefängnis, Alexander Schröder sprach nicht mit einem Lehrling, und Herr Harms war Kontorvorsteher, mit dem besprach man keine persönlichen Dinge. So blieb Moritz allein mit seinen bedrückenden Gedanken. Mit mürrischem Gesicht klappte er sein Pult auf und machte zwei Striche auf das Blatt. Zwanzig Tage saß Roger nun schon im Gefängnis. Wie schrecklich.

Nachdem er am Nachmittag am Steinhöft gewesen war, um einen Briefentwurf übersetzen zu lassen, stand er nun, am Abend, im verlassenen Kontor des Speichers und übertrug den Brief in Reinschrift, damit er am morgigen Vormittag bei der Post von Thurn und Taxis aufgegeben werden konnte. Im Schein einer Kerze malte er die englischen Wörter aufs Papier. Das machte ihm mehr Spaß als Briefe in Deutsch zu schreiben, bei denen es nur um stupides Abschreiben ging. Hier jedoch bemühte er sich, die englischen Wörter auswendig zu lernen, und bei vielen kannte er inzwischen auch die deutsche Bedeutung. Er war so vertieft in seine Arbeit, dass er die Schritte auf der Treppe überhörte.

»Bist du allein?«, flüsterte Cäcilie.

Moritz schreckte hoch, fast hätte er aufs Papier gekleckst. »Ich muss arbeiten, Cäcilie. Heute bitte keine Deutschstunde.«

Sie lehnte sich an sein Stehpult. »Es geht nicht um die Deutschstunde, Moritz. Ich muss dir erzählen, was ich am Wochenende herausgefunden habe.«

Nicht schon wieder dieser Elbrandmord, dachte er, ich will nichts mehr davon hören. Er schnupperte, doch es duftete nicht nach Frühlingsblumen. Es roch nach verkohltem Holz, alles roch nach verkohltem Holz, der Geruch des Brandes klebte an ihm, schon den ganzen Tag, wahrscheinlich würde er ihn nie wieder loswerden, sein Leben lang nicht.

Cäcilie schien sein Desinteresse nicht zu spüren. Oder es war ihr gleich. Also stellte Moritz die Feder ins Tintenfass und hörte sich widerwillig an, was die Damen beim Dinner über den Werftbesitzer getratscht hatten.

»Der Elbrand scheint ein ganz Schlimmer gewesen zu sein«, sagte Cäcilie zum Abschluss.

»Vielleicht kann man es ihm nicht übel nehmen, dass er öfter in die Neustadt zu den käuflichen Damen gegangen ist. Wo er doch keine eigene Frau mehr hatte.«

Cäcilie rümpfte pikiert die Nase. »Es gibt genügend Witwen in der Stadt. Eine hätte den Werftbesitzer sicherlich geheiratet.«

Über dieses Problem wollte sich Moritz nicht auch noch Gedanken machen. Er streute Löschsand über den Brief, schüttelte das Blatt und ließ den Sand in die Dose zurückrieseln. Dann berichtete er von dem »Schauermann im Keller« und den schwarzen Männern, den Brand verschwieg er. Als es nichts mehr zu sagen gab, machte er einen Schritt nach vorn und wollte Cäcilie an sich ziehen, doch sie wehrte ab.

»Lass uns erst aufzählen, was wir wissen«, sagte sie schnell.

Moritz fühlte sich abgewiesen.

Sie reckte den Daumen hoch. »Erstens wissen wir, dass der englische Agent verschwunden ist und dass die Polizei nach ihm sucht.«

»Ich kann mir nicht vorstellen, dass man wegen eines ollen Krans einen Menschen umbringt.«

»Moritz Forck, du bist ein Trottel! Es geht nicht nur um diesen einen Kran. Mein Vater hat gesagt, dass alle Häfen an der Küste das gleiche Problem haben. Die Schiffe werden immer größer und können schwerere Lasten tragen, aber es gibt nicht genügend Kräne, die solche Gewichte heben können. Wer als Lieferant von Kränen in Hamburg den Fuß in die Tür bekommt, sagt Papa, hat ein riesiges Tor auf dem gesamten Kontinent aufgestoßen.«

»Vielleicht zählt ein Menschenleben wirklich nichts, wenn es um Geld geht«, sagte Moritz angewidert.

Cäcilie streckte zwei Finger aus. »Roger könnte theoretisch der Täter sein, vieles spricht gegen ihn. Doch anscheinend glaubt selbst die Polizei nicht mehr so richtig, dass er der Mörder ist.«

»Welchen Grund sollte Roger haben, den Werftbesitzer umzubringen?«

Cäcilie streckte drei Finger aus. »Dann sind da noch die drei oder vier schwarzen Männer ...«

»... und die Leute im Hafen, die dem Elbrand den Teufel an den Hals gewünscht haben.«

Cäcilie dachte nach. »Die schwarzen Männer brauchen nicht unbedingt etwas mit dem Mord zu tun zu haben. Vielleicht waren es Diebe, die nur zufällig zur gleichen Zeit auf der Straße unterwegs waren.«

»Es könnte ein Raubmord gewesen sein, ausgeführt von einem einzelnen Menschen.«

Es war still geworden im Kontor, nur die große Standuhr tickte. Moritz dachte über die Möglichkeiten nach, die Cäcilie aufgezeigt hatte. »Sind wir jetzt schlauer?«, fragte er.

»Ich fürchte, nein.«

»Wie war es sonst beim Dinner am Sonnabend?«

»Wirklich nett. Du glaubst es nicht, wer alles mit uns am Tisch saß.«

Sie zählte die Teilnehmer der illustren Gesellschaft auf, den netten Engländer überging sie. Moritz wurde ganz verzagt bei dem Gedanken, in welchen Kreisen sie sich bewegte. Hatte sie wirklich mit diesen Leuten gesprochen, die man nur vom

Hörensagen kannte oder von denen man vielleicht einen Blick erhaschte, wenn sie in der Kutsche vorbeifuhren?

Wahrscheinlich wird er mich gleich küssen wollen, dachte Cäcilie. Aber das geht nicht. Ich kann mich nicht mit diesem netten englischen Gentleman verabreden und gleichzeitig einen anderen Mann küssen. Das machen vielleicht die Mädchen im Hafen, ich jedenfalls nicht!

Etwas stimmt nicht, dachte Moritz. Ich kann ihre Frühlingsblumen nicht mehr riechen. Außerdem schaut sie immer an mir vorbei. Was ist nur los?

Mitten in seine Gedanken hinein dreht sich Cäcilie plötzlich um und rannte die Treppe hinauf.

Moritz schaute an sich herunter. Im flackernden Schein der Kerze sahen seine Jacke und die Hose wirklich schäbig aus. Nun ja, dachte er, wer in diesen vornehmen Kreisen verkehrt, der will ganz sicher nichts mit einem Kontorlehrling zu tun haben, dessen Vater Arbeiter im Hafen ist.

Mit jeder Stufe, die Cäcilie die Treppe höher stieg, wurde ihr Herz schwerer. Armer Moritz, dachte sie, wie er dasteht mit traurigen Augen. Ich will ihm nicht wehtun, er ist doch wirklich ein treuer Freund. Sie machte kehrt und ging die Treppe wieder hinunter. Moritz stand noch genauso da. Sie blieb auf der letzten Stufe stehen, lächelte wehmütig, warf ihm einen Handkuss zu und rannte wieder hinauf, diesmal endgültig.

Wie ein Abschiedskuss, dachte er.

Moritz schlurfte die dunkle Straße entlang und kickte einen Stein vor sich her. Am Ende der Brandstwiete ging er nicht geradeaus zur Holländischen Reihe, sondern bog nach rechts zum Zippelhaus ab. Was soll ich zu Hause?, dachte er.

Er stapfte über die Mühren und am Binnenhafen entlang. Dort setzte er sich auf einen Poller und rieb sich die Schienbeine. Sie schmerzten, wie so häufig in der letzten Zeit. Vor ein paar Tagen hatten sich seine Eltern über ihn unterhalten, er hatte es durch die dünnen Wände gehört. Der Junge wächst wie verrückt, hatte die Mutter gesagt, ich kann kaum nachkommen mit dem Verlängern der Hosen. Seine Stimmungsschwankungen machen mir mehr Sorgen, hatte der Vater geantwortet, er schaut oft so bedrückt, so unglücklich. Das ist normal in diesem Alter, das kennst du doch noch von Jan, hatte die Mutter erklärt, irgendwann legt sich das wieder. Aber diese viel zu kurzen Hosen …

Die Segler im Hafen, die im Päckchen nebeneinanderlagen, brachten Moritz auf merkwürdige Gedanken. Vielleicht sollte ich als Schiffsjunge anmustern. Einfach weggehen, nie wieder zurückkommen. Ja, das werde ich tun! Auf jeden Fall sollte ich noch einen Abschiedsbrief schreiben, damit sich Cäcilie grämt. Dann dachte er an seine Eltern und Jette und beschloss, die Sache mit dem Anheuern noch etwas zu verschieben.

Bei Kapitän Westphalen am Steinhöft brannten die Kerzen. Moritz widerstand dem Drang, hineinzugehen und ihm sein Herz auszuschütten. Schnell eilte er vorbei, in Richtung der Vorsetzen.

»Halt!«, donnerte es hinter ihm.

Erschrocken drehte sich Moritz um. Der Klabautermann stand vor seinem Haus, breitbeinig, drohend.

»Wo willst du hin, Moritz?«

»Ach, nur die Beine vertreten. Es ist ein so schöner Abend.«

»Du willst doch nicht etwa in die Neustadt? Das ist kein Pflaster für einen Jungen. Schon gar nicht in der Dunkelheit. Zu viel Gesindel dort. Männliches wie weibliches.«

Moritz machte kehrt und schlurfte nach Hause.

Seit Jette erzählt hatte, dass sie vielleicht weggehen müsse, hatte sich ihr Verhältnis verändert – sie rückten noch näher zusammen. Auch an diesem Abend lehnte Jette ihren Kopf gegen seine Brust, und wieder schnupperte Moritz an ihren Haaren. Nein, sie roch nicht nach Frühlingsblumen wie Cäcilie, sie roch überhaupt nicht nach Blumen. Aber sie roch auch nicht wie er, sonst könnte er ihren Geruch nicht wahrnehmen. Sie roch irgendwie ... Es fehlte ihm der Vergleich, doch er mochte den Duft ihrer Haare. Sie roch weich. Ja, das war der richtige Ausdruck. Weich, angenehm weich, sie roch so, dass er ihren Duft immer weiter einatmen musste.

In diesem Augenblick war Cäcilie weiter entfernt als der Hafen von Lissabon, und das war das Weiteste, was sich Moritz vorstellen konnte. Er strich über Jettes blonden Kopf und an den Zöpfen entlang.

»Tut es nicht weh, wenn die Zöpfe so hart sind?«

»Meine Mutter macht sie immer so stramm. Früher hat es fürchterlich wehgetan, aber jetzt merke ich es nicht mehr.«

Er schaute auf sie hinunter und versuchte, sie sich ohne Zöpfe vorzustellen.

»Ich würde gern wissen, wie du ohne aussiehst.«

»Ohne Zöpfe?«

»Ja, mit offenen Haaren.«

»Unordentlich sehe ich aus.«

»Du solltest die Haare offen lassen.«

»Nein, das geht nicht. Dann fallen sie mir bei der Hausarbeit ins Gesicht. Außerdem – wie sieht das aus.«

»Du könntest sie mit einem Band nach hinten binden. So wie einen Schweif.«

Jette schnaubte verächtlich. »Ich bin doch kein Pferd.«

Wieder saßen sie schweigend nebeneinander. Moritz legte seinen Arm um ihre Schultern, doch erschrocken zog er ihn wieder zurück. Wie dünn sie war, fast nur Haut und Knochen. Er folgte einer Eingebung, ohne darüber nachzudenken, ob es vielleicht unschicklich war.

»Hast du Hunger?«

»Ja. Fast immer.«

Moritz dachte an Jettes Geschwister. Er hatte nie herausbekommen, wie viele es waren. Sechs oder sieben oder acht? Jedes Mal, wenn man sie zählen wollte, liefen sie herum und brachten alles durcheinander. Er griff in seine Jackentasche nach den Murmeln. Zwischen ihnen klimperten ein paar Dreilinge, die er von einem Kaufmann als Trinkgeld bekommen hatte. Er wollte das Geld aus der Tasche ziehen, doch dann packte er es wieder zurück. So etwas macht man nicht, man gibt einer Frau kein Geld, das ist unsittlich. Was soll sie von mir denken? Stattdessen holte er die Murmeln heraus. Zwischen den stumpfen braunen und den blau glasierten Tonkugeln glitzerte eine Glaskugel im fahlen Schein der Laterne. Er hatte sie auf der Straße gefunden, sie war sein wertvollstes Stück.

Er drückte die Murmel Jette in die Hand, wollte etwas sagen, musste sich jedoch erst einmal räuspern. »Für dich«, quetschte er hervor.

»Das kann ich nicht annehmen«, sagte Jette. Doch ihre Augen glitzerten ebenso wie die Murmel.

Moritz bog von der Twiete in den Hof ein. In schneller Abfolge kreisten Bilder in seinem Kopf. Doch Cäcilie bevölkerte keinen seiner Gedanken, da war nur noch Jette mit ihren glänzenden Augen und dem liebevollen Blick. Es macht glücklich, Jette etwas zu schenken, dachte er erstaunt, ich vermisse die Murmel nicht. Seltsam, sie war doch das Wertvollste, was ich hatte.

17

Am Morgen wehte eine Ahnung von Frühling durch die Twieten und Gassen. Die Luft ließ die Herzen der Menschen höher schlagen. Es schien, als gingen sie aufrechter als sonst zur Arbeit.

Moritz jedoch nahm nichts davon wahr. Gedankenverloren trottete er zum Kontor. Merkwürdigerweise dachte er nicht an Jette, sondern an Cäcilie.

Es war nun schon zwei Tage her, dass sie sich mit diesem Abschiedskuss aus seinem Leben gestohlen hatte. Das schmerzte. Zwar hatte er in Jette eine treue Freundin, doch dass Cäcilie ihm zu entgleiten drohte – oder vielleicht schon entglitten war –, nagte an ihm.

Wie jeden Morgen klemmte sich Vorsteher Harms das Kontorbuch unter den Arm und schritt erhobenen Hauptes in das »Heiligtum« zum Patron. Als er zurückkam, legte er die Briefentwürfe, die er stets in einer sehr kleinen und sehr korrekten Schrift zu Papier brachte, vor Moritz hin. Der schnappte sich die abgewetzte Ledertasche und machte sich auf den Weg zum Steinhöft; wie immer versehen mit den Ermahnungen von Harms, nicht zu lange zu bleiben und sich vor allen Dingen nicht von Kapitän Westphalen zu irgendwelchen Sonderarbeiten einspannen zu lassen. Hatte Moritz früher Gewissensbisse gehabt, wenn er den ganzen Tag am Steinhöft war, so ließ er inzwischen die Harms'schen Ermahnungen mit Gleichmut über sich ergehen. Denn alle, auch Harms, wussten, dass sich niemand den Befehlen des Kapitäns widersetzen konnte, ohne Gefahr zu laufen, kielgeholt zu werden.

Auf der Hohen Brücke machte Moritz wie üblich Halt und beobachtete das geschäftige Treiben im Nicolaifleet. Gerade hatte die Besatzung eines Ewers den Mast heruntergelegt und steuerte von der Elbe kommend auf die Brücke zu. Mit lauten Rufen warnten sie die Schiffsleute auf der anderen Seite vor der Gefahr einer Kollision. Geschickt steuerten der Schiffer und der Matrose das schwer beladene Schiff mit Bootshaken ins Fleet. Wenn sie die an den Hauswänden eingelassenen Ringe nicht erreichen konnten, zogen sie sich einfach an den dort festgemachten Schuten und Ewern vorwärts. Deren Besatzungen waren davon überhaupt nicht begeistert, denn ihre Fahrzeuge schwankten stark, was die Arbeit erschwerte. Direkt unter Moritz wuchteten kräftige Männer Tuchballen in das Innere eines Speichers, etwas weiter entfernt wurden mit einer Haspelwinde Säcke in höher gelegene Stockwerke gezogen. Moritz beobachtete einige Arbeiter, die sich schwere Körbe auf die Schulter luden und in den schmalen Gang stapften, der zur Deichstraße führte. Alles war schwarz an ihnen: die Körbe, die Kleidung und ihre Gesichter. Sie waren über und über mit Staub gepudert. Kohlenarbeiter, dachte Moritz, kein besonders angenehmer Beruf. »Schwarze Männer!«, schoss es ihm durch den Kopf. Die schwarzen Männer, die der Schauermann in der Nacht gesehen hatte, mussten Kohlenträger gewesen sein, da war er sich plötzlich ganz sicher.

Moritz' Gedanken überschlugen sich: Kohlenträger, Kohlenschauerleute, Kohlenjumper. Warum war er nicht schon früher darauf gekommen? Die nächtlichen schwarzen Männer waren Kohlenjumper, schließlich arbeiteten die immer zu viert, einer an jeder Ecke der Ladeluke. Und der Schauermann hatte doch von der Kellertreppe aus drei oder vier dieser Gestalten gesehen.

Was sollte er nun machen? Zur Polizei gehen? Nein, als Kind ging man nicht zur Polizei, dort fing man sich schnell eine Maulschelle wegen groben Unfugs ein. Seine Eltern, den Klabautermann oder den Patron informieren? Eher nicht. Er musste die Mörder allein stellen, zumindest ihre Namen herausbekommen. Sicherlich würde er von den Elbrand-Söhnen eine Belohnung bekommen, in der »Hamburger Börsenhalle« würde über ihn geschrieben, und Cäcilie würde ihn in einem neuen Licht sehen. Vielleicht als Helden, jedenfalls ein bisschen.

Aufgekratzt eilte Moritz zum Steinhöft. Dort traf er auf Hinrich Quast, der sich gerade an der Pforte zu schaffen machte. Der Schiffszimmermann inspizierte den alten Pfosten, rüttelte daran und schüttelte dann missmutig den Kopf. »Muss ausgewechselt werden.«

Während sich Kapitän Westphalen über die Briefentwürfe beugte, betrachtete Moritz dessen Erinnerungen an den Wänden.

Der Klabautermann blickte von seiner Arbeit hoch. »Du solltest dir genau anschauen, wie Hinrich arbeitet. Da lernst du etwas fürs Leben.«

Das stimmte. Der Zimmermann schlug gerade mit einem Beil einen Balken zurecht. Er arbeitete konzentriert, jeder Schlag saß, schnell hatte er den Pfosten in die richtige Form gebracht. Jetzt setzte er das Holz probehalber ein. Es passte genau, Moritz hätte kein Blatt Papier zwischen Pfosten und Dielenboden schieben können.

»Ich habe noch niemanden gesehen, der so geschickt mit einem Beil umgehen kann«, sagte Moritz verblüfft.

Hinrich Quast blinzelte vergnügt. »So etwas lernt man von den russischen Zimmerleuten. Die müssen als Gesellenstück einen Fensterrahmen zimmern. Nur mit einem Beil.«

Nachdem Quast den Balken endgültig eingesetzt hatte, schnitzte er mit dem Arbeitsmesser eine Verzierung hinein. Auch hier saß jeder Schnitt, doch als ihn ein heftiger Hustenanfall schüttelte, musste er das Messer weglegen. Moritz griff danach, um den kunstvoll verzierten Griff aus gelblich-weißem Material näher zu betrachten.

»Nicht anfassen!«, rief der Zimmermann. »Sehr scharf. Du könntest dich verletzen.«

Schnell legte Moritz das Messer weg.

»Das ist ein Finndolch. Aus bestem schwedischen Stahl. Und der Griff ist aus Rentiergeweih.«

Hinrich Quast war heute nicht so maulfaul wie sonst, und Moritz nutzte die Gunst der Stunde. Geschickt lenkte er das Gespräch auf die Kohlendampfer, für die der Zimmermann nur ein verächtliches Schnauben übrig hatte. Schließlich fragte Moritz nach den Kohlenjumpern. »Ein schwerer Beruf«, sagte er.

Quast zuckte mit den Schultern. »Alle Berufe im Hafen sind schwer.«

»Haben diese Leute eine Vereinigung?«

Kapitän Westphalen legte die Feder beiseite und hörte aufmerksam zu.

»Keine Ahnung«, brummte Hinrich Quast. »Ich weiß nur, dass sie sich immer im ›Lustigen Mohren‹ am Ersten Vorsetzen treffen.«

»Ein passender Name.«

Der Zimmermann schaute Moritz über seine Arbeit hinweg scharf an. »Warum willst du das wissen?«

»Vielleicht könnte mein Bruder das auch machen. Der ist sehr groß und sehr kräftig.«

Bis zum Einbruch der Dunkelheit war Moritz mit der Abschrift der englischen Übersetzung beschäftigt. Dann packte er seine Unterlagen zusammen und überlegte kurz, ob er noch einmal in die Große Reichenstraße zurückgehen sollte. Doch schnell verwarf er den Gedanken. Es war nicht zu erwarten, dass Cäcilie ins Kontor herunterkam, und schließlich konnte er auch noch am nächsten Morgen Tinte auffüllen, Federn anspitzen und Sand auffegen.

Er schlenderte an den Binnenkajen entlang, als wäre er auf dem Weg nach Hause. Von Zeit zu Zeit schaute er sich um. Als er sich sicher war, dass der Kapitän ihn nicht mehr sehen konnte, schlug er einen Haken und schlich durch Gänge und Höfe zurück in die Neustadt. Unbemerkt erreichte er die Vorsetzen. Auf der Landseite der Straße, wo die Häuser standen, flackerten die Laternen vor den Gastwirtschaften und die Kerzen in den Fenstern der Matrosenherbergen. Zwischendrin war es dunkel. Das waren die Seemannsausrüster, die ihre Läden bereits geschlossen hatten.

Auf der Wasserseite der Vorsetzen, wo eine Balkenkonstruktion über das abschüssige Ufer gebaut worden war, gluckste das Wasser. Der Geruch von Tang stieg von der Elbe herauf, aber ganz anders als vom Dovenfleet. Dort roch es nach Fäulnis, hier jedoch nach Meer, Ferne und Abenteuer. Die Schiffe an den Pfählen schwankten leicht, ihre Seile schlugen mit einem klatschenden Geräusch gegen die Masten. Eine merkwürdig sehnsuchtsvolle Stimmung übermannte Moritz, deren Ursache er nicht erkennen konnte und an der Cäcilie ausnahmsweise nicht schuld war. Er sehnte sich danach, einfach wegzugehen, auf einem Schiff anzumustern, sich den tobenden Elementen zu stellen, täglich etwas Neues zu erleben. Irgendwo auf dem weiten Meer ein Matrose zu sein, der hoch oben in der Takelage dem Sturm trotzte, schien ihm weitaus attraktiver als in Hamburg Papier mit Tinte vollzuschmieren. Doch bevor er dieser Stadt den Rücken kehren konnte, musste er die schwarzen Männer stellen. Danach würde er auf jeden Fall davonsegeln.

In der Nähe der Schänke sah er sich nach einem passenden Beobachtungsposten um. Bei den Häusern wollte er sich nicht verstecken. Es war nicht gut, in der Nachbarschaft von Kneipen entdeckt zu werden. Zu schnell wurde man von kräftigen Fäusten darüber belehrt, dass Kinder in dieser Gegend nichts zu suchen hatten. Die Wasserseite schien ihm besser geeignet. Hier lagerte eine große Menge Güter, die auf den Abtransport warteten und hinter denen man sich verbergen konnte. Moritz hatte zunächst einen Hügel aus Schotter und Wegeplatten ins Auge gefasst, doch beim Versuch hinaufzuklettern, rutschte er wieder herunter. Hier war kein Hochkommen. Da waren die nächsten Stapel, die mit den Baumstämmen, besser geeignet. Leider lagen sie etwas weiter entfernt vom »Lustigen Mohren«.

Mit hereinbrechender Dämmerung belebten sich die Vorsetzen. Von den Schiffen ruderten Männer heran, banden ihre

Boote am Kai fest und stiegen die Treppen hinauf. Einige warfen ihre Zampel auf den Rücken und gingen in Richtung Neustadt oder den Hamburger Berg, die anderen strebten einer der vielen Schänken zu. Moritz beobachtete sie aus seinem sicheren Versteck. Er hatte keinen Plan, er wollte lediglich die Örtlichkeiten erkunden und einen Blick auf die schwarzen Männer werfen.

Vor dem »Lustigen Mohren« ging es hoch her. Mehr und mehr Männer trafen ein, immer in Vierergruppen. Sie waren alle groß und kräftig, nicht dick, aber muskelbepackt, denn ihr Körpergewicht war ihr Kapital. Die Männer schienen gut aufgelegt, Scherze flogen hin und her, man lachte. Schließlich betraten sie die Schänke. So sehen keine Mörder aus, dachte Moritz. Mörder lachen nicht, Mörder schleichen blass und schuldbewusst durch die Gassen.

Irgendwann gab es nichts mehr zu sehen. Die Vorsetzen lagen verlassen in der Dunkelheit, die Ruderboote schaukelten an der Treppe und zerrten an ihren Seilen. Die Elbe floss gleichmäßig dem Meer zu, kleine Wellen plätscherten gegen die Stufen am Kai.

Moritz wollte sich gerade auf den Heimweg machen, als er stutzig wurde. Er war nicht allein auf den Vorsetzen! Jemand beobachtete ihn aus dem Dunkeln. Sein Magen ballte sich zu einem kleinen, harten Klumpen zusammen, und er musste sich den kalten Schweiß von der der Stirn wischen. Gehetzt schaute er zu den Kneipen hin, doch da war alles still. Aber auf der Wasserseite, bei den Steinen, da bewegte sich etwas. Er starrte in die Dunkelheit, bis seine Augen tränten. Nichts. Vielleicht eine Ratte? Er war sich nicht sicher, ganz und gar nicht.

Vorsichtshalber zog er sich weiter hinter den Stapel aus Baumstämmen zurück. Er lauschte angestrengt und prüfte jedes Geräusch: die Kirchenglocken, das Rumpeln der Frachtwagen an den Stadttoren, Stimmengewirr in den Gasthäusern, das Aufreißen einer Tür.

Da, Rieseln von Schottersteinchen. Sie rollten den Hügel hinunter, platschten ins Wasser. Das können keine Ratten gewesen sein, dachte Moritz. Er zwängte sich in einen engen Spalt zwischen zwei Holzstapeln – und saß in der Falle. Rechts und links ragten die Baumstämme hoch über ihn hinaus, vor ihm war nichts, nur Wasser, und hinter ihm lauerte der Mörder von Elbrand.

Moritz schluckte, um die Panik zu bezwingen, die ihn zu überfluten drohte. Er konzentrierte sich auf den schmalen Ausgang zwischen den Holzstapeln zur Straße. Dort, unendlich weit entfernt und unerreichbar, blinkten die Lichter der Schänken. Plötzlich war es dunkel wie in einem Kellerloch, dann sah er den Lichtschein wieder. Da ist jemand vorbeigegangen! Moritz lauschte, doch außer seinem Herzschlag war nichts zu hören. Keine Schritte, nichts.

Ich kann nicht in dieser Falle hocken bleiben, sagte er sich. Es ist nur eine Frage der Zeit, bis mich der Mörder entdeckt. Mit angehaltenem Atem zwängte er sich zwischen den Stämmen zur Wasserseite und blickte über die Kaikante. Hier war es stockfinster, tief unter ihm gluckste die Elbe. Da war keine Rettung.

Jetzt gab es nur noch eine Möglichkeit. Er musste nach oben, auf die Baumstämme, und von dort zum Steinhöft flüchten, selbst auf die Gefahr hin, gesehen zu werden. Vorsichtig begann Moritz mit dem Aufstieg. Das war leicht, es gab genügend Vorsprünge, an denen er sich festhalten konnte. Schließlich lag er oben auf dem Holzstapel, presste sich eng an die Baumstämme und horchte. Nichts. Er robbte in Richtung Straße. Er kam nur langsam vorwärts, denn immer wieder blieb er mit der Jacke an Aststümpfen hängen. Mit einem Mal rumpelte es. Er war gegen ein Holz gestoßen, das quer über den Baumstämmen lag. Moritz legte sich ganz flach auf die Stämme, verschmolz nahezu mit ihnen, und hielt die Luft an. Das Blut dröhnte in seinen Ohren.

Der Verfolger hatte anscheinend nichts gehört. Oder er lauschte ebenfalls. Moritz tastete nach dem Holz. Es war eine

Spillspake, wie sie die Seeleute benutzten, um schwere Lasten zu bewegen. Etwas zu unhandlich für eine Waffe, dachte er, aber immer noch besser als gar nichts. Die Spake vorsichtig hinter sich herziehend, robbte er weiter.

Schließlich hatte er die Stirnseite des Stapels erreicht. Vor ihm lag die Straße und auf der anderen Seite der Straße waren die Häuser mit dem warmen Schein ihrer Laternen. Moritz wollte hinunterklettern, doch das ging nicht. Unten am Stapel stand eine Gestalt, keine zwei Meter von ihm entfernt. Sie drückte sich eng an die Baumstämme und beobachtete die Straße und den Kai.

Erschrocken wich Moritz zurück. Das hätte er nicht tun sollen, denn der Stamm, auf dem er sich abgestützt hatte, bewegte sich. Die Gestalt zuckte zusammen, blickte nach allen Seiten, konnte jedoch die Ursache des Geräuschs nicht orten.

Moritz wischte sich den Angstschweiß aus dem Gesicht. Ich kann hier nicht bleiben, dachte er. Sicherlich klettert der Mörder irgendwann zu mir hoch. Wenn wenigstens Jan hier wäre. Oder Vater, der wüsste, was zu tun ist.

Auf der Straße rumpelte ein Fuhrwagen über das Kopfsteinpflaster. Die eisenbeschlagenen Räder machten einen solchen Lärm, dass das Fluchen des Kutschers und das Schnauben der Pferde nahezu untergingen. Oben auf dem Holzstapel tastete Moritz zwischen den Stämmen herum. Er fand einen Spalt, in den er die Spillspake zwängte, es gab ein knirschendes Geräusch. Er hielt die Luft an und wünschte sich weit weg. Doch seine Angst war unbegründet. Das Rumpeln des Frachtwagens hatte alle anderen Geräusche übertönt.

Jetzt, endlich, hatte er die Spake weit genug zwischen die Stämme bekommen. Er richtete sich vorsichtig auf, zog mit beiden Händen und hing schließlich mit seinem ganzen Gewicht an dem Hebel. Der letzte Stamm bewegte sich nach vorn, schwankte einen Moment, rollte dann über den darunterliegenden hinweg und riss diesen und noch einen weiteren Stamm mit sich. Die drei Baumstämme polterten hinunter und schlugen donnernd auf den hölzernen Vorsetzen auf. Sie waren noch nicht bis zur Straße gerollt, da flogen schon die Türen der Gasthäuser auf. Männer strömten heraus, Rufe und Flüche hallten durch die Nacht.

Von all dem bekam Moritz nichts mehr mit. Er war bereits zur Wasserseite geflüchtet und von dort auf die Vorsetzen hinunter gesprungen, war hingefallen, hatte sich blitzschnell aufgerappelt und war losgerannt. Im Vorbeiflug registrierte er, dass im Kontor von Kapitän Westphalen noch die Kerzen brannten.

An der Hohen Brücke musste er stehen bleiben, weil er keine Luft mehr bekam. Sein Herz raste wie wild, er musste sich am Brückengeländer festhalten. Als der Pulsschlag etwas ruhiger geworden war, blickte er zurück. Es schien ihm niemand gefolgt zu sein. Dann schaute er an sich herunter und erschrak. Im Schein der Kandelaber säuberte er seinen Anzug so gut es ging von Sägespänen und Moos.

Wer mir wohl aufgelauert hat?, fragte er sich. Doch diese Frage war sinnlos, er wusste genau, wer der nächtliche Schatten gewesen war: der Elbrandmörder. Der verfolgte ihn und seine Eltern wohl schon, seit sie sich um den versoffenen Schauermann gekümmert hatten. Der Mörder hatte den Brand gelegt, und nun hatte er es auf ihn abgesehen. Ich bin zwar nur ein Junge, dachte Moritz, aber ich bin schnell. So leicht bekommt man mich nicht, auch dann nicht, wenn man schon einen Mord begangen hat.

Im Hof roch es immer noch verbrannt, obwohl der Vater und Jan die verkohlten Schuppenreste weggeräumt hatten. Doch Moritz nahm den Geruch kaum wahr, er war in Gedanken immer noch mit seinem Verfolger beschäftigt. Daher sah er auch die Gestalt nicht, die sich aus einem Hauseingang löste und ihm folgte. Plötzlich spürte er spitzen Stahl im Rücken. Erstarrt, steif vor Schreck, blieb er stehen. Der Mörder!, fuhr es ihm durch den Kopf.

»Endlich hab ich dich, du Brandstifter«, schnarrte eine Stimme hinter ihm. »Umdrehen!«

Moritz bewegte sich nur langsam. Vor ihm stand August Grewe aus dem Nebenhaus.

»Ach, du bist es, Moritz.« August ließ das Messer sinken. »Ich hab dich gar nicht erkannt. Weißt du, meine Augen sind nicht mehr die besten.«

Moritz' Anspannung löste sich, doch das Flattern in der Magengegend blieb. »Haben Sie Brandwache?«, fragte er mit zitternder Stimme.

»Ja, bis Mitternacht.«

»Ich bin morgen dran. Zusammen mit meinem Bruder.«

Als er nach oben in die Wohnung kam, hatten die Forcks bereits gegessen. Der Vater zog erstaunt die Augenbrauen hoch.

»Viel zu tun«, sagte Moritz kurz.

18

Moritz zog Striche auf seiner Liste, einen nach dem anderen. Er war etwas nachlässig gewesen in der letzten Zeit, in Gedanken entschuldigte er sich bei Roger. Sicher konnte der verstehen, dass das Leben nicht einfach war für einen Jungen, dessen eine Freundin sich rar machte und der auch noch einen Mörder finden musste. Moritz zählte nach. Vierundzwanzig Tage saß Roger nun bereits im Gefängnis. Und noch war kein Ende abzusehen.

In der Mittagspause stapfte Moritz mit den Händen in den Jackentaschen und mit verschlossenem Gesicht über den Jungfernstieg. Es war zwar nicht warm an diesem Frühlingstag in Hamburg, doch die Sonne zauberte ein Lächeln auf die Gesichter der Menschen. Mademoisellen, zu zweit oder zu dritt untergehakt, schlenderten kichernd am Alsterbecken entlang, und würdevolle Herren in gepflegter Kleidung schritten zur Börse. Zofen und Hausmädchen mit weißen Häubchen eilten geschäftig vorüber, eine Gruppe Commis lärmte in der Nähe des Alsterpavillons, um die Mademoisellen auf sich aufmerksam zu machen.

Von dem jungen Kontorlehrling in seiner abgetragenen Kleidung nahmen nur einige der allein flanierenden Frauen Notiz, die ihre üppigen Reize hinter wenig Tuch verbargen. Moritz errötete jedes Mal, wenn sie ihm ein vielversprechendes Augenzwinkern zuwarfen. Verschämt senkte er dann den Blick und eilte hastig vorüber. Die erkennen den Arbeiter in dir, hatte Roger einmal gesagt, weil sie selbst Arbeiterinnen sind – obwohl Handarbeiten nicht ihre Stärke sind.

Schließlich hatte Moritz den Neuen Jungfernstieg erreicht. Hier war es nicht mehr ganz so bevölkert. Er verlangsamte den Schritt und setzte sich schließlich unter den Ästen einer Trauerweide ans Ufer, um seine Brote zu verzehren. Neben ihm gluckste das Wasser an die Kaikante, etwas weiter entfernt balgte sich eine Horde Spatzen um ein paar Krümel.

Während er lustlos auf seinen Broten herumkaute, dachte er an den Ausflug vom letzten Abend. Wer hat mich verfolgt und mir aufgelauert? War es wirklich der Mörder? Es muss der Mörder gewesen sein. Wer sonst sollte sich auf den Vorsetzen herumdrücken. Ich hatte mich dort ja auch versteckt, also ist das nichts Ungewöhnliches. Vielleicht war es jemand, der auf Raubzug war? Quatsch, es war der Elbrandmörder.

Sein Blick wanderte wieder zu den Menschen auf dem Jungfernstieg. Hamburg ist zwar groß, dachte er, aber offensichtlich nicht so groß, dass der Mörder mich nicht doch aufspüren konnte.

Vorsichtig blickte er sich um. Nein, hier schlich niemand in böser Absicht herum. Vielleicht bin ich sicherer zwischen all den Leuten, hier dürfte es nicht ganz so einfach sein, mich zu finden. Ich darf nur nicht in die Neustadt und auf die Vorsetzen gehen.

Der Streit der Spatzenschar wurde lauter, und Moritz' Gedanken schweiften ab, zu Jette hin. Ganz sicher würde sie auch heute nur wenig auf dem Teller haben und morgen hungrig aufstehen. Mit einem Mal konnte er nicht weiteressen. Er wickelte die Reste seiner Malzeit in das Butterbrotpapier und machte sich auf den Rückweg. Bei einem fliegenden Händler kaufte er ein Plunderstück für sie.

Er bog gerade in den Neuen Wall ein, als ihn ein helles Lachen vom Alsterbecken her aus seinen Gedanken riss. Dieses Lachen kannte er. Cäcilie! Seine Augen suchten das Wasser ab. Cäcilie saß in einem der Boote, hatte einen kleinen Sonnenschirm aufgespannt und schien bester Laune zu sein. Der Kahn wurde von einem jungen Mann gerudert, der Kleidung nach ein Engländer. Cäcilie lachte laut, tauchte eine Hand in die Alster und spritzte den jungen Mann nass.

Ein eisiger Schreck durchzuckte Moritz. Seine Cäcilie, ohne weibliche Begleitung, in einem Boot, mit einem fremden Mann. Das war nicht nur ungewöhnlich, das war unmoralisch, womöglich sogar verboten. Er ging näher an die Kaikante, um diesen Stutzer, diesen gelackten Affen, diesen modischen Gecken besser sehen zu können. Der blickte genau in diesem Augenblick in seine Richtung. Schnell tauchte Moritz im Gewühl der Leute unter.

Am Nachmittag versuchte er im Kontor am Steinhöft, aus dem Gekritzel des Kapitäns einen einigermaßen brauchbaren englischen Brief anzufertigen, aber er war unkonzentriert und verschrieb sich ständig. Der Klabautermann runzelte ärgerlich die Stirn.

Ich kann nicht hier stehen, als sei nichts gewesen, dachte Moritz. Man kann keinen perfekten Brief schreiben, wenn die Freundin zur gleichen Zeit von einem Engländer über das Alsterbecken gerudert wird, das müsste der Klabautermann doch verstehen. Moritz' Gedanken zerbröselten im Nichts – wie so häufig in der letzten Zeit. Ich bin kein Umgang für Cäcilie, dachte er, bald wird sie sich verloben und einen Mann ihres Standes heiraten, sie hat das Alter dazu. Immerhin kann ich dann noch ihr Majordomo werden. Er rammte die Feder ins Tintenfass. Nein, ich will kein Hausmeister sein, ich will Quartiersmann werden! Und eigentlich will ich Cäcilie gar nicht mehr haben. Aber wenn hier einer die Freundschaft beendet, bin ich es.

Auch an diesem Abend blieb Moritz dem Kontor in der Großen Reichenstraße fern. Was sollte er auch dort? Auf Cäcilie wollte er nicht mehr warten, jetzt, wo er mit ihr gebrochen hatte. Er stapfte am Binnenhafen entlang, starrte zu den Segelschiffen und summte trotzig ein Lied. Einen Marsch, die Musik der Soldaten, für Menschen erdacht, die sich zu einer Entscheidung durchgerungen hatten und die bei dieser Entscheidung blieben, ob tot oder lebendig.

Merkwürdigerweise geriet er aus dem Takt. Das lag sicherlich am Getrampel der vielen Stiefel. Er blickte sich um. Vier Männer folgten ihm, schweigend, mit mürrischen Gesichtern. Sie nahmen die gesamte Straßenbreite ein und schritten energisch aus.

Moritz ging schneller. Die Männer holten auf. Sein Rücken versteifte sich. Ganz sicher hatten sie es auf ihn abgesehen. Doch warum? Natürlich um ihn umzubringen, das bereitete hier keine großen Probleme. Man brauchte nur jemand anzurempeln – schon stürzte der ins Wasser und ertrank. Doch noch konnte er flüchten. Aber wohin? Rechts war das Hafenbecken, links die Häuserzeile mit den Schänken. Sollte er sich in den Schatten der Häuser drücken? Nein, dort hätten sie ihn schnell aufgegriffen. Sollte er rennen? Dann würden die Männer auch rennen und ihn einholen. Da brauchte nur einer »Haltet den Dieb!« zu schreien, und schon stolperte man über ein Bein oder jemand stellte sich einem in den Weg. »Das sind die Mörder von Elbrand« könnte er rufen, doch wer würde ihm glauben?

Jetzt war er bei der Hohen Brücke. Die vier Männer blieben ihm auf den Fersen. Er hastete weiter. Auf der anderen Seite der Brücke rannte er los, quer über die Straße, zu Willy Krügers Gastwirtschaft. Dort drückte er sich in den Eingangsbereich. Wenn die Verfolger ihn hier fassen wollten, konnte er immer noch in die Wirtschaft flüchten.

Die Männer stiefelten an ihm vorbei. Sie waren schwarz gekleidet, hatten schwarze Gesichter und schwarze Hände. Jeder trug einen Zampel auf dem Rücken. Der linke hatte eine Rolle Tauwerk über der Schulter.

Gerade wollte sich Moritz wieder auf die Straße wagen, da packte ihn eine Hand am Kragen und schüttelte ihn wie eine nasse Katze.

»Was drückst du dich hier rum? Gören sind bei uns nicht erlaubt!«

Er bekam einen Schlag in den Nacken, der ihn bis in die Mitte der Straße beförderte.

Jetzt folgte Moritz den Männern, allerdings in weitem Abstand. Sie gingen die Mattentwiete entlang und bogen in die Holländische Reihe ein. Moritz geriet in Panik. Was wollten die Männer in dieser Gegend? Das hier war Quartiersmanngebiet, hier gab es keine Kohlen.

Sie stoppten vor dem Hof, in dem Moritz' Eltern wohnten. Der größte von ihnen, ein wahrer Riese, blickte fragend auf seine Kumpane. Die nickten. Alle vier drängten durch den schmalen Gang in den Hinterhof. Moritz wäre am liebsten losgelaufen, um seine Eltern zu warnen. Doch wie sollte er das anstellen, wenn die Männer vor ihm waren? Einfach vorbeirennen? Keine Chance. Sie waren immerhin zu viert und würden ihn schnell fassen.

Als er sich schließlich in den Hof traute, waren die Männer verschwunden. Doch als er die Wohnungstür öffnete, fand er sie wieder. Die vier standen in der Küche, breitbeinig, drohend, einer spielte mit dem Seil. Moritz überschlug blitzschnell die Kräfteverteilung. Es stand vier gegen vier, wenn man Mutter mitzählte. Doch die Männer waren so kräftig gebaut, dass selbst Jan schmächtig neben ihnen wirkte.

»Wir haben mit dir zu reden, Johann Forck«, sagte der Riese in einem tiefen Bass. Es klang nicht gerade freundlich.

Der Vater saß ruhig am Tisch. Er blickte auf die Männer, dann drehte er sich zu seiner Frau um. »Herta, bring Bier.«

Drei der vier Männer quetschten sich auf die Küchenbank. Der vierte, der mit dem Seil, blieb stehen und starrte böse auf die Jungen.

Mutter Forck brachte Braunbier. Die Männer tranken.

»Du hast nach uns gesucht, Johann Forck«, sagte der Riese.

Moritz hatte feuchte Hände, sein Magen rebellierte. Ich muss raus hier!, schoss es ihm durch den Kopf. Ich muss in die Gasse hinunter, die Nachtwache alarmieren.

»Ihr wart hinter Elbrand her«, sagte Johann Forck in diesem Augenblick. »In der Nacht, als er getötet wurde.«

Einer der Männer schlug mit der Faust auf die Tischplatte. Es knallte wie ein Schuss. »Warum gehst du nicht zur Polizei, wenn du so viel weißt, du Schlaumeier?«

Der Riese machte eine beruhigende Geste.

»Wer will schon unbescholtene Leute auf einen Verdacht hin amtsbekannt machen?«, fragte Johann Forck ruhig.

Die Männer blickten in ihr Bier und nickten.

Jetzt ergriff der Riese wieder das Wort. »Ja, wir waren in jener Nacht unterwegs. Doch wir haben nichts mit dem Mord zu tun.«

»Jetzt bin ich aber gespannt«, sagte Johann.

»Stopp!« Der mit dem Seil kam drohend auf Jan und Moritz zu. »Es sind zu viele Ohren hier im Raum. Ihr beide verschwindet. Und die Frau auch, Frauen quatschen zu viel.«

Der Vater machte eine Kopfbewegung zur Tür. Zögernd verließen die drei die Wohnung.

Auf der Treppe konnte sich Moritz nicht zurückhalten. »Wir können Vater doch nicht zurücklassen. Allein mit diesen Mördern.«

»Das sind keine Mörder«, sagte die Mutter ruhig.

»Das sind Leute wie wir«, ergänzte Jan, »und wir würden ja auch niemand umbringen.«

Im zweiten Stock blieben sie stehen und horchten. Nichts. Dann plötzlich das Scharren vieler Füße und das Poltern beiseitegerückter Möbel. Danach Stille, bedrohliche Stille.

Nach scheinbar endlosen Minuten klappte im Treppenhaus eine Tür. Vier Stiefelpaare trampelten so heftig die altersschwache Holztreppe hinunter, dass das ganze Haus erzitterte. Der Riese blieb vor Herta Forck und ihren Söhnen stehen.

»Dein Bier war gut, Frau Quartiersmann«, sagte er und ging weiter.

Moritz schaute auf das Seil, das dem letzten Mann von der Schulter baumelte. Es hatte vier dicke Knoten.

Kaum waren die Männer im Hof, hasteten Herta und ihre Söhne nach oben und stießen die Wohnungstür auf. Johann Forck lag auf dem Bauch unter dem Tisch, die Beine weit in den Raum gestreckt. Die Mutter stieß einen spitzen Schrei aus, um Moritz drehte sich alles, und Jan schnaubte wie ein Rhinozeros.

Unter der Küchenbank zischte ein warnender Ruf hervor. »Bewegt euch nicht!«

»Johann«, polterte Herta Forck, »was machst du unter dem Tisch? Wenn du uns erschrecken willst, ist dir das bestens gelungen.«

»Mir ist der Tabaksbeutel runtergefallen. Wehe, es tritt mir einer auf die Krümel!«

Ungeduldig schaute Moritz zu, wie sich sein Vater unter der Bank herausschälte.

»Erzähl endlich! Was haben sie gesagt?«, drängte die Mutter.

Johann Forck betrachtete das Häufchen Tabak in seiner Hand. »Kein Staub dazwischen«, sagte er anerkennend. »Es ist schon ein Segen, wenn man eine ordentliche Frau im Hause hat.«

Herta überhörte das Lob. »Nun red schon!«

Johann ließ den Tabak in den Beutel rieseln. »Die vier Kohlenjumper waren tatsächlich hinter Elbrand her. Sie wollten ihm einen Sack über den Kopf ziehen und eine tüchtige Abreibung verpassen.«

»Warum?«, fragte Jan.

»Elbrand gehörten einige Zinshäuser in der Neustadt. Er soll ein hartherziger Vermieter gewesen sein. Wenn jemand seine Miete nicht bezahlen konnte, ließ er unter Aufsicht der Polizei die Möbel raustragen und sie öffentlich versteigern. So hat er mehrere Familien ins Armenhaus gebracht.« Er trank den Rest Bier aus seinem Krug. »In diesem Jahr hat es einen Kohlen-Schauermann getroffen. Der hat kein Geld mehr nach Hause gebracht, weil er einen Unfall hatte. Deshalb die Wut auf ihn im Quartier.«

»Aber sie haben ihn nicht erwischt«, sagte Mutter Forck.

»Nein. Gerade als sie sich auf Elbrand stürzen wollten, geriet er mit dem Engländer in einen Streit. Das machte ihren schönen Plan zunichte. Sie haben ihr Vorhaben auf später verschoben.«

»Das hat sich ja dann erledigt«, sagte Moritz.

Jan stellte sich breitbeinig hin, holte aus und schlug seinem Vater kräftig auf die Schulter. »Mann, warst du tapfer! So viel Mut möchte ich auch mal haben.«

»Gar kein Mut«, brummte der Quartiersmann, »überhaupt kein Mut. Ich habe mir fast in die Hosen gemacht vor Angst. Aber ich habe sie nicht gezeigt. Das ist das Wichtigste: keine Angst zu zeigen. Das hilft bei Hunden – und auch bei Menschen.«

Auch Moritz war stolz auf seinen Vater. Er lehnte seinen Kopf gegen dessen Arm, ganz kurz nur, denn es war nicht üblich bei den Forcks, seine Zuneigung zu deutlich zu machen. Mutter Forck war offensichtlich der Ansicht, dass damit dem Vorfall genügend Aufmerksamkeit zuteil geworden war. Sie schepperte mit den Tellern und klapperte mit dem Besteck, dann knallte sie den Topf mit dem Abendessen auf den Tisch.

Während des Essens wurden die vier schwarzen Männer nicht mehr erwähnt, die Gespräche drehten sich vielmehr um die täglichen Probleme im Speicher. Moritz hörte nur mit einem Ohr zu, er war abgelenkt, er dachte bereits wieder an Cäcilie und an den Engländer. Vielleicht kannten sie sich schon lange, hatten sich schon immer geküsst, es sah ja sehr nach einem verliebten Paar aus heute Mittag auf der Alster. Er seufzte tief. Sie hatte also nur mit ihm gespielt, dem kleinen Kontorlehrling, wie mit einem Domestiken. Wieder stöhnte er.

»Hallo, Moritz!«, rief die Mutter ungeduldig. »Wasser runterbringen.«

An diesem Abend küssten sich Moritz und Jette das erste Mal. Er hatte es sich nicht vorgenommen, und sie hatte ihn nicht darum gebeten, es passierte einfach so. Sie saßen auf den Stufen vor Stehrs Ausrüstungsgeschäft. Moritz hatte sie irgendetwas gefragt, er konnte sich später nicht mehr erinnern, was es war. Sie schaute ihm direkt ins Gesicht mit ihren großen blauen Augen, immerzu. Es war ein tiefer und endlos langer Blick. Moritz war sich hinterher nicht ganz sicher, ob sie ihn überhaupt wahrgenommen hatte.

Sie sah so müde aus, wie sie da auf den Stufen saß, er musste sich einfach vorbeugen und ihr seine Lippen auf den Mund drücken.

Jette hielt still, eine Ewigkeit, wie es ihm später schien. Als er seinen Kopf wieder zurücknahm, sagte sie nichts, sie schaute ihn immer noch mit ihren großen Augen an. Dann lehnte sie ihren Kopf gegen seine Schulter. Es zwickte ihm im Bauch, er war sich überhaupt nicht sicher, ob es richtig war, was er getan hatte. Als er die Nässe auf seinem Hemd spürte, wusste er, dass sie weinte.

Plötzlich fiel ihm etwas ein. Er schob Jette sanft von sich, griff in die Tasche und zog eine Papiertüte hervor.

»Für dich.«

Jette wischte die Tränen fort und fuhr sich mit dem Handrücken unter der Nase entlang. Sie griff in die Tüte, holte das Pluderstück heraus und schaute Moritz fragend an.

»Nun iss schon.«

»Nur, wenn wir teilen.«

Moritz fand das überflüssig, doch er wusste aus einer früheren Zeit, damals mit Cäcilie, dass es manchmal besser war, Frauen nicht zu widersprechen. Er brach ein ganz kleines Stückchen vom Plunderteig ab.

Jette hatte ihr großes Stück schneller verdrückt als Moritz sein Krümelchen. Jetzt lächelte sie, schob den Bauch vor und rieb sich zufrieden darüber. »So etwas Gutes habe ich noch nie gegessen«, sagte sie.

Das erste Mal an diesem Tag war Moritz glücklich.

19

Moritz hatte gerade der »Liste der Leiden des Roger Stove« einen weiteren Strich hinzugefügt, als es unten auf der Diele polterte. Kontorvorsteher Harms blickte auf die große Standuhr und zog ob der frühen Stunde erstaunt die Augenbrauen hoch. Dann klappte er das Kontorbuch zu, streifte die Ärmelschoner ab und rückte seinen Gehrock zurecht. Mit wichtiger Mine blickte er sich im Kontor um, räusperte sich und ging gemessenen Schrittes auf die Treppe zu.

Er war dort noch nicht angekommen, da schnaufte Caesar Schröder schon die Stufen hinauf, im Schlepptau einen Mann. Der trug die Kleidung von Roger Stove, die ihm allerdings reichlich weit war und über den Schultern hing, als hätte man sie unachtsam über einen Kleiderständer geworfen. Der Mann ging etwas vornübergebeugt und hatte ein graues Gesicht – aber es war eindeutig Roger Stove.

Alexander ließ die Feder fallen, stürzte sich auf den Engländer, drückte ihn an seine Brust. Fast hätte er ihn zu Fall gebracht. Moritz stellte sich neben Roger und strich ganz leicht an dessen Arm entlang. Harms griff nach der rechten Hand des so lange Entbehrten, drückte sie aufrichtig, wollte etwas sagen, schluckte aber stattdessen nur heftig. Er hatte ein warmes Leuchten in den Augen, ganz kurz nur, doch für jedermann sichtbar.

»Du bist dünn geworden«, sagte Alexander nach einem kritischen Blick. »Dünn und von ungesunder Gesichtsfarbe. Aber in korrekter Kleidung, wie es sich gehört.«

Roger hüstelte. »*Well,* ich komme gerade von zu Hause. Ich musste die Wäsche wechseln. Die Gefängniskleidung ist nicht …, wie soll ich sagen …, nicht die allerneueste Mode.«

Jetzt ergriff Caesar Schröder das Wort. »Wir wollen den Besuch kurz machen. Herr Stove ist noch sehr geschwächt nach seinem langen Aufenthalt unter diesen ...«, auch er suchte nach dem richtigen Begriff, »diesen gewöhnlichen Menschen. Er wird die Arbeit noch nicht wieder aufnehmen können, sondern sich schonen müssen. Ich hätte Herrn Stove gern zu einem Kuraufenthalt in der Schweiz geraten, doch er darf die Stadt nicht verlassen. Er muss sich jeden Tag bei der Torwache melden.«

»Ich dachte, er wäre frei und rehabilitiert«, sagte Alexander enttäuscht.

»Ich bin nur gegen eine Sicherheit freigekommen. Mein Vater hat Geld geschickt.«

Als der Patron und Roger gegangen waren, klappte Moritz sein Pult hoch und nahm die Liste heraus. Er kreuzte den letzten Strich durch. Darunter schrieb er: »Roger ist wieder da. Endlich! Er sieht krank aus. Es muss schrecklich sein, unter all den Verbrechern und Mördern zu leben. Hoffentlich wird er wieder gesund.«

Harms brachte ein Schreiben, das kopiert werden musste. Moritz gab sich alle Mühe, doch er war so aufgeregt, dass die Buchstaben ganz zittrig auf dem Papier standen.

Wieder dröhnte der Klopfer durchs Haus. Ein Laufbursche stolperte atemlos die Treppe herauf und drückte dem Kontorvorsteher eine Notiz in die Hand. Harms trat mit säuerlicher Mine vor Moritz hin.

»Kapitän Westphalen hat angeordnet, dass wir sofort zum Steinhöft eilen sollen, sozusagen stehenden Fußes, ohne Verzug. Die HENRIETTE ist nach langer Fahrt in ihren Heimathafen zurückgekehrt, nach glücklicher Reise, wie ich wohl zu Recht annehmen darf.« Er machte eine Pause und blickte auf seine schlanken Hände. »Jetzt soll die Mannschaft vor dem Wasserschout abgemustert werden und ihre Heuer erhalten. Danach werden sie aller Verpflichtungen ledig sein, wie der Dichter so schön sagt.«

Moritz blickte erstaunt hoch. »Warum müssen wir dabei sein?«

»Ich nehme immer die Auszahlung der Heuer vor. Ich werde unseren tapferen Matrosen, die ihr Leben für ihren Patron eingesetzt haben, den Lohn der Arbeit, Goldstück für Goldstück, in ihre schwielige Hand zählen.« Harms lächelte und richtete den Blick in weite Ferne. Dann kam er wieder ins Kontor zurück. »Und du bist der Protokollist.«

»Sollen wir das viele Geld zu Fuß durch die Stadt schleppen?«

»Nein, wir nehmen ausnahmsweise eine Droschke.«

Im Kontor am Steinhöft drängte sich die Mannschaft vor der Absperrung. Die Stimmung war gereizt, die Seeleute gaben sich keine Mühe, ihren Ärger zu unterdrücken. Es war bereits Mittag und die Heuer noch nicht ausgezahlt, wo doch die Schlafbaase, die Heuerbaase, die Schneider, die Friseure und auch die leichten Mädchen schon vor der Tür warteten.

Auf der anderen Seite des Raums, hinter der Schranke, ging es erheblich ruhiger zu. Hinrich Quast hatte zusätzliche Tische und Stühle herbeigeschafft, an denen der Kapitän der Henriette, seine Steuerleute und der Klabautermann Platz genommen hatten. Für den Kontorvorsteher und für Moritz war ein Seitentisch aufgestellt worden. Harms und Moritz drängten sich durch die Menge. Sie, genauer gesagt die Kiste mit den Eisenbändern, wurden von der Mannschaft mit großem Hallo begrüßt.

Nun erschien auch Wasserschout Jenssen. Er war ein brummiger, alter Kapitän mit einem erheblichen Körperumfang und einem beeindruckenden Vollbart. Der Wasserschout verkörperte die unumschränkte Autorität im Hafen, die Kraft ihres Amtes jene Seeleute zu Geldstrafen verurteilte, die während der Reise gegen den einen oder anderen Artikel der »Verordnung für Schiffer und Schiffs-Volk« verstoßen hatten. Seine Richtersprüche waren gefürchtet, entsprechend still verhielten sich jetzt die Matrosen.

Der Kapitän der Henriette rief den ersten Mann auf. Der nahm seine Mütze ab und trat vor die Schranke. Wasserschout Jenssen starrte den Matrosen an, als wolle er ihn bei lebendigem Leibe mitsamt seiner Kleidung auffressen. »Haben Sie eine

Beschwerde bezüglich der Seetüchtigkeit des Schiffes, des Verhaltens der Vorgesetzten oder der Verpflegung an Bord?«, dröhnte seine Stimme durch den Raum.

»Keine Beschwerde«, sagte der Seemann leise, ganz offensichtlich eingeschüchtert durch den drohenden Tonfall.

Der Kopf des Allgewaltigen drehte sich zum Kapitän der HENRIETTE hin. »Gab es Verfehlungen während der Reise?«

Der Kapitän blätterte im Schiffstagebuch. Er gab vor, nach Belastendem zu suchen. »Keine Eintragung«, sagte er schließlich.

Der Erste Steuermann verkündete das Heuerguthaben, und das war nicht wenig nach einer Reise von fast einem Jahr. Kontorvorsteher Harms trat an die Schranke und zahlte das Geld aus. Als der Matrose den Betrag quittieren sollte, zögerte er.

»Was ist los?«, fragte der Klabautermann schroff.

»Ich habe schon lange nichts mehr geschrieben«, sagte der Matrose kleinlaut.

»Dann machen Sie ein Zeichen.«

Der Seemann kritzelte etwas in das Buch, Wasserschout Jenssen drückte seinen Stempel in die Abmusterungs-Bescheinigung, Moritz protokollierte. Hinter dem Namen des Matrosen vermerkte er »Keine Beschwerden« und »Keine Eintragung« sowie den Heuerbetrag.

Als der Mann mit seinem Geld vor die Tür trat, erhob sich dort ein begeistertes Geschrei. Die Meute stürzte sich auf ihn wie Piraten auf einen Goldschatz – was er auch tatsächlich war.

Ein Seemann nach dem anderen wurde aufgerufen, die Zeremonie war stets die gleiche. Wasserschout Jenssen zeigte bald Ermüdungserscheinungen angesichts der großen Mannschaft. Oder er dachte bereits an das bevorstehende Mittagessen. Plötzlich wurde es unruhig. Auf die Routinefrage antwortete ein Seemann mit klarer, lauter Stimme: »Ja, ich habe eine Beschwerde vorzubringen.«

Der Wasserschout riss unwillig die Augen auf, die Köpfe des Kapitäns und der Steuerleute ruckten nach oben.

»Worüber wollen Sie sich beschweren?«, fragte Jenssen lauernd.

»Über das Essen.«

Ein Lächeln glitt über das Gesicht des Kapitäns, er lehnte sich entspannt zurück. Moritz protokollierte mit fliegender Feder, über die korrekte Orthografie konnte er sich keine Gedanken machen, das würde später kommen.

»Wurden während der Reise zu wenig Lebensmittel verabreicht?«, fragte der Wasserschout, sein lauernder Unterton war nicht zu überhören.

»Nein, das war nicht der Fall.«

»Waren die Lebensmittel verdorben, verunreinigt oder aus anderen Gründen nicht zum Verzehr geeignet?«

»Sie waren wohl in Ordnung, als sie an Bord kamen.«

Wasserschout Jenssen kam von seinem Sitz hoch. Er stemmte die Fäuste auf den Tisch. »Über was wollen Sie sich dann beschweren, Mann?«

»Das Essen war eine Schweinerei. Ein Schlangenfraß! Das hätte ein Bauer nicht einmal seinen Schweinen vorgeworfen. Es –«

Eine herrische Geste unterbrach den Wortschwall des Matrosen. »Der allgemeine Schiffsgebrauch bestimmt, dass Lebensmittel in ausreichender Menge und guter Qualität zu verabreichen sind. Dass das Essen schmackhaft sein muss, ist nicht vorgeschrieben.« Jenssen ließ sich zurückplumpsen, der Stuhl ächzte unter seinem Gewicht. »Beschwerde abgewiesen!« In Ermangelung eines Hammers schlug er mit der Faust auf den Tisch.

Die Mannschaft murrte unwillig.

Bedauerlicherweise gab es beim nächsten Seemann schon wieder eine Verzögerung. Zwar hatte dieser keine Beschwerde vorzubringen, doch der Kapitän erhob Einsprung gegen eine ordnungsgemäße Abmusterung. »Dieser Mann hat eine Eintragung wegen beharrlichen Ungehorsams bekommen.«

»Was ist vorgefallen?«

»Er ist nicht pünktlich zum Dienst erschienen. Zweimal.«

»Ich war krank!«, schrie der Seemann empört.

Der Wasserschout schlug wieder auf den Tisch. »Sie reden nur, wenn Sie gefragt werden!« Er verschränkte die Arme vor der Brust. »Zweimalige Gehorsamsverweigerung sind zwei Monatsheuern Gehaltsabzug. Beschlossen und verkündet!«

Kopfschüttelnd schaute Jenssen zu Kapitän Westphalen hinüber. »Wer krank ist, bestimmt immer noch der Kapitän«, sagte er halblaut. »Wo kämen wir denn hin, wenn das jeder für sich entscheiden würde?«

Die Seeleute murrten, diesmal lauter und heftiger als zuvor.

»Wenn hier nicht gleich Ruhe herrscht«, donnerte der Wasserschout durch den Raum, »schließe ich die Sitzung. Dann können Sie in einer Woche wiederkommen und Ihre Heuer abholen.«

Schlagartig trat Stille ein. Feindselige Stille zwar, aber immerhin Stille, denn niemand wollte riskieren, eine Woche lang ohne Geld an Land herumzuhängen.

Endlich war die Abmusterung beendet. Kapitän Westphalen lud den Wasserschout, den Kapitän und die Schiffsoffiziere zum Essen in eine nahegelegene Gastwirtschaft ein, wie es der Brauch vorschrieb. Im Hinausgehen sagte der Klabautermann zum Kapitän der HENRIETTE: »Ich werde dafür sorgen, dass dieser unfähige Koch nie wieder auf einem meiner Schiffe anmustert.«

Harms packte die Geldschatulle und das Heuerbuch in die Kiste mit den Eisenbändern. Er schloss sorgfältig die Riegel und vergewisserte sich zweimal, ob sie wirklich eingerastet waren. »Ich fahre zum Kontor zurück. Wenn du das Protokoll in Reinschrift übertragen hast, aber ordentlich, wenn ich bitten darf, kommst du sofort in die Große Reichenstraße. Es gibt viel zu tun.«

Moritz nickte pflichtschuldigst.

Es war still geworden am Steinhöft. Moritz nahm seine Brote, schlenderte zu einem Stapel Bretter am Kai, sein Blick strich über den Binnenhafen. Jetzt, zur Mittagszeit, ruhte die Arbeit auf den Schiffen, die Matrosen waren zum Essen in ihre Logis gegangen, die Schauerleute hatten es sich an Deck bequem gemacht. Sie löffelten ihren Eintopf aus dem Henkelmann, den die Frauen und Kinder an Bord gebracht hatten.

Hinrich Quast kam zu ihm, einen Priem Kautabak zwischen den Zähnen. Er blickte über den Hafen, trat an die Kaikante und spuckte den braunen Tabaksaft ins Wasser. Dann setzte er sich ebenfalls auf den Bretterstapel. Der Mann und der Junge schauten über den Binnenhafen.

»Die Matrosen haben eine Menge Geld ausbezahlt bekommen«, sagte Moritz.

»Klar, nach einem Jahr Arbeit.«

Moritz überschlug die Summe. »Wie lange es wohl dauert, bis sie alles ausgegeben haben?«

Hinrich Quast zuckte mit den Schultern. »Es reicht höchstens für eine Woche. Dafür werden die zweibeinigen Landhaie schon sorgen.«

Es muss sehr anstrengend sein, so viel Geld in so kurzer Zeit auszugeben, dachte Moritz. »Hätten Sie nicht Lust, wieder zur See zu fahren?«

Hinrich Quast biss so heftig auf den Priem, dass seine Kieferknochen deutlich hervortraten. Er blickte mit zusammengekniffenen Augen zu den Seglern hinüber, spuckte dann wieder ins Wasser. »Nein, das ist vorbei. Mein letztes Schiff ist abgesoffen. Fast hätte es mich auch erwischt. Doch der Herrgott hatte ein Einsehen. Noch einmal fahren, hieße ihn herauszufordern.«

Ein heftiges Husten schüttelte den Zimmermann. Sicher will er über den Schiffsuntergang sprechen, dachte Moritz. Ob er nachts davon träumt?

»Ist der Segler im Orkan gesunken?«, fragte er.

»Wir hatten Sturm, ja, doch der Wind war nicht das Problem. Viel schlimmer war, dass der Kahn leckte wie ein Sieb. Dabei war es ein neues Schiff, auf der ersten Reise.«

»Wie kann so etwas passieren?«

Der Zimmermann griff nach seinem Messer und schnitt ein neues Stück Tabak von der Platte ab. »Es wurde aus frischem Holz gezimmert, das war die Schweinerei. Man nimmt immer abgelagertes Holz im Schiffbau. Immer! Aber frisches Holz ist billiger.«

»Ich verstehe den Unterschied nicht.«

Hinrich Quast schaute Moritz erstaunt an und schüttelte den Kopf. »Holz schrumpft durch Lagerung. Wenn man es verzimmert und das Schiff zu Wasser lässt, quillt es auf und verschließt die Ritzen zwischen den Planken. Frisches Holz tut das nicht.«

»Merkt man das nicht schon im Hafen?«

»Eigentlich ja. Doch auf diesem Schiff waren noch die Zimmerleute von der Werft an Bord. Die haben das eingedrungene Wasser nachts abgepumpt. Und keiner von denen hat uns gewarnt.«

Hinrich Quast schaute die Elbe hinunter. Irgendwo, in weiter Ferne, war das Meer. »Als wir Cuxhaven quer hatten, mussten wir bereits pumpen. Doch da hofften wir noch, dass es bald weniger wird. Bei den Ostfriesischen Inseln kamen wir kaum noch gegen das Wasser an. Der Kapitän dachte, dass wir es noch bis Emden schaffen, aber vor Borkum kam Sturm auf. Wir wollten das Schiff auf den Strand setzen, um uns zu retten. Doch dann sind wir draußen auf dem Riff hängengeblieben.«

Der Zimmermann starrte Moritz an, sein Blick flackerte. Mit einer wütenden Bewegung griff er nach seinem Finndolch. Das Messer zischte durch die Luft, drang tief in ein Brett ein und blieb dort zitternd stecken. »Alle sind ertrunken, nur ich nicht. Wir hatten gute Matrosen an Bord, auch ein paar Freunde von mir. Doch das war nicht das Schlimmste. Wir Seeleute wissen, dass uns die See über kurz oder lang erwischt, das ist Seemannslos. Aber die Passagiere taten mir leid. Es war wirklich schade um die. Um die Frauen und besonders um das Kind.«

Jetzt schauten beide auf die Elbe hinaus.

»Hat man die Verantwortlichen wenigstens bestraft?«

»Bestraft?« Der Zimmermann zerrte wütend an seinem Messer. »Der Schiffbaumeister hat alles abgestritten. Hat behauptet, das Schiff wäre zu schwer beladen gewesen. Man konnte ihm das Gegenteil nicht beweisen. Dazu hätte man das Schiff heben müssen. Aber das ging nicht, dazu liegt die KONSUL HAGEMEISTER zu tief.«

Familie Forck hatte Besuch. Der Schauermann aus dem Herrengraben war vorbeigekommen: gewaschen und rasiert. Seine Tochter trug das Kleidchen, das Herta Forck genäht hatte. Auch sie hatte sich verändert, sie schien nicht mehr so dünn zu sein.

Jan schnupperte vorsichtshalber an beiden. »Stinken nicht«, sagte er anerkennend.

Angesichts der Größe des Quartiersmanngesellen verkniff sich der Schauermann eine Entgegnung, obwohl es ihm sichtlich schwerfiel. Stattdessen krempelte er das linke Hosenbein hoch und zeigte stolz sein verletztes Bein.

»Fast verheilt«, sagte Herta Forck zufrieden, »du hast eine gute Heilhaut.«

»Liegt nich an mir. Sind die Salben von der Kräuterfrau.«

»Hab ich doch gesagt, dass die mit solchen Wunden umgehen kann.«

Der Schauermann streifte das Hosenbein wieder herunter. »Die is gar keine Hexe. Die is richtig nett.«

Herta Forck spitzte den Mund und blinkerte mit den Augen. »Sie ist wohl doch eine Hexe. Sie hat dich verhext, aber anders, als du gedacht hast.«

Schnell wechselte der Schauermann das Thema.

Moritz wälzte sich auf die eine Seite, dann auf die andere. Es nützte nichts. Wie er auch lag, immer drückten Jans Beine gegen seinen Rücken oder gegen den Bauch. Lange werden wir nicht mehr zusammen schlafen können, dachte er wieder einmal. Und dann dachte er an Roger, an die schwarzen Männer und auch ein bisschen an den toten Elbrand.

Weit war er wirklich nicht gekommen mit seinen Nachforschungen. Der Dank der Kaufmannschaft schien in weite Ferne gerückt, ebenso die Bewunderung von Cäcilie. Roger hatte offensichtlich nichts mit dem Mord zu tun, und die schwarzen Männer auch nicht. Nun war er so schlau wie am Anfang, und es war kein Trost, dass auch Cäcilie nicht erfolgreicher gewesen war. Ach, Cäcilie! Sie fehlte ihm so sehr. Wahrscheinlich küsste sie gerade diesen ekligen Engländer in seiner lächerlichen Kleidung.

Er war fast eingeschlafen, da blitzte ein Gedanke durch sein Gehirn, mit einem Mal war er hellwach.

»Was ist los?«, fragte Jan müde vom anderen Ende des Bettes.

»Wohin würde ich nachts gehen wenn ich ein betrunkener alter Mann wäre?«

Moritz spürte in der Dunkelheit, dass sein Bruder schmunzelte.

»Wieso willst du das wissen? Du bist kein betrunkener alter Mann.«

»Los, sag schon!«

»Du könntest in die Neustadt gehen, ins Gängeviertel.«

»In den Herrengraben?«

»Nein, zu brav. Da sind viele Kneipen, aber da sitzen nur müde alte Männer.«

»Elbrand war ein alter Mann.«

»An Elbrands Stelle wäre ich ins Theilfeld gegangen. Immerhin war er Witwer. Ziemlich verruchte Gegend dort. Schlimme Spelunken, verschwiegene Höfe, haufenweise leichte Mädchen.«

»Was sollte er da wollen?«

Jan prustete in die Dunkelheit. Es dauerte lange, bis er sich beruhigt hatte. »Darüber werde ich bestimmt nicht mit meinem kleinen Bruder sprechen. Schon gar nicht mitten in der Nacht.«

20

In den folgenden Tagen schlenderte Moritz häufiger zum Alsterbecken. Er gab sich Mühe, den Eindruck zu erwecken, er sei ganz zufällig in der Gegend, innerlich jedoch war er angespannt wie eine Violinsaite. Die Passanten, Kutschen und Karrenschieber beachtete er nicht. Sein einziges Augenmerk galt dem Wasser und den Menschen in den Booten.

Seit er Cäcilie mit diesem schrecklichen Engländer auf der Alster gesehen hatte, musste er ständig an die beiden denken. Doch was sollte er tun, wenn er sie noch einmal bei einer Bootsfahrt überraschte? Und wie würde er reagieren, wenn sie sich plötzlich gegenüberstanden? Sollte er den Engländer zum Duell fordern, ihn niederschlagen oder ins Wasser stoßen?

Er wusste es nicht und machte sich auch nicht allzu viele Gedanken darüber. Denn in seinem tiefsten Innern wusste er, dass er in diesem Spiel immer der Verlierer sein würde, dass er unerwünscht war in diesem Teil der Stadt, in dem die Kaufleute und Reeder herrschten. Es war ein seltsames Verlangen in ihm, wieder einmal bestätigt zu bekommen, dass er nicht zur Schicht der Reichen gehörte.

Als er schließlich seinen Lieblingsplatz neben der Trauerweide erreicht hatte, war weder an Land noch auf dem Wasser etwas von Cäcilie zu sehen. Nachdenklich betrachtete er den Baum mit seinen herunterhängenden Zweigen. Die schienen ihm seinen Gemütszustand zu spiegeln, denn auch er trauerte – um den Verlust einer liebevollen Seele, um eine Liebe.

Unweit des Alsterpavillons griff Charles Turner nach Cäcilies Hand und half ihr in das schwankende Boot. Schnell setzte sie sich auf die hintere Bank und hielt sich fest. Dann blinzelte sie in den Himmel. Den Schirm würde sie heute nicht aufspannen müssen.

Charles löste die Leine und sprang geschickt ins Boot. Er fuhr die Ruder aus und steuerte zwischen den anderen Booten hindurch auf das Alsterbecken hinaus. Cäcilie warf ihrer Cousine Josephine, die am Ufer geblieben war, einen Handkuss zu. Josephine schüttelte unwillig den Kopf. Herr und Frau Schröder hatten sie als »Anstands-Wauwau« – wie Cäcilie es nannte – auserkoren; für den Fall, dass ihre Tochter ohne die Eltern in die Stadt gehen wollte. Josephine war ein paar Jahre älter und einige Pfunde schwerer als Cäcilie, hatte ein gutmütiges, fast phlegmatisch zu nennendes Wesen und stimmte fast allem zu, was Cäcilie vorschlug. Doch heute war sie unruhig. Sie war sich nach wie vor unschlüssig, ob es richtig gewesen war, Cäcilie schon wieder allein mit diesem attraktiven jungen Mann losrudern zu lassen.

»Was soll schon passieren, Josie?«, hatte Cäcilie lachend gesagt. »Charles ist ein vornehmer Herr aus gutem Hause. Mir passiert nichts. Er beschützt mich eher, als dass er mir etwas antut.«

»Auch Männer aus gutem Hause können merkwürdige Anwandlungen haben. Sonst würden sie ja keine Kinder bekommen.«

»In einer knappen Stunde sind wir wieder hier, Josie. Du kannst dir die Zeit im Alsterpavillon bei Kaffee und Kuchen vertreiben.«

Josephine hatte empört geschnaubt. »Ich gehe nie ohne Begleitung in ein solches Etablissement.«

Es war nun schon das zweite Mal, dass Cäcilie von dem netten Engländer zu einer Bootsfahrt auf dem Alsterbecken eingeladen worden war. Zunächst hatte sie gezögert, dann jedoch zugesagt. Charles war zwar ein gutaussehender Mann, er war charmant und hatte gute Umgangsformen – was ihr durchaus gefiel –, doch irgendetwas fehlte. Was es war, konnte sie nicht benennen. Sie hatte aber beschlossen, Mr Turner auf diesem Ausflug einer

Prüfung zu unterziehen und nach Art des ehrbaren Kaufmanns eine Gewinn- und Verlustrechnung aufzustellen.

Sie lehnte sich zurück und beobachtete Charles Turner unter halb geschlossenen Lidern, wie er das Boot mit kräftigen, gleichmäßigen Ruderschlägen vorwärtsbrachte. Er hatte seinen Gehrock abgelegt und ruderte kraftvoll und gleichmäßig. Bei jedem Zug traten die Halsmuskelstränge hervor, und sein Brustkorb wölbte sich unter der Weste. Das sah sehr männlich aus, und Cäcilie begeisterte sich am Spiel seiner Muskeln. Das ist auf jeden Fall ein Pluspunkt, dachte sie.

Charles schien ihre Gedanken zu erraten. Er konnte sich ein Lächeln nicht verkneifen. Es war kein jungenhaftes Lächeln, es war selbstverliebt und arrogant. Cäcilie fühlte sich ertappt. Sie schaute schnell weg – und ärgerte sich.

Du bist zu selbstsicher, Charles Turner, das ist keinesfalls ein Pluspunkt.

Und noch etwas störte sie an ihm. Manchmal, wenn er sich unbeobachtet glaubte, hatte sie Anzeichen von Verachtung und Spott gegenüber der Hamburger Lebensart bemerkt. Das allerdings war ein dicker Minuspunkt.

Immerhin kommt er aus einer honorablen Familie und hat gute Umgangsformen, dachte sie. Aber was bedeutete das schon? Auch sie kam aus einer reichen Familie. Und gute Umgangsformen hatte sie auch – wenn sie sich Mühe gab.

Schließlich gab es da noch etwas, was sie mehr als alles andere an ihm störte. Charles hatte sein Versprechen nicht gehalten. Er hatte nicht nach dem englischen Agenten geforscht. Entweder wusste er von Beginn an nichts über ihn und wollte sich nur ein Rendezvous erschleichen, dann war es Betrug. Oder er wusste genau, wo sich der Agent aufhielt, rückte jedoch nicht mit der Information heraus. Dann war es ein Vertrauensbruch.

Cäcilie tauchte ihre Hand ins Wasser und schloss die Augen.

Ich bin eindeutig nicht verliebt. Außerdem steht es zwei zu eins gegen dich, Charles Turner. Kein gutes Ergebnis.

Charles ließ die Ruderblätter sinken. Das Boot trieb langsam auf die Windmühle am Alsterdamm zu. Er schaute ihr ins Gesicht und lächelte. Er schaute sie so lange an, bis sie die Augen niederschlug. Jetzt verschwand sein Lächeln und machte einem ernsten Ausdruck Platz.

»Cäcilie, Sie sind die schönste Frau, die ich jemals gesehen habe.«

Sie errötete und fühlte sich, ganz gegen ihren Willen, geschmeichelt.

Charles richtete sich so gerade auf, als wäre er der Oberbefehlshaber einer Armee, der seinen Leuten einen wichtigen Befehl mitzuteilen hat. Er führte beide Hände an die Weste, dorthin, wo er das Herz vermutete.

»Cäcilie, ich kann nicht mehr schlafen, seit ich Sie gesehen habe. Selbst im Traum erschienen Sie mir.«

Sie taxierte ihn mit einem kühlen Blick.

Was denn nun? Entweder ist er wach oder er träumt, für eines muss er sich schon entscheiden.

»Ich danke meinem Lord, dass er meine Schritte hierher gelenkt hat. In Ihre Nähe. Es war eine göttliche Fügung!«

Mit Gott im Boot könnte es recht eng werden, dachte sie.

»Ich wünsche mir nichts sehnlicher, als dass Sie meine Gefühle erwidern, liebste Cäcilie. Geben Sie mir ein Zeichen, ein kleines Zeichen. Ein Wort nur, bitte.«

»Wir treiben gegen den Alsterdamm.«

Der Engländer verharrte einen Augenblick in seiner theatralischen Geste. Dann schien er wieder in die Gegenwart zurückzufinden. Er ergriff die Ruder, legte sich kräftig ins Zeug und brachte das Boot aus der Gefahrenzone.

Das also war eine Liebeserklärung, dachte Cäcilie. Die habe ich mir anders vorgestellt. Nicht so wie im Theater, irgendwie liebevoller, aus dem Gefühl heraus, mit mehr Seele.

Während Charles Turner zum Neuen Jungfernstieg ruderte, beteuerte er ihr in abgehackten Sätzen und heftigen Bewegungen seine Zuneigung und Leidenschaft und bat inständig um ein Zeichen ihrerseits.

Er wiederholt sich, dachte sie. Wo er diese Sätze wohl aufgeschnappt hat? Bei Jane Austen oder Lord Byron? Ganz sicher von Jane Austen, denn so verschroben drückt sich heutzutage kein Mensch mehr aus, wir leben doch nicht in der Zeit unserer Großväter.

Mit einem Mal fürchtete sie sich vor diesem durchtrainierten Mann. Sollte ihn die Leidenschaft übermannen, könnte sie seinen Kräften nichts entgegensetzen. Sie wollte etwas sagen, ihn beruhigen, doch es fiel ihr nichts ein. Sie war ja so unerfahren in diesen Dingen. Im Stillen verfluchte sie ihre Entscheidung, Josephine weggeschickt zu haben.

Plötzlich streifte etwas ihren Rücken und die Haare. Weidengeäst zog über das Boot hinweg, es wurde dämmerig, dann stießen sie gegen den Kai des Neuen Jungfernstiegs. Das Boot schwankte, Cäcilie musste sich an der Bordwand festhalten. Sie lagen im Halbdunkel eines Baumes. Hinter ihnen ragte der mächtige Stamm empor, ein kühler Hauch wehte durch die Zweige. Fröstelnd raffte Cäcilie ihren Schal vor der Brust zusammen. Mit einem Schlag wurde ihr klar, dass er sie in eine Falle gesteuert hatte. Sie war von den anderen Booten und den Menschen durch einen dichten Blättervorhang getrennt. Sie war allein auf der Welt mit diesem schrecklichen Menschen, ihm ausgeliefert, ohne Schutz.

Charles kletterte über die Ruderbank. Mit einem merkwürdigen Lächeln auf den Lippen kam er näher. Cäcilie rückte ängstlich an die Bordwand, weiter ging es nicht mehr. Das Boot legte sich etwas zur Seite und Roger musste sich festhalten; doch das brachte nur wenig Aufschub.

Dann stand er vor ihr, groß, stämmig, breitbeinig. Seine Hände kamen auf sie zu, fassten sie unter den Armen und hoben sie so leicht vom Sitz hoch, als wäre sie eine Puppe. Cäcilie war starr vor Schreck, sie konnte sich weder wehren noch schreien. Mit seinen kräftigen Händen presste er sie an sich, die Fischbeinstäbe des

Korsetts drückten schmerzhaft gegen ihre Rippen. Lieber Gott, befrei mich von diesem schrecklichen Menschen, war das Einzige, was sie noch denken konnte.

Charles Turner hielt sich jetzt nicht mehr mit Liebesgeflüster auf. Sein Gesicht näherte sich ihr, sie sah seine große Nase auf sich zukommen. In diesem Augenblick erwachte ihr Widerstand. Als er sie zu küssen versuchte, hieb sie ihm mit der Faust ins Gesicht. Doch das schien ihn nicht zu stören, er lachte nur, schien sogar Spaß an ihrer Verzweiflung zu haben.

Er griff nach ihren Händen und drückte sie ohne allzu große Anstrengung nach unten. Dann öffnete er die Lippen zum Kuss. Cäcilie versuchte ihm auszuweichen, sie bog ihren Körper nach hinten. Er folgte ihrer Bewegung in dem schwankenden Boot, das sich jetzt gefährlich weit auf die Seite legte.

Moritz wischte sich die Brotkrümel von der Hose. Ein letztes Mal schaute er über die Alster zum Jungfernstieg, doch weder Cäcilie noch der Engländer waren zu sehen. Vielleicht treiben sie sich in den Wallanlagen herum, dachte er, Händchen haltend auf verschwiegenen Nebenwegen, fernab vom Trubel der Stadt.

Er schüttelte unwillig den Kopf. Was ging ihn Cäcilie an? Hatte er nicht Jette? Cäcilie konnte ihm gestohlen bleiben. Mochte sie auch auf Knien angerutscht kommen, er würde sie nicht einmal bemerken.

Plötzlich hörte er hinter sich ein Poltern, dann einen spitzen Schrei. Er drehte sich um, doch es war nichts zu sehen, keine Menschenseele weit und breit, nur der Alsterdamm und die Trauerweide. Gerade wollte er sich wieder abwenden, da schoss ein leeres Boot, noch halb auf der Seite liegend, in einem Wasserschwall unter den Weidenzweigen hervor. Moritz schaute verwundert. Ein Boot fuhr doch nicht allein. Also musste der Ruderer herausgefallen sein.

Er rannte zur Weide, riss die Zweige beiseite und suchte das Wasser ab. Ein Mann schwamm mit kräftigen Stößen hinter dem

Boot her und tauchte unter den Weidenzweigen hindurch. Jetzt hörte Moritz ein klägliches Wimmern. Er schaute über die Kaikante nach unten.

»Du meine Güte, Cäcilie! Was machst du hier im Wasser?«

Cäcilie klammerte sich mit den Fingerspitzen an einem schmalen Vorsprung in den Steinquadern fest, ihre Finger waren weiß vor Anstrengung. Überhaupt sah sie recht merkwürdig aus. Ihre Haare hatten sich gelöst und hingen nass am Kopf herunter, die Löckchen waren verschwunden. Das Kleid trieb wie ein blauer, aufgeblasener Luftballon um sie herum. Mit großen, erschreckten Augen blickte sie zu Moritz hinauf.

»Hilf mir! Ich kann nicht mehr.«

»Schwimm nach dort drüben. Da ist eine Treppe.«

»Ich kann nicht schwimmen.«

In diesem Augenblick rutschte ihre linke Hand von der Kante ab, gleich darauf die rechte. Cäcilie glitt ohne einen Laut unter die Wasseroberfläche, die Hände hilfesuchend nach oben gestreckt. Die Alster blubberte unter den aus ihrem Kleid aufsteigenden Luftblasen. Doch da hatte sich Moritz bereits in den Staub der Straße geworfen und nach unten gegriffen. Er erwischte ihr Handgelenk und riss es nach oben. Hustend und Wasser spuckend kam Cäcilie wieder hoch.

Moritz hielt sie fest umklammert und robbte an der Kaikante entlang, die ganze lange Strecke bis zur Treppe. Das Mädchen im Wasser trieb wie ein Stück Holz hinter ihm her. Es war ihm völlig schleierhaft, wie er Cäcilie die Treppe hinaufbringen sollte, doch da warteten bereits zwei Männer auf der untersten Stufe, die sich ihres Fracks und des Zylinders entledigt hatten. Sie griffen nach dem Mädchen und schleppten es wie einen nassen Sack nach oben.

Auf dem Neuen Jungfernstieg hatte ein Passant eine Droschke angehalten und lieferte sich ein heftiges Wortgefecht mit dem Kutscher, der den Transport von nassen Personen rundweg ablehnte. Als ihm jedoch eine drohende Menschenmenge näher rückte und sich ein wütendes Geschrei erhob, gab der Mann auf dem Bock seinen Widerstand auf.

Währenddessen stand Cäcilie an der Uferkante, zitternd und vor Wasser triefend. Sie wurde von einer dicken Matrone gestützt. Moritz konnte nicht unterscheiden, ob es die Kälte war, die sie zittern ließ, oder ob ein Weinkrampf sie schüttelte.

»Ich nehme das nasse Fräulein mit«, erklärte der Kutscher widerwillig, »aber so wie sie ist, kommt sie nicht auf die Polster. Sie kann sich neben mich setzen.«

Moritz schwang sich neben Cäcilie auf den Kutschbock. »Große Reichenstraße!«, befahl er.

Der Kutscher lenkte die Pferde vorsichtig durch die flanierenden Menschen auf dem Jungfernstieg. Moritz hielt Cäcilies Hand. Sie fühlte sich eisig an, wie von einer Toten.

»Das dauert zu lange!«, schrie er. »Sie stirbt uns unterwegs weg.«

Der Kutscher schaute erschrocken, dann hieb er auf die Pferde ein. Unter Gebrüll und Peitschengeknall raste das Fuhrwerk dahin, die erschreckten Fußgänger brachten sich fluchtartig in Sicherheit. Ein Polizeioffiziant, der sie aufzuhalten versuchte, konnte sich nur mit einem beherzten Sprung aus der Gefahrenzone retten.

»Das kostet mich meine Lizenz«, stöhnte der Kutscher.

Hinter sich hörten sie die Trillerpfeife des Polizisten.

»Das Handelshaus Schröder und Westphalen wird dafür geradestehen«, sagte Moritz.

Vor dem Speicher hob der Kutscher die nasse Cäcilie vom Bock herunter, und Moritz zerrte sie in die Diele. Da stand sie nun wie ein Häufchen Unglück, mit gesenktem Blick, während sich um sie herum ein See bildete.

Moritz nahm drei Stufen auf einmal. Er rannte durch das Kontor auf das »Heiligtum« zu. Und auf Harms. Der war schützend vor die Tür gesprungen, hatte die Arme ausgebreitet, um ihn aufzuhalten, versuchte womöglich auch, ihm ein Bein zu stellen, da war sich Moritz später nicht mehr ganz sicher. Er wich geschickt aus, dann war er im Büro von Caesar Schröder und schlug die Tür hinter sich zu. Der Patron blickte erstaunt hoch, faltete die Hände über seinen Papieren und wartete.

»Cäcilie steht auf der Diele. Ganz nass! Sie ist in die Alster gefallen.«

In diesem Augenblick stand Harms im Büro. Er blickte angeekelt an Moritz herunter, holte tief Luft, wollte offensichtlich gerade zu einer Strafpredigt ansetzen, da dröhnte die Stimme Caesar Schröders durch den Raum. »Herr Harms! Ich habe Sie nicht gerufen. Dies ist eine Privatangelegenheit der Familie Schröder, in die Sie sich nicht einzumischen haben. Gehen Sie wieder an Ihre Arbeit.«

Mit einem Mal wurde es hektisch. Caesar Schröder riss eine der schweren Gardinen herunter, wies Alexander an, Madame zu informieren, jagte den Gärtner, der gerade kopfschüttelnd die Treppe hochkam, zu Doktor Falk und rannte in die Diele hinunter.

Die immer noch zitternde Cäcilie wurde in die Gardine gehüllt und von ihren Eltern und ihrem Bruder in die Privatgemächer geführt. Kurz darauf kam das Hausmädchen mit einer Wärmflasche und heißen Handtüchern nach oben, dann polterte Doktor Falk die Treppe hoch.

Nun war es still im Kontor. Moritz blickte beschämt auf seine Kleidung, die aussah, als hätte er damit den Neuen Jungfernstieg gefegt. Erde klebte an Hose und Jacke, aber auch Sand, Vogelkot und Reste von Pferdeäpfeln.

Das war es dann wohl mit dem Kaufmannslehrling, dachte er. Unfähig, etwas zu tun, blickte er aus dem Fester. Kontorvorsteher Harms schien endlich begriffen zu haben, was vorgefallen war. Er beugte sich tief über sein Kontorbuch. Er wollte sich offenbar unsichtbar machen, denn er schien darin zu versinken.

Nach einiger Zeit der absoluten Stille belebte sich das Kontor wieder. Madame kam mit dem Doktor herunter, das Hausmädchen eilte mit einer weiteren Wärmflasche nach oben, und der Gärtner wurde beauftragt, die Essenzen zu besorgen, die der Arzt verordnet hatte.

Mit einem Mal fühlte sich Moritz so erschöpft, dass er sich am Pult festhalten musste. Wie aus weiter Ferne vernahm er die Stimme von Madame. »Gott sei Dank«, sagte sie, »es wird nur eine Erkältung geben.«

Caesar Schröder winkte seinen Lehrling zu sich ins »Heiligtum«. Als Moritz das Pult losließ, stellte sich ein merkwürdiges Gefühl ein. Er hatte Probleme mit dem Gleichgewicht, alles schwankte, er schien wie auf Wolken zu gehen. Das war nicht unangenehm, nur etwas ungewohnt. Madame war ebenfalls im Büro. Sie schaute Moritz so lieb und mit glänzenden Augen an, wie es Cäcilie früher getan hatte. Hoffentlich will sie mich nicht küssen, dachte er. Plötzlich wurden seine Knie weich. Er musste sich setzen, doch das nützte nichts. Ihm wurde schlecht, seine Arme und Beine fingen gleichzeitig an zu zittern.

Wie peinlich.

Schon wieder lag Cäcilie im Wasser und schnappte nach Luft. Moritz beugte sich vom Ufer aus zu ihr hin, reckte sich hinunter, griff nach ihrer Hand, hielt sie fest. Doch im gleichen Augenblick kam dieser Engländer von unten aus dem Wasser und zerrte an Cäcilie. Moritz hatte sie bereits ein Stück hochgezogen, da entglitt ihm ihr Arm. Erst langsam, dann immer schneller tauchte sie hinab, das Wasser schlug über ihr zusammen.

Mit einem Aufschrei war Moritz wach. Verwirrt blickte er sich um. Er lag im »Heiligtum« auf der Chaiselonge, zugedeckt mit einer Wolldecke. Auf dem Stuhl neben ihm saß der Kontorvorsteher. Während Moritz überlegte, wie er hierhergekommen war, erhob sich Harms und ging auf Zehenspitzen nach draußen.

Kurz darauf kam Madame mit einem Herrn herein, der aussah wie ein Fürst mit seinen ondulierten Haaren, einem vornehmen Frack und den Spitzenmanschetten. Interessanterweise hatte der Fürst eine Klemme am Arm mit einem Igel aus Samt, auf dem viele Nadeln mit bunten Glasköpfen steckten. Madame trug Moritz auf, sich vor den Fürsten hinzustellen. Er schlug die Decke zurück, blickte an sich herunter – und zog die Decke schnell wieder bis zum Kinn hoch.

»Was ist los?«, fragte der Fürst.

»Ich habe nur noch meine Unterkleider an.«

Madame lachte herzlich. »Das Hausmädchen ist gerade dabei, deinen Anzug zu reinigen. Wenn dir dein Aufzug zu peinlich ist, werde ich Alexanders Hausanzug holen lassen.«

Moritz nickte.

Endlich konnte der Fürst mit der Arbeit beginnen. Er zauberte ein Maßband aus dem Ärmel und begann, Moritz zu vermessen. Die Beinlänge außen und innen, die Armlänge, die Schulterbreite. Wie aus weiter Entfernung hörte Moritz, wie der Fürst mit Madame diskutierte. »Samtkragen?«, fragte er.

Madame Schröder nickte.

Moritz sehnte sich wieder zurück auf die Chaiselonge, wollte sich wenigstens eine Minute hinsetzen, doch da stand bereits Meister Hinz, der Schumacher, im Raum. Den kannte Moritz, zu ihm hatte er des Öfteren die Schuhe von Caesar Schröder gebracht. Meister Hinz betrachtete kopfschüttelnd Moritz' Schuhe, dann fing auch er an zu messen.

Madame und der Meister waren nach unten gegangen, Harms brütete wieder über seinen Büchern, Alexander bewachte Cäcilie.

Und Caesar Schröder? Der kam gerade ins »Heiligtum«. Moritz wollte aufspringen, doch der Patron drückte ihn auf die Chaiselonge zurück.

»Du weißt, dass du Cäcilie das Leben gerettet hast«, sagte er.

Moritz schüttelte den Kopf.

»Es ist aber so. Ohne dich wäre sie ertrunken.«

Wieder schüttelte Moritz den Kopf.

Der Patron machte sich an dem Schrank mit den zwei Schlössern zu schaffen. Als er sich umdrehte, hielt er ein Ledersäckchen in der Hand.

»Hier ist eine Anerkennung für geleistete Dienste.«

Er platzierte das Säckchen neben Moritz auf das Polster. Es gab einen dunklen, metallischen Klang. Goldmünzen, vermutete Moritz, obwohl er noch nie den Klang von Golddukaten gehört hatte.

Zum dritten Mal schüttelte er den Kopf.

»Ich möchte das nicht annehmen. Jeder andere hätte Mademoiselle Schröder auch geholfen.«

»Der hätte ebenfalls eine Belohnung bekommen«, sagte Caesar Schröder scharf.

Moritz schloss die Augen. Er musste nachdenken, doch das war nicht einfach, denn alles raste wie ein Kreisel in seinem Kopf herum. So viel Geld, ein ganzes Säckchen voller Goldstücke. Seine Eltern tauchten auf, Cäcilie, schließlich Jette. Dann fiel ihm ein, dass sein Vater auch einmal in einer ähnlichen Situation gewesen war. Damals, als das Feuer des großen Brandes auf den Speicher von Caesar Schröder überzuspringen drohte. Vater hatte kein Geld genommen.

Er nahm sich ein Herz, wählte seine Worte vorsichtig. »Wenn ich eine Bitte ...«

»Nur zu! Was willst du haben?«

»Könnte Madame Schröder vielleicht eine Stelle für ein Hausmädchen vermitteln? Hier in der Stadt.«

»Für jemand aus der Verwandtschaft?«

»So ähnlich.«

»Soll es bei uns sein?«

»Nein, nein, nicht hier. Aber nicht so weit weg in der Stadt wäre schon sehr schön.«

Caesar Schröder lächelt. »Das lässt sich bestimmt machen. Madame wird gerne ihre Kontakte spielen lassen.«

21

Nach einer Woche der Abwesenheit nahm Roger Stove seinen Dienst im Kontor vor Schröder & Westphalen wieder auf. Er hatte etwas zugenommen und war nicht mehr ganz so blass. Allerdings wirkte er ernsthafter als vor seiner Inhaftierung. Moritz freute sich auf die gemeinsamen Spaziergänge in der Mittagspause am Alsterbecken. Doch so richtig, aus vollem Herzen, konnte er sich nicht freuen. Nun war er also wieder dazu verdammt, seine gesamte Arbeitszeit im Kontor zu verbringen, denn ab jetzt würde Roger wieder die englische Korrespondenz übernehmen. Vorbei die Ausflüge zum Steinhöft, vorbei die Gespräche mit Kapitän Westphalen und Hinrich Quast, vorbei die Kontrollbesuche auf den Schiffen.

Moritz hatte allerdings die Rechnung ohne den Klabautermann gemacht. Der polterte eines Morgens ins Kontor, hatte eine kurze Unterredung mit Caesar Schröder und verkündete anschließend, dass der Lehrling weiterhin die Konnossemente zum Steinhöft bringen müsse. Und dann fügte er mit lauter Stimme und einem scharfen Blick auf Harms hinzu, dass dies ein ausdrücklicher Befehl sei und ein Verstoß dagegen unweigerlich die ganze Härte der Seegesetzgebung nach sich zöge. Der Kontorvorsteher verstand die Andeutung und zog den Kopf ein.

Außerdem, erklärte Kapitän Westphalen, solle Moritz unter Anleitung von Herrn Stove seine englische Geschäftskorrespondenz verbessern und möglichst oft englisch sprechen. Moritz glaubte seinen Ohren nicht zu trauen und wischte vor Aufregung die Streudose mit dem Löschsand vom Pult.

Anschließend hielt Caesar Schröder eine Ansprache. Er erklärte, dass man nicht darauf hoffen könne, Roger Stove ewig an das Handelshaus zu binden – obwohl er sich das natürlich von ganzem Herzen wünsche – und dass daher Schröder & Westphalen rechtzeitig einen Commis heranziehen müsse, der sich in der englischen Sprache auskenne.

Harms nickte während dieser Ausführungen immer wieder dienstbeflissen, wenn auch mit säuerlicher Mine, Alexander blickte mit einem salbungsvollen Lächeln auf Moritz herab, als wäre er selbst der Urheber dieser weitblickenden Entscheidung gewesen, und Roger kniff verschwörerisch ein Auge zu. Moritz war diese allgemeine Aufmerksamkeit überaus unangenehm. Er blickte angestrengt auf einen Tintenfleck am Pult, fast befürchtete er, vor Scham durch den Boden des Kontors in die Diele hinunterzusinken.

Nachdem Caesar Schröder die Mittagspause eingeläutet hatte, trat Roger zu Moritz. »Einen schicken Anzug hast du«, sagte er, »den müssen wir an der Alster ausführen.«

Es war wirklich ein prächtiger Gehrock, den der Fürst dem Kontorlehrling auf den Leib geschneidert hatte, doch Moritz fühlte sich immer noch verloren darin, irgendwie verkleidet. Deshalb trug er ihn auch nur ein- oder zweimal in der Woche. Mit den Schuhen war es allerdings etwas anderes. Sie waren weich und bequem und passten sich seinen Füßen an wie eine zweite Haut. Er trug sie jeden Tag, und sie schienen täglich ein Stück bequemer zu werden. Das war doch wirklich etwas ganz anderes als die ausgelatschten Schuhe, die er bisher von Jan bekommen hatte. Und Jan war ganz sicher nicht der erste Besitzer dieser Schlappen gewesen.

Jetzt, Ende März, strahlte die Sonne eine Wärme aus, die noch mehr Menschen nach draußen lockte. Entsprechend belebt waren die Straßen der Stadt.

»Weißt du, wo dieser englische Agent geblieben ist?«, fragte Moritz, während sie sich durch die Menge schoben.

»Welcher Agent?«

»Na, der englische Agent der Iron Company.«

»Ach, den meinst du. *Well,* der ist schon lange in England. Der war schlauer als ich. Als er von dem Elbrandmord erfuhr, ist er mit dem ersten Schiff abgereist. Er hat sich gleich gedacht, dass man nach ihm fahndet. Er hatte sich ja auch mit Elbrand herumgestritten.«

Das ist merkwürdig, dachte Moritz, wie hatte der so schnell von dem Mord erfahren?

Die beiden bogen in den Jungfernstieg ein. Herren in gepflegter Kleidung nickten ihnen wohlwollend zu. Das heißt, sie nickten Moritz zu. Ältere Damen traten an ihn heran und strichen liebevoll über seinen Arm. Moritz schloss eng zu Roger auf.

Caesar Schröder war es aufgrund seiner Kontakte gelungen, den »Unfall« Cäcilies mit dem Engländer aus der Presse herauszuhalten. Weder die »Hamburger Börsenhalle« noch eines der anderen Blätter hatten darüber berichtet. Doch der Kaufmann hatte keinen Einfluss auf die Gerüchte, die in der Stadt kursierten. Zwar wusste niemand genau, warum Mademoiselle Schröder plötzlich im Wasser lag, eine Minderheit vermutete, dass sie freiwillig aus dem Leben scheiden wollte, die Mehrheit jedoch tippte auf eine plötzliche Ohnmacht infolge eines zu eng geschnürten Mieders. So etwas kam allenthalben vor, wenn auch glücklicherweise äußerst selten in der Nähe eines Sees.

Aber alle wussten, dass dieser mutige Commis sie mit einem beherzten Sprung vom Grunde der Alster nach oben gezerrt hatte. Auch wurde der an der Rettung beteiligte Kutscher nicht müde, die Geschichte immer weiter auszuschmücken, nicht ohne seinen eigenen Anteil daran gebührend hervorzuheben.

Roger und Moritz wurden aufgehalten. Drei Mademoisellen, die kichernd über den Jungfernstieg flanierten, verstellten ihnen den Weg.

»Wir hätten eine Frage an Sie«, sagte eine von ihnen.

Moritz schluckte trocken.

»Nur zu«, sagte Roger gönnerhaft.

»Wir können nicht alle gleichzeitig ins Wasser springen. Welche von uns würden Sie gerne retten?«

Roger schaute sich die netten Fräuleins genau an. Er überlegte eine Zeitlang, schien zunächst unschlüssig und machte dann einen Vorschlag. »Vielleicht springen erst einmal zwei von Ihnen. Ich kann mithelfen beim Retten, ich bin auch ein guter Schwimmer. Und die dritte retten wir dann gemeinsam.«

Moritz empfand die Situation als überaus peinlich. Er drehte sich um und ging weg, verfolgt vom Gekicher der Mädchen.

»Du bist noch zu jung für diese Spielchen«, sagte Roger, als er Moritz eingeholt hatte. »Wir sollten demnächst in den Wallanlagen spazieren gehen. Da gibt es weniger Leute.«

Mit einem Mal brandete Lärm am Jungfernstieg auf. Ein Kutscher hatte einen Zusammenstoß mit einem Lastenträger verursacht. Die Schottsche Karre des Trägers war umgekippt, der darauf gestapelte Brandtorf zu Boden gefallen. Zu allem Unglück genau zwischen die zum Kauf ausgelegten Äpfel einer Vierländer Bäuerin. Die kreischte empört, der Lastenträger ging mit erhobenen Fäusten auf den Kutscher los, der Mann auf dem Bock drohte mit der Peitsche. Schnell hatte sich eine Traube von Schaulustigen versammelt. Moritz und Roger waren in der Menschenmenge eingeklemmt und wurden gegen ihren Willen zur Unfallstelle geschoben.

»Wir müssen uns zum Gänsemarkt durchschlagen«, übertönte Roger den allgemeinen Lärm. »Pass auf, dass du nicht auf das Kleid einer Dame trittst.«

Moritz fühlte sich plötzlich unwohl, doch es war nicht nur die Enge zwischen den vielen Menschen. Da war noch etwas anderes, gefährliches. Er wollte Roger etwas zurufen, doch es kam nur ein Krächzen aus seinem Hals, denn in diesem Augenblick starrten ihn zwei Augen an. Graue Augen, bösartig funkelnd. Moritz zog es vor Angst die Brust zusammen. Noch bevor er sich von seinem Schreck erholen konnte, war das Gesicht verschwunden, vom Pulk der Leute weitergeschoben.

Ohne Rücksicht auf die anderen Passanten drängte sich Moritz zu Roger durch. Er hielt sich ganz eng neben ihm, doch die grauen Augen schienen ihn immer noch zu verfolgen. Wer konnte ihn so abgrundtief hassen, dass er vor dessen Blick erschauderte? Es gab eigentlich nur eine Person.

Nach Feierabend, als die anderen bereits gegangen waren, bemühte sich Moritz mit mäßigem Erfolg, einen wichtigen Brief zu kopieren, doch er war nicht richtig bei der Sache. Immer und immer wieder zog die Situation am Jungfernstieg an ihm vorbei. Diese Augen. Es war der Elbrandmörder gewesen, da war er sich ganz sicher. Mit einem Mal war die Bedrohung ganz real und ganz nah. Moritz' Hand zitterte, er konnte kaum noch schreiben.

An diesem Abend kam Cäcilie das erste Mal seit langer Zeit wieder ins Kontor. Sie trug ihre Haare offen, hatte ein langes, flauschiges Hauskleid an, um den Hals trug sie einen dicken Schal. Sie standen sich gegenüber, ein bisschen wie Fremde, wohl beide erstaunt über die kühle Distanz.

»Chic siehst du aus«, sagte Cäcilie und strich über sein Revers.

»Deine Mutter hatte die Güte …« Moritz Stimme verlor sich irgendwo im Raum.

Cäcilie lehnte sich gegen seine Brust. »Ich danke dir«, sagte sie leise.

Moritz stand sehr steif da, vielleicht auch ein bisschen abweisend. Er spürte ihre Wärme durch seine Kleidung, er roch ihre Haare, jedoch keinen Frühlingsblumenduft. Cäcilie drückte sich jetzt stärker gegen ihn, er musste sich am Pult abstützen, um nicht den Stand zu verlieren.

»Es war schrecklich«, seufzte Cäcilie, »fast wäre ich jetzt tot.«

»Dieser verdammte Engländer. Schwimmt einfach weg, ohne sich um dich zu kümmern. Ich werde ihm auflauern und ihn niederschlagen.«

Cäcilie schenkte ihm ein warmes Lächeln. »Das ist nicht mehr nötig, Liebster. Alexander will sich mit ihm duellieren.«

»Nein!«

»Doch. Aber Papa hat es verboten. Er sagt, duellieren würden sich nur Franzosen und Russen wegen ihres merkwürdigen Ehrgefühls. Außerdem wäre ein Duell ein Geschäft mit ungewissem Ausgang, auf so etwas würde sich kein ehrbarer Kaufmann einlassen.«

»Wir können doch diesen schrecklichen Engländer nicht ungeschoren davonkommen lassen.«

Cäcilie strich ihm liebevoll über die Haare und dann ganz leicht, nur mit den Fingerspitzen, übers Gesicht.

»Papa hat das schon erledigt. Er hat den Engländer erstmal einsperren lassen. Wegen Diebstahls. Mein Beutelchen und der Schirm sind ja weg, sicherlich liegen sie auf dem Grund der Alster.« Sie kicherte. »Danach hat Papa seine Geschäftsfreunde benachrichtigt. Die haben der englischen Firma mit dem Boykott ihrer Waren und dem Verlust des Kredits gedroht. Und sie haben durchgesetzt, dass dieser Mister Turner unehrenhaft entlassen wird. Er ist gestern mit einem Dampfer nach England abgefahren.«

Moritz zog Cäcilie an sich heran. »Dann ist ja alles in Ordnung«, sagte er.

In diesem Augenblick waren Schritte auf der Treppe zu hören.

»Mama kommt«, flüsterte Cäcilie erschrocken. »Sie darf mich hier nicht finden.«

»Schnell, hinter das Pult von Harms.«

Sekunden später stand Madame im Raum. Sie stemmte die Fäuste in die Hüften und schaute sich forschend im dunklen Kontor um, das durch die Kerze auf Moritz' Pult nur notdürftig erhellt wurde. Sie durchquerte den Raum, es gab ein polterndes Geräusch, als sie gegen Rogers Pult stieß. Das Tintenfass fiel zu Boden, Madame gab einen schmerzhaften Laut von sich.

Moritz eilte zu ihr. »Kann ich Ihnen helfen, Madame?«

Anna Louise Schröder rieb sich die Hüfte. Sie setzte zu einer Rede an, sagte dann aber doch nichts und schritt mit knisternden

Röcken zurück zur Tür. »Mademoiselle Cäcilie ist nicht zufällig hier vorbeigekommen auf dem Weg in die Diele?«, fragte sie beiläufig, schon halb auf der Treppe.

»Nein, Madame. Ich habe die Mademoiselle nicht auf dem Weg zur Diele gesehen.« Moritz schlug die Augen nieder. Er hatte die Herrin in die Irre geführt, aber wenigstens war es keine Lüge gewesen.

Die beiden kauerten zitternd hinter dem Pult von Harms. »Wir müssen vorsichtig sein«, flüsterte Moritz.

»Wenn Mama mich hier sieht, wird sie verrückt«, sagte Cäcilie ängstlich. »Das wäre dann schon das zweite Mal, dass sie mich mit einem Mann erwischt, ganz ohne Bewachung. Mama legt mich in Ketten.«

»Und ich wäre meinen Lehrvertrag los.«

Nachdem er seine Arbeiten im Kontor erledigt hatte, eilte Moritz nach Hause, jedoch auf Umwegen. Er wechselte häufig die Straßenseite, bog spontan in einen Gang ein, kam an anderer Stelle wieder zur Straße zurück und erreichte unbehelligt von dunklen Gestalten und glühenden Augen den Hof in der Holländischen Reihe.

In seinem Zimmer kleidete er sich schnell aus und schlüpfte in eine alte Hose und den geflickten Pullover, denn er wollte seinen neuen Anzug auf keinen Fall länger als notwendig tragen. Nicht, dass der unbequem gewesen wäre. Doch als ihn Jan das erste Mal in dem modischen Gehrock, der bunten Weste, der Röhrenhose und den neuen Schuhen sah, hatte er sich prustend über den Küchentisch geworfen.

Die Mutter hatte strafend geblickt. »Ich finde es sehr schön, was Moritz trägt. Auch wenn es vielleicht nicht ganz in unser Viertel passt.«

»Er sieht aus wie der Affe vom Leierkastenmann«, hatte Jan gegrölt. »So etwas würde ein Quartiersmann nie anziehen.«

Moritz war den Tränen nahe gewesen. »Ihr habt mich ja nicht Quartiersmann werden lassen.«

»Schluss jetzt!« Der Vater schlug mit der Faust auf den Tisch. »Moritz trägt seine Arbeitskleidung, und wir tragen unsere Arbeitskleidung. Das ist nur recht so.« Dann senkte er die Stimme auf normale Lautstärke. »Ich verstehe allerdings nicht, warum man neu eingekleidet wird, nur weil man jemand aus dem Wasser gefischt hat.«

»Meine Kleidung war schmutzig geworden«, erwiderte Moritz entschuldigend. »Außerdem hat mir Herr Schröder Geld angeboten.«

Der Bruder pfiff anerkennend durch die Zähne.

»Ich habe es aber nicht genommen.«

Jan stöhnte laut, verdrehte die Augen und schlug sich mit der Hand gegen die Stirn.

»Das war richtig«, sagte der Vater. »Wo kommen wir denn hin, wenn es Geld gäbe, nur weil jemand ins Wasser gefallen ist. Dann würden jeden Tag Hunderte Leute ins Wasser gestoßen und wieder herausgezogen.«

Jette gegenüber hatte Moritz nichts von dem »Unfall an der Alster« erzählt, und sie hatte ihn auch nicht danach gefragt. Möglicherweise war der Vorfall nicht im Hafen bekannt geworden, oder man maß ihm keine große Bedeutung bei. Schließlich fiel immer wieder jemand bei der Arbeit in den Binnenhafen oder in die Elbe. Zum Gesprächsthema wurde es erst, wenn der Mann ertrank.

22

Aprilwetter. Es stürmte aus Nordwest, es war kalt, ein immerwährender Regen peitschte durch die Straßen. Der Himmel hatte fast die gleiche dunkle Färbung wie die Basaltsteine des Pflasters. Moritz trug seinen alten Anzug, denn er wollte seine neue Oberbekleidung nicht dieser Witterung aussetzen.

Harms und Roger kamen nass und mit muffigen Gesichtern ins Kontor, Alexander jedoch erschien mit einem Lächeln, er hatte ja keinen Fuß vor die Tür setzen müssen.

Die Zeit im Kontor schleppte sich dahin, zeitweise wurde es so dunkel, dass man Kerzen anzünden musste. Am Nachmittag erhielt Moritz den Auftrag, einige Depeschen zum Steinhöft zu bringen.

Hinrich Quast blickte missmutig von seiner Arbeit hoch, als Moritz bei ihm auftauchte. »Kapitän Westphalen ist noch auf der Börse. Der wird heute wohl nicht wiederkommen.«

Moritz legte die Papiere auf den Schreibtisch und blickte interessiert zum Zimmermann hinüber, der in einer Ansammlung von Balken, Latten und Hobelspänen stand.

»Mistwetter!«, schimpfte Hinrich Quast. »Ich wollte draußen an der frischen Luft arbeiten. Stattdessen staube ich hier alles voll und muss hinterher auch noch sauber machen.«

»Ich kann Ihnen beim Ausfegen helfen. Was soll es denn werden, was Sie da zimmern?«

Jetzt schmunzelte Hinrich Quast. In seinem wettergegerbten Gesicht bildeten sich viele kleine Falten. »Auftrag vom Kapitän. Ich soll ein Stehpult für dich bauen. Damit du nicht immer so laut stöhnst, wenn du im Sitzen arbeiten musst.«

Moritz lächelte geschmeichelt. Er schaute interessiert zu, wie der Schiffszimmermann mit dem Stemmeisen einen Zapfen aus einem Vierkantholz herausarbeitete. Von Zeit zu Zeit hielt er das Holz gegen das Licht und prüfte den Arbeitsfortschritt. Als es ihm ausreichend bearbeitet erschien, nahm er sein Messer und kerbte Muster hinein.

»Wichtig ist, dass man die Verzierung anbringt, bevor man das Werkstück verleimt«, erklärte er. »Hinterher kommt man nämlich an einige Stellen nicht mehr ran.«

Von draußen, weiter nördlich, dort wo der Steinhöft in die Admiralitätsstraße mündete, dröhnte das Rumpeln schwerer Frachtwagen. Das Knallen von Peitschen und das Wiehern der Pferde waren zu hören.

Moritz horchte auf. »Was ist da los?«

Hinrich Quast blickte verkniffen. »Das geht schon den ganzen Tag so. Die dicken Balken für die Hebemaschine werden zu den Vorsetzen gebracht.«

»Das ist ja spannend. Sicherlich ist es nicht einfach, so einen Kran aufzurichten. Sollten wir uns das nicht ansehen?«

Hinrich Quast tat so, als hätte er nichts gehört. Moritz wiederholte seine Frage. Der Schiffszimmermann blickte böse.

»Ich mag die Leute von Elbrand nicht. Will nichts mit dieser Werft zu tun haben.«

»Aber es ist Zimmermannsarbeit. Das müsste Sie doch interessieren?«

»Es interessiert mich nicht! Und lass mich jetzt in Ruhe.«

Als es dunkel im Raum wurde, beendete Hinrich Quast die Arbeit. Er sammelte das Holz zusammen, Moritz fegte den Boden.

»Ich geh dann mal«, sagte er, als er fertig war.

Der Zimmermann nickte.

Moritz war noch nicht weit gekommen, da holte ihn die Stimme des Zimmermanns ein.

»He, Moritz! Wo gehst du hin? Das ist die falsche Richtung. Oder wohnst du jetzt in der Neustadt?«

Moritz blickte verwirrt hoch. »Tatsächlich. So was Blödes.«

Er kam zurück, lächelte entschuldigend und ging am Kontor vorbei zu den Kajen. Der Zimmermann blickte ihm streng nach. Unangenehmer Mensch, dachte Moritz, der soll sich besser um seine Angelegenheiten kümmern.

Als er von den Kajen aus nicht mehr gesehen werden konnte, schlug er sich durch die Gänge und Höfe zur Neustadt, wie er es schon einmal gemacht hatte. Schließlich hatte er die Vorsetzen erreicht. In der Dunkelheit konnte er einen großen Berg zugehauener Hölzer erkennen. Man hatte bereits lange, schwere Balken als Fundament für die Hebemaschine auf der hölzernen Kaianlage verankert, sie ragten ein gutes Stück auf das Wasser hinaus. Auf der Höhe der Kaikante waren Widerlager angebracht, die wohl später die vertikale Konstruktion aufnehmen sollten.

Moritz stellte sich an den Stapel von Winkeln und Brettern, der für die weitere Arbeit aufgetürmt worden war. Er fuhr über die gehobelten Oberflächen und die geglätteten Kanten der Balken. Leise gluckste das Wasser gegen das Ufer, von der Elbe wehte eine Briese, es roch nach frischem Holz und Harz. Schiffszimmermann wäre auch ein Beruf, der mir gefallen würde, dachte er. Außerdem wird er gut bezahlt, sicherlich besser als die Kontorarbeit.

Zwischen der Konstruktion der Hebemaschine bewegte sich etwas. Moritz starrte angestrengt in die Dunkelheit. Es war zu groß für einen Hund, aber zu klein für einen Menschen. Jetzt richtete sich der Schatten auf. Ein Mensch. Moritz vergaß zu atmen. Der Mörder?

Doch die Gestalt schien sich nicht für ihn, sondern ausschließlich für das Fundament der Hebemaschine zu interessieren. Sie bewegte sich lautlos zwischen den Balken, bückte sich hier, tastete dort auf dem Boden herum. Moritz vernahm ein abfälliges Gemurmel. Nicht der Elbrandmörder, entschied er.

Inzwischen hatte die Gestalt das Interesse an der Maschine verloren. Sie kam direkt auf den Holzstapel zu. Moritz erkannte im fahlen Schein der Laternen den Schiffszimmermann. Sieh an, dachte er, es hat ihm doch keine Ruhe gelassen. Hinrich Quast schien Moritz nicht zu bemerken. Er wechselte auf die andere Straßenseite, blieb stehen, musterte die vorbeigehenden Leute, möglicherweise suchte er jemanden. Leise vor sich hinschimpfend schwenkte er in eine der Gassen des Gängeviertels ein und war in der Dunkelheit verschwunden, wie verschluckt.

Auf dem Weg nach Hause passierte Moritz den Herrengraben. Er zögerte, wurde langsamer, verharrte schließlich. »Herrengraben« und »Theilfeld« hatte Jan gesagt, die verruchte Gegend in der Neustadt. Es juckte Moritz in den Fingern, sich dort einmal umzusehen. Nur kurz, einfach mal hineinsehen in das berüchtigte Gängeviertel, und dann schnell nach Hause. Ein bisschen umschauen dürfte ja nicht verboten sein, dachte er, vielleicht gibt es da ein Geheimnis. Schließlich hatte sich Elbrand in seiner Todesnacht hier herumgetrieben.

Er schlich den Herrengraben hinauf, immer eng an den Häusern entlang, stets bereit zur Flucht. Doch es gab keinen Grund davonzulaufen. Hier kam ihm alles bekannt vor, hier war er mit seinen Eltern und mit Jan gewesen. Die Schänken rechts und links der Straße waren gut besucht, angetrunkene Männer kreuzten seinen Weg, manche sangen laut und falsch, niemand nahm Notiz von ihm. Jan hat recht, dachte Moritz, nur alte Männer hier, dafür hätte Elbrand nicht so weit laufen müssen, solche Kneipen gibt es auch in der Altstadt.

Kurz vor dem Theilfeld wechselte er die Straßenseite, um nicht am Wohnkeller des Schauermanns vorbeigehen zu müssen. Er wusste nicht, wie er dem Mann seine Anwesenheit in dieser Gegend hätte erklären sollen.

Dann war er im Theilfeld. Zunächst unterschied sich diese schmale Straße kaum vom Herrengraben. Je weiter er jedoch kam, umso merkwürdiger wurde ihm zumute. Nicht dass es keine Schänken mehr gab, doch die hier waren schlecht beleuchtet, die wenigen Kerzen warfen lediglich diffuse Schatten an die Hauswände. Alle paar Meter zweigten enge Gassen und Höfe ab, in manche gelangte man nur mit eingezogenem Kopf unter einem Durchgang hindurch.

Die Menschen, denen Moritz hier begegnete, bewegten sich anders als in der Altstadt. Sie huschten mehr, als dass sie gingen. Kaum kamen sie einem entgegen, waren sie schon wieder verschwunden. Das mochte am düsteren Zwielicht der engen Gassen liegen, vielleicht aber auch an der dunklen Kleidung der Männer.

Je weiter Moritz wanderte, desto mehr breitete sich ein beklemmendes Gefühl in ihm aus. Dazu trug sicherlich der moderige Geruch bei, der den mittelalterlichen Häusern entströmte, aber auch der Unrat in den Ecken und Winkeln. Als sich in einem Hof ein lautes Kreischen erhob, zuckte Moritz zusammen. Sicherlich waren es nur Katzen, doch inzwischen ließ ihn jedes Geräusch zusammenfahren, und unbekannte Geräusche gab es mehr als genug.

Noch kann ich umdrehen, dachte er, zurück zum Binnenhafen laufen, an die frische Luft, zum Licht. Doch wie unter Zwang ging er weiter.

Ein plötzliches Gefühl von Gefahr ließ ihn herumfahren. Am Eingang des düsteren Hofs, den er gerade passiert hatte, zeigte sich kurz eine Gestalt, verschwand jedoch sofort wieder. Das war nicht ungewöhnlich, allenthalben erschienen Leute, um sich gleich wieder aufzulösen, doch kurze Zeit später sah er diesen Mann wieder. Es war nicht der gleiche, der ihm vor einigen Tagen bei den Baumstämmen aufgelauert hatte, dieser hier war kleiner und seine Bewegungen geschmeidiger. Moritz hatte das Gefühl, den Schatten im Dunkeln schon einmal gesehen zu haben, doch er konnte sich nicht erinnern, wo es gewesen war. Unabhängig davon wusste Moritz: Er wurde verfolgt, das war eindeutig. Er musste weg von hier. Aber wohin? Zurück in die helleren Straßen konnte er nicht, der Verfolger versperrte ihm den Rückweg. Also Flucht nach vorn. Nicht rennen, sagte er sich, wenn ich renne, kommen die dunklen Gestalten aus allen Gängen und Höfen, und dann rennt der Schatten auch.

Die Gasse endete an einer Querstraße. Links oder rechts? Moritz schaute zurück. Der Mann hinter ihm machte sich inzwischen nicht einmal mehr die Mühe, sich zu verbergen. Er lehnte im Schatten eines Hauses und wartete. Eine gefährliche Anspannung ging von diesem Warten aus, wie vor einem schnell geführten Angriff. Moritz kämpfte die in ihm aufsteigende Panik nieder.

An der Straßenecke blieb er kurz stehen, dann schwenkte er nach links. Er gab sich alle erdenkliche Mühe, arglos zu wirken, doch kaum war er um die Ecke, stürmte er los. Er tauchte in den nächsten Gang ein, rannte zwischen den engstehenden Häusern hindurch, verließ den Gang auf der anderen Seite, hetzte in einen dunklen Hof und auf der anderen Seite wieder hinaus.

Schließlich wusste er nicht mehr, wo er war, er hatte jede Orientierung verloren. Es war ihm jedoch gelungen, seinen Verfolger abzuschütteln. Das beruhigte, zumindest eine Zeit lang.

Der Hof, in den er jetzt geraten war, hatte keinen Ausgang. Moritz wollte wieder zurückgehen, doch seine Beine waren mit einem Mal seltsam schlapp. Er stand vor einer schlecht beleuchteten Schänke, vielleicht einer dieser »Verbrecherkeller«, von denen Jan einmal gesprochen hatte. Das Grölen von Betrunkenen und der schrille Klang eines Schifferklaviers drangen dumpf durch die geschlossene Tür.

»Hast du dich verlaufen, Kleiner?«

Moritz machte vor Schreck einen Satz nach vorne. Gehetzt blickte er sich um. Hinter ihm an der Hauswand lehnte eine Frau. Sie musterte ihn böse.

»Was machst du hier? Es ist dunkel. Keine Zeit für Kinder, sich draußen rumzutreiben. Wenn ich deine Mutter wäre, würde ich dir den Hosenboden strammziehen.«

Wirklich gefährlich sah die Frau nicht aus. Sie hatte eine dunkle Stimme, obwohl sie nicht sehr alt sein mochte, auf keinen Fall so alt wie seine Mutter. Ihre Haare hatte sie hochgesteckt. Es sah aus, als würde sie mit einem Auge zwinkern, aber das lag wohl eher daran, dass ein Augenlid geschwollen war. Was sie an

Kleidung anhatte, verschlug Moritz den Atem. Es schien ihm vornehme Unterwäsche zu sein, jedenfalls glaubte Moritz, dass vornehme weibliche Unteräsche so aussehen musste. Sie unterschied sich erheblich von dem, was zu Hause im Hof über den Leinen hing.

Die Frau rückte an ihn heran. Ein süßer, aufdringlicher Geruch schlug ihm entgegen. »Sag schon, was du hier willst, Kleiner.« Sie zog die Unterwäsche vor der Brust zusammen. »Aber sag nichts Falsches. Sag nicht, dass du eine Frau brauchst, in deinem Alter. Sonst scheuer ich dir eine.«

Er musste etwas sagen, sich schnell etwas einfallen lassen, sonst langte sie tatsächlich zu. Oder schrie den ganzen Hof zusammen, was noch schlimmer wäre. Schweiß stand ihm auf der Stirn, es fiel ihm beim besten Willen keine Ausrede ein.

Er versuchte es mit der Wahrheit. »Ich suche jemanden.«

»Hier im Hof?« Sie lachte gehässig. »Kaum zu glauben. Wen denn?«

»Eigentlich ist er schon länger tot. Ich will wissen, was er hier gemacht hat.«

Sie trat noch näher an ihn heran, musterte ihn scharf, die Falte zwischen ihren Augenbrauen verstärkte sich. Die hat tatsächlich ein blaues Auge, dachte Moritz.

»Willst du mich veräppeln mit deinem Gewäsch? Wer soll hier tot sein?«

»Der Werftbesitzer Elbrand.«

Die Frau schreckte zurück, als hätte jemand die Hand gegen sie erhoben. Hastig blickte sie nach allen Seiten. Es war niemand in Hörweite. Sie ging jetzt fast auf Tuchfühlung mit ihm. »Pass auf, Kleiner, nimm in dieser Gegend nie wieder diesen verfluchten Namen in den Mund. Die Leute hier können sehr unangenehm werden. Sie könnten glauben, dass du zu seiner popligen Verwandtschaft gehörst. Die massakrieren dich.«

Die hastig hervorgestoßenen Sätze erschreckten Moritz zu Tode. Wo war er hier gelandet? Bei Straßenräubern und Mördern?

Er hörte die Frau, doch er hörte mit einem Mal noch viel mehr Geräusche im Hof. Schlich da jemand von hinten an ihn heran? Hatte einer bereits das Messer gezückt? Er wollte sich umdrehen, traute sich aber nicht.

»War dieser … Mensch so schlimm?«, fragte er mit zitternder Stimme.

»Das Schwein hat die Anni auf dem Gewissen.«

»Hat er sie umgebracht?«

»So ähnlich. Er hat sie –« Die Frau hielt inne und schaute Moritz scharf an. »So genau brauchst du das nicht zu wissen. Dafür bist du zu jung.«

Sie umrundete ihn, musterte ihn von oben bis unten, wie er so dastand, mit gesenktem Kopf und hängenden Armen.

»Sieht aus wie ein Commis in seinem Jäckchen«, murmelte sie, »und ist auf den Spuren von Elbrand.« Plötzlich blitzte das eine Auge auf. »Ist dein Vater Quartiersmann?«

»Ja.«

Sie lächelte schief. »Dann gehörst du zu dieser verrückten Familie, die Elbrands Mörder sucht. Und du bist der Junge, der das Mädchen aus dem Alsterbecken gefischt hat.«

Die Frau stellte sich so vor ihn hin, dass er einen tiefen Einblick in ihr Dekolleté bekam. Sie strich mit ihrer knochigen Hand über seine Wange.

»Du hast eine Frau gerettet. Das rechne ich dir hoch an. Andere hätten das nicht getan.« Sie nahm ihn in den Arm. Moritz hielt den Atem an. Des penetranten Parfümgeruchs wegen und weil sie sein Gesicht gegen ihre Brüste presste.

»Sieh zu, dass du verschwindest«, flüsterte sie. »Es ist einer hinter dir her. Hinter dir und deiner Familie. Wir haben es hier nicht gern, wenn man sich in unsere Angelegenheiten mischt.«

»Hat der den Elbrand umgebracht?«, fragte Moritz ebenso leise.

Ihr Lächeln verschwand, die Frau ging auf Abstand. »Ist doch egal. Wen interessiert das noch. Anni ist gerächt, das genügt.«

Plötzlich wurden das Grölen der Männer und das Schifferklavier lauter. Dann war es wieder still.

»Sag mir, wer mich verfolgt.«

»Was willst du hier?«, schimpfte sie plötzlich los. »Verschwinde!«

Moritz blickte irritiert auf die Frau, die mit einem Mal so unfreundlich war. In diesem Augenblick wurde er auch schon am Arm gepackt und herumgerissen. Ein großer, massiger Mann im Unterhemd, über dessen ausladendem Bauch sich Hosenträger spannten, stierte ihn an. Moritz wollte sich gegen den schmerzhaften Griff wehren, doch der Mann drückte nur noch kräftiger zu.

Der Dicke beugte sich herunter und rülpste laut. Eine Alkoholwolke hüllte Moritz ein. Die kleinen Schweinsaugen des Mannes fixierten ihn. »Ich zermatsche jeden, der hier Ärger macht«, schnaufte er.

»Lass ihn laufen, Olle«, sagte die Frau, »sonst weint seine Mami.«

Der Kerl zerrte Moritz beiseite, als würde er nicht mehr wiegen als ein leerer Mehlsack. »Halt die Schnauze, Liz. Dein Geschäft ist, Geld anzuschaffen. Mein Geschäft ist, für Ruhe zu sorgen. Halt dich aus meiner Arbeit raus.«

Während sich der Fettkloß und die Frau gegenseitig beschimpften, überschlugen sich Moritz' Gedanken. Hier komme ich nicht mehr lebend raus, dachte er, der macht mich fertig, der bricht mir alle Knochen. Eigentlich ist es egal, ob ich mich still verhalte oder ob ich mich wenigstens ein bisschen zu wehren versuchte. Tot ist tot.

Er entschied sich dafür, den aussichtslosen Kampf aufzunehmen.

Noch war dieser Kerl mit der Frau beschäftigt. Er überzog sie mit Flüchen, bei denen Moritz schamrot geworden wäre, hätte er in Ruhe zuhören können.

Er hob das rechte Bein, holte aus und trat mit aller Kraft gegen das Knie des Mannes. Dessen Flüche gingen in ein Brüllen über.

Der massige Kerl hüpfte mit schauerlichem Geheul auf einem Bein herum, beide Hände am Knie.

Dann fing er sich schnell wieder und stürzte sich auf den Jungen neben sich. Doch Moritz war schon lange nicht mehr da. Er hatte keine Sekunde gezögert, war wie ein Wiesel aus dem Hof gerannt und in die Gasse eingebogen. Als er das Gebrüll und das Trampeln hinter sich hörte, tauchte er blitzschnell in einen weiteren Hof ein, schoss durch diesen hindurch und war in der nächsten Gasse.

Seinen Verfolger hatte er wieder einmal erfolgreich abgeschüttelt. Wie häufig würde ihm das noch gelingen? Nicht mehr sehr oft, vermutete er. Schwer atmend lehnte er sich gegen eine Hauswand. Nie wieder würde er einen Ausflug in dieses Neustädter Gängeviertel machen, nicht einmal zehn Pferde könnten ihn hierher schleppen.

Schließlich atmete er ruhiger, das Zittern in den Beinen ließ nach. Immerhin habe ich etwas über Elbrand erfahren, dachte er. Doch wer ist diese Anni? Und woran ist sie gestorben? Ist sie überhaupt gestorben? Vielleicht könnte der versoffene Schauermann etwas dazu sagen, der wohnte ja nicht weit von hier.

Moritz blickte sich um. Irgendwie kam ihm der Hof bekannt vor. Er hatte das Gefühl, an diesem Abend schon einmal hier gewesen zu sein, ziemlich zu Beginn seines Ausflugs. Wenn er sich nicht sehr täuschte, müsste eine der nächsten Straßen zum Herrengraben führen. Erleichtert machte er sich auf den Weg. Vor dem Theilfeld graute ihm jetzt nicht mehr. Hatte er nicht schon ganz andere Ecken dieses Gängeviertels kennengelernt?

Der an den Hof grenzende Gang endete in einem Durchgang. Moritz ging in den Gang hinein, jetzt konnte er schon das Theilfeld mit seinen Spelunken erkennen. Nur ein paar Schritte noch, dann würde er wieder in der von normalen Menschen bewohnten Welt sein.

Doch er machte diese paar Schritte nicht, denn im Durchgang stand ein Mann, nicht übermäßig groß, in leicht gebückter

Haltung. Es war nicht der Dicke mit den Hosenträgern, es war der Verfolger vom frühen Abend.

Der Mann ließ Moritz nicht aus den Augen. Er kam langsam und geräuschlos näher, wie eine Katze auf der Jagd. Moritz tastete sich im Gang rückwärts. Nicht aus den Augen lassen, immer anstarren, hatte der Vater gesagt, das hilft bei Hunden und bei Menschen. Wenn ich bis in den Hof komme, dachte er, kann ich auf der anderen Seite hinausrennen. Dann erwischt er mich nicht.

Endlich wichen die Häuser rechts und links zurück, er hatte den Hof erreicht. Blitzschnell drehte er sich um und rannte auf den gegenüberliegenden Ausgang zu. Doch auf halber Strecke prallte er erschrocken zurück. Auch im zweiten Durchgang stand ein Mann. Moritz sah ihn nur schemenhaft, aber seine Umrisse zeichneten sich deutlich gegen den helleren Hintergrund ab. Das war auch nicht der Dicke, der hier war eher untersetzt und breitschultrig. Ein unbestimmtes Gefühl sagte Moritz, dass er diesen Fremden schon einmal gesehen hatte. Doch es blieb ihm keine Zeit, darüber nachzudenken.

Er saß in der Falle! Hastig suchte er die Häuserfronten ab. Da waren keine Erker, keine Anbauten, keine zurückgesetzten Hauseingänge, nur flache Fronten. Es gab nichts, wo er sich verstecken konnte. Selbst die Dunkelheit bot in diesem übersichtlichen Hof keinen Schutz. Panik machte sich in ihm breit. Mit flackerndem Blick suchte er einen Ausweg. Es gab keinen. Sollte er schreien? Das brachte nichts, hier öffnete niemand ein Fenster oder eine Tür. Er würde nur verraten, wo er war.

Jetzt haben sie mich, durchzuckte es Moritz. Gegen einen Mann wäre es schon schwer genug, sich zu wehren, aber gegen zwei? Unmöglich. Jetzt wird Elbrands Mörder noch einmal zuschlagen und kurzen Prozess machen. Wie konnte ich nur so naiv sein, allein Nachforschungen anzustellen? Niemand wird mich jemals wiedersehen. Der Mörder wird mich töten, in einen Sack stecken, zu den Vorsetzen schleppen und in die Elbe werfen.

Vielleicht ist der Tod ja gar nicht so schrecklich?, dachte er. Henriette ist tot, der Sohn von Kapitän Westphalen auch. Schön wäre es, wenn das Sterben nicht wehtäte. Ich würde aber gern noch einmal meinen Vater sehen. Und meine Mutter. Und Jan. Vielleicht auch Cäcilie, auf jeden Fall Jette.

Die Männer ließen sich Zeit, sie machten keinerlei Anstalten, ihn zu greifen. Warum auch, er saß ja in der Falle, da konnten sie noch etwas mit ihm spielen, wie die Katze mit der Maus. Wie in Trance schlich Moritz an den Häusern entlang, mit einer Hand an der Wand. Mit einem Mal trat er ins Leere, fast wäre er die Stufen hinuntergestürzt. Ein Keller, die Kellerklappen standen offen. Moderig kalte Luft schlug ihm entgegen. Die Rettung? Nein, eine Falle. Sie würden ihn im Keller aufspüren und wie eine Ratte im Loch erschlagen.

Langsam tastete er sich weiter. Die Kellerklappen fühlten sich überaus stabil an, sie waren aus festem Holz gezimmert. Man hatte sie zur Hauswand umgeklappt, aber sie standen etwas ab. Der Spalt war zwar nur schmal, doch ein Junge wie er konnte sich zur Not hineinzwängen und sich zwischen Wand und Klappe verstecken. Wahrscheinlich würden ihn die Verfolger irgendwann entdecken, aber er könnte zumindest Zeit gewinnen.

Da, Schritte im Hof.

Katzengleich schob sich Moritz zwischen eine der Klappen und die Hauswand. Dort stand er mit weichen Knien und atmete flach. Die Schritte kamen näher, verharrten, entfernten sich, kamen zurück. Moritz hielt die Luft an. Der Mann blieb vor dem Kellereingang stehen. Er scharrte mit den Füßen. Scheinbar war er unschlüssig, ob er in den dunklen Keller hinuntersteigen sollte. Hoffentlich kommt er nicht auf die Idee, die Kellerklappen zuzuschlagen, dachte Moritz, das wäre das Ende.

Weitere, schwerere Schritte näherten sich. Es klang nach genagelten Sohlen. Das muss der Zweite sein, dachte Moritz. Nun suchen sie mich gemeinsam. Gleich haben sie mich.

Plötzlich waren keine Schritte mehr zu hören. Stattdessen herrschte eine bedrohliche Stille. Dann Getrampel, hastige Bewegungen, schnelle Schritte zur anderen Hofseite und wieder zurück. Die beiden Männer schienen sich im Gleichtakt zu bewegen. Wieder ein Moment Stille, dann heftiges Atmen, Keuchen, ein dumpfer Schlag, als hätte jemand einen Hieb bekommen. Nicht weit von seinem Versteck entfernt hörte Moritz, wie die beiden Männer miteinander rangen. Er vernahm das Scharren von Schuhen und das Klatschen von Faustschlägen. Einer stöhnte auf. Die Gegner schienen gleichwertig zu sein, der verbissene Kampf zog sich hin. Plötzlich ein Aufschlag, der Erdboden unter Moritz vibrierte. Einer der Männer war direkt vor der Kellerklappe zu Boden gegangen. Er würgte, griff nach der Klappe und zog sich daran hoch.

Von der anderen Seite des Hofs hörte Moritz einen wüsten Fluch, gefolgt von einem seltsamen Schwirren in der Luft. Dann ein Aufschlag und eine Art Knall. Etwas war in die Kellerklappe eingedrungen und blieb im Holz stecken. Moritz' Herz schlug bis zum Hals. Der Mann, der sich gerade noch an die Kellerklappe gelehnt hatte, stieß sich ab und rannte Richtung Theilfeld. Die genagelten Sohlen folgten ihm.

Moritz wartete lange, sehr lange. Erst als er sich sicher war, dass ihn seine Beine tragen konnten, verließ er das Versteck. Niemand lauerte in einer Ecke, keiner schaute aus dem Fenster. Der Hof lag still wie zuvor, und doch hatte sich etwas verändert. Ein schmaler Dolch steckte in der Kellerklappe, die Spitze war tief ins Holz eingedrungen.

Da die Männer Richtung Theilfeld gelaufen waren, rannte Moritz in die entgegengesetzte Richtung. Mit einem Mal wurde er langsamer und blieb schließlich stehen.

Diesen Weg sollte ich nicht nehmen, dachte er, der führt wieder ins Gängeviertel, zu der Frau und dem Dicken mit den Hosenträgern. Er musste den Durchgang zum Theilfeld nehmen. Das war gefährlich, doch es nützte nichts, wollte er nicht die ganze Nacht hier im Hof sitzen.

Moritz zögerte kurz, dann kehrte er um. In der Kellerklappe steckte noch immer der Dolch. Ein Messer konnte die Rettung sein. Er wusste zwar nicht, wie man sich mit einem Messer verteidigte, doch allein der Gedanke beruhigte ihn.

Moritz zog an dem Messer, es bewegte sich nicht. Er zerrte daran. Nichts. Der Dolch steckte einfach zu tief im Holz. Schließlich, nach vielen Versuchen, lockerte er sich.

Der Griff lag gut in der Hand, die schmale Klinge leuchtete geheimnisvoll im Licht der Sterne.

Wie jeder Junge war Moritz begeistert von Messern, doch er hatte noch nie ein eigenes besessen. Als Kontorlehrling brauchte man kein Messer, und das kleine Federmesser, das Harms benutzte, um die Bleistifte zu spitzen, verdiente in Moritz' Augen nicht die Bezeichnung »Messer«. Dies hier war keines dieser plumpen Arbeitsmesser, wie es die Matrosen am Gürtel trugen, dies war eine schmale, tödliche Waffe. Moritz strich andächtig an der stumpfen Seite der Klinge entlang und über den flachen Stahl. Eine unbekannte Kraft strömte in seinen Arm, erreichte sein Herz und breitete sich im ganzen Körper aus. Jetzt konnte der Mörder kommen, er, Moritz Forck, würde ihm furchtlos entgegentreten.

Mutig schritt er durch den Durchgang, doch der Elbrandmörder stellte sich ihm nicht entgegen, bedauerlicherweise.

Auf dem Theilfeld zögerte Moritz. Mit der Waffe in der Hand konnte er wohl nicht durch die belebten Straßen gehen. Er verbarg den Griff im Jackenärmel und umfasste die Klinge vorsichtig mit der Hand. So hatte er das Messer schnell zur Verfügung. Mit aufrechtem Gang und forschem Schritt ging er zum Herrengraben, sich dabei leicht in den Hüften wiegend, wie es die Seeleute taten.

23

Moritz hatte schlecht geschlafen. Die ganze Nacht hatten ihn die Gedanken an dicke Männer und lauernde Schatten wach gehalten und die kurzen Schlafphasen zur Tortur gemacht. Irgendwann hatte Jan ihn getreten und »Ruhe geben« gebrummt. Daraufhin war Moritz auf die Küchenbank umgezogen, doch auch dort lag er bis in die frühen Morgenstunden wach.

Als er aufstehen musste, fühlte er sich wie zerschlagen. Das war jedoch nicht das Schlimmste. Viel schlimmer war die Angst. Es war nicht die Furcht, die er verspürte, wenn es bei einem Gewitter draußen donnerte und blitzte. Nein, er hatte schreckliche Angst um sein Leben.

Vielleicht lauert der Mörder unten im Hof, um mich umzubringen. Und nicht nur mich, sondern auch Jan und Mutter und Vater. Aber mich zuerst, denn ich bin der Kleinste und außerdem habe ich ihn gesehen. Wenn auch nicht sein Gesicht, so doch zumindest seine Gestalt.

Grübelnd saß er über seinem Brei. Irgendwie musste er die Familie warnen, ohne zu sagen, wo er am vergangenen Abend gewesen war.

»Ich glaube, da hat mir einer aufgelauert. Unten am Hafen.«

Der Vater und Jan hörten auf zu kauen, und die Mutter, die am Herd stand, drehte sich erschrocken um.

»Wer?«, fragte Johann Forck scharf.

»Ich habe ihn nicht erkannt. Es war immer nur ein Schatten.«

Den Rest des Frühstücks hielt Familie Forck Kriegsrat – mit ernsten Gesichtern und in niedergedrückter Stimmung.

»Wir könnten zur Polizei gehen«, sagte Herta Forck.

»Was willst du denen schon erzählen?« Johann Forck blickte ärgerlich. »Dass Moritz einen Schatten gesehen hat, von dem er nicht einmal weiß, wie er aussieht? Das taugt nichts.«

»Vielleicht solltest du nicht mehr zu Kapitan Westphalen am Steinhöft gehen«, meinte Jan.

»Wenn der Patron mich dort hinschickt, kann ich das nicht ablehnen.«

Der Vater überlegte angestrengt, wie er seine Familie schützen konnte, doch es fiel ihm nichts wirklich Hilfreiches ein. Schließlich machte er ein paar Vorschläge, die zumindest die Nerven beruhigten. »Wir sollten uns möglichst wenig im Freien aufhalten und nur dort hingehen, wo viele Menschen sind. Wir werden jeden Tag einen anderen Weg zur Arbeit nehmen. Wenn einer aus dem Haus geht, immer vorher den Hof beobachten, ob da jemand lauert.«

»Ich habe keine Angst«, sagte Jan.

»Angst kann nie schaden«, widersprach der Vater, »Angst macht aufmerksam. Außerdem hat der Kerl ein Messer.«

»Ich habe auch ein Messer.«

Die schweren Türklappen in der Wand waren geschlossen, doch durch die seitlichen Fenster fiel ausreichend Licht in den Speicher in der Großen Reichenstraße. Cäcilie riss an dem Riegel, der die Klappen sicherte. Er war lange nicht bewegt worden und klemmte. Moritz musste mit anfassen. Gemeinsam bekamen sie den schweren Metallbügel schließlich hoch. Sie stemmten sich gegen die Klappen, die schwergängig waren, in ihren Halterungen quietschten und nur widerstrebend Licht und Luft hereinließen. Cäcilie beugte sich vor, blickte in das Fleet hinunter und erschauderte. Schnell hielt sie sich am seitlichen Griff fest.

»Oh, ist das hoch hier.«

Moritz zuckte mit den Schultern. »Das ist nun mal so, wenn man auf dem dritten Boden steht.«

Neugierig blickte er sich um. Das war also Cäcilies Zimmer. Der Raum war groß, sicherlich so groß wie die gesamte Wohnung der Forcks in der Holländischen Reihe. Allein die Tatsache, dass man als Kind über ein eigenes Zimmer verfügte, erschien Moritz der Gipfel des Luxus', doch dass es so groß war, übertraf seine Vorstellungen. Licht strömte durch die geöffneten Klappen und tauchte das Zimmer in einen honigfarbenen Glanz, der sich mit Cäcilies Frühlingsblumenduft zu mischen schien.

So muss das Paradies sein, dachte Moritz, so friedlich und gut duftend. Hier bräuchte ich keine Angst vor dem Mörder zu haben. Dieser Speicher mit seinen dicken Mauern ist so sicher wie eine Burg.

Sein Blick schweifte durch das Zimmer mit den zierlichen Möbeln und blieb schließlich am Himmelbett haften. Die geblümten Vorhänge waren zurückgezogen und auf der dicken Daunendecke lagen zahlreiche Kissen verteilt.

Cäcilie stieß ihm den Ellenbogen zwischen die Rippen. »Starr nicht so auf mein Bett«, zischte sie. »Mama bekommt einen Anfall, wenn sie das sieht.«

Über ihnen waren Schritte und das Knarren der alten Winde zu hören. Die stammte aus der Zeit, als das Haus noch als Warenspeicher genutzt worden war. Beim Umbau hatte man sie stehengelassen.

Jetzt senkte sich vor Cäcilies Zimmer ein Kranhaken herab.

»Nicht so schnell! Ich muss das Seil auf Festigkeit prüfen«, rief Kapitän Westphalen, der gemeinsam mit dem Gärtner und Hinrich Quast auf dem vierten Boden an der Winde arbeitete.

Inzwischen waren auch Anna Louise Schröder und das Hausmädchen ins Zimmer gekommen.

»Ist es soweit?«, fragte Madame aufgeregt.

»Noch nicht ganz, Frau Mama. Sie können ruhig näher kommen und in das Fleet hinunterschauen. Es ist aufregend.«

Madame Schröder streckte abwehrend die Hände von sich. »Nichts dergleichen werde ich tun. Und du kommst sofort von dieser gefährlichen Luke weg.«.

Nachdem Cäcilie den Platz freigemacht hatte, trat Moritz an die Kante. Weit unten im Fleet lag eine Schute, in der eine große Holzkiste stand. Soeben schlang der Ewerführer ein Seil um die Kiste und hakte es in den Kranhaken ein.

»Alles bereit?«, rief Kapitän Westphalen von oben.

Aus den darunterliegenden Stockwerken wurde seine Frage in sehr unterschiedlicher Weise beantwortet.

»Alles bereit«, rief Caesar Schröder, der die Doppeltür in der Diele besetzt hielt.

»Wenn der Prinzipal es wünschen, werde ich meine Kraft, meinen Körper, all meine Sehnen und Muskeln …«, flötete Harms aus dem Kontor im ersten Obergeschoss.

»Nun macht schon!«, unterbrach ihn Alexander aus dem Salon im zweiten Stock. »Es zieht. Ich will hier nicht ewig stehen.«

»Wir sind auch bereit«, rief Moritz zum Klabautermann hinauf.

»Dann – los!«, kommandierte Kapitän Westphalen.

Das Seil straffte sich, die alte Winde knarrte und rumpelte, und langsam löste sich die schwere Last von der Schute. Aus der Diele heraus dirigierte Caesar Schröder die Kiste mit einem Spazierstock, damit sie nicht gegen die Hauswand schlug. Beim ersten Boden gab es jedoch einen ungeplanten Stopp.

»Was ist los?«, rief der Klabautermann ärgerlich.

»Die Kiste hat sich gedreht«, jammerte der Kontorvorsteher, »sie ragt zur Hälfte ins Kontor.«

»Landratte«, zischte Kapitän Westphalen. Und dann lauter: »Caesar, geh ins Kontor hinauf und hilf diesem unfähigen Menschen.«

Schließlich war die Kiste frei. Über sich hörte Moritz das Husten von Hinrich Quast und das Stöhnen des Gärtners. »Wie kann das Ding nur so schwer sein«, presste der alte Mann zwischen den Zähnen hervor. »Mademoiselle sollte lieber Violine …«

»Ruhe!«, dröhnte der Bass des Klabautermanns dazwischen. »Wenn hier einer redet, bin ich es.«

Jetzt war die Ladung genau vor der Luke im dritten Stock. »Stopp!«, rief Moritz. Er schlang das bereitliegende Seil um die Kiste und reichte das Ende an Cäcilie, Madame und das Hausmädchen weiter.

Während sich die Last langsam senkte, zogen die vier sie in den Raum. Alexander und Caesar Schröder kamen schwer atmend nach oben, doch da stand die Kiste bereits auf den Dielen.

»Ist schon praktisch«, sagte Alexander anerkennend, »wenn man den Sohn eines Quartiersmanns im Hause hat.«

Alle versammelten sich in Cäcilies Zimmer. Nicht wirklich alle, denn dem Gärtner, dem Kontorvorsteher und Hinrich Quast hatte man den Zutritt verwehrt. Alexander und Moritz stemmten die Kiste mit einer Brechstange auf und legten das Klavier frei. Cäcilie drängte sich mit einem Freudenschrei nach vorn, klappte den Deckel hoch und spielte eine kleine Melodie. Die Anwesenden lauschten andächtig.

»Das war sehr schön, Cäcilie«, sagte Caesar Schröder voller Anerkennung.

»Das Klavier muss gestimmt werden«, maulte sie.

Moritz beschäftigte sich bereits wieder mit den Briefentwürfen, als Alexander und der Klabautermann ins Kontor traten. Sie waren in ein Gespräch vertieft und nahmen keine Notiz von dem Lehrling.

»… du verstehst die Frauen nicht«, sagte Kapitän Westphalen gerade. »Seit dieser Franz List in Hamburg aufgetreten ist, sind die Damen der guten Gesellschaft völlig aus dem Häuschen. Jede ist der Ansicht, dass ihre Tochter die geborene Virtuosin ist. Auch deine Eltern waren bei diesem Konzert.«

»Aber Mutter versteht doch überhaupt nichts von Musik«, empörte sich Alexander.

»Das mag wohl sein. Sie schwärmte auch mehr von der festlichen Stimmung und von der großen Welt, die dieser Mann nach Hamburg gebracht hat. Und natürlich von dem ausgesuchten Publikum und der Garderobe der Damen.«

»Und Papa? Warum ging er hin?«

Der Klabautermann schmunzelte. »Er musste. Anna Louise hatte es befohlen. Aber ich kann mir genau vorstellen, was Caesar gemacht hat. Sicherlich hat er die Zahl der Gäste geschätzt, sie mit dem Eintrittspreis multipliziert, die vermuteten Kosten für die Hausmiete abgezogen und unter dem Strich festgestellt, dass der Beruf eines Klaviervirtuosen ein doch recht ansehnliches Geschäft ist.«

Kapitän Westphalen verschränkte die Hände auf dem Rücken und wippte auf seinen Holzsohlen. »Jedenfalls hat Madame beschlossen, dass Cäcilie eine Klaviervirtuosin werden muss. Ich möchte nicht wissen, wie viel Geld sie schon zu diesem merkwürdigen polnischen Klavierlehrer getragen hat. Ich jedenfalls würde meine Tochter diesem dünnen Mann mit dem wirren Haar und den Spinnenfingern nicht anvertrauen.«

»Cäcilie ist immer in Begleitung ihrer Cousine dort.«

Der Kapitän zog die Uhr aus der Jackentasche und ließ den Deckel aufschnappen. »Hoppla. Höchste Zeit. Ich muss zurück zum Hafen.« An der Treppe wandte er sich noch einmal zu Alexander um. »Ich beneide euch nicht. Ihr werdet noch viel Spaß haben, wenn Cäcilie übt.«

Etwas später am Nachmittag erschien der Klavierstimmer. Das eintönige Klimpern fand Moritz entnervend, Alexander verdrehte die Augen.

»Violine soll schlimmer sein«, sagte der Kontorvorsteher.

Cäcilie übte. Sie spielte recht gut, fand Moritz, besonders die kleinen, lustigen Stücke. Doch im Geheimen musste er sich eingestehen, dass er die Musik vom Leierkastenmann, der mit seinem Äffchen von Zeit zu Zeit in ihren Hof kam, schöner fand. Dem konnte man ein paar Groschen, in Papier eingewickelt, aus dem Fenster zuwerfen. Das Äffchen sammelte das Geld ein und zeigte die Zähne, der Mann lüftete würdevoll seinen Zylinder. Das geht bei Cäcilie nicht, dachte Moritz, ich müsste die Groschen in das dritte Obergeschoss hinaufwerfen, und sicherlich trägt sie keinen Zylinder, wenn sie Klavier spielt.

Nachdem Harms und Alexander Feierabend gemacht hatten, stürmte eine strahlende und aufgeregte Cäcilie ins Kontor.

»Hast du mich gehört? War das gut? Habe ich schön gespielt?«

Moritz dachte an den Leierkastenmann und daran, dass er Cäcilie nicht dafür tadeln konnte, dass sie keinen Affen hatte. »Es war sehr gut. Ich finde, dass du schön spielst.«

Cäcilie lächelte geschmeichelt. »Als nächstes werde ich ein Liebeslied einüben. Vielleicht *Für Elise*. Das werde ich dann nur für dich spielen.«

»Tatsächlich?«

»Ja, sicher. Du kannst dann stolz auf dich sein, denn ich habe noch nie für einen Mann ein Liebeslied eingeübt.«

»Ich werde ganz genau hinhören. Du solltest es aber nur spielen, wenn deine Eltern nicht zu Hause sind.«

Cäcilie lachte, warf ihm einen Handkuss zu, raffte die Röcke und rannte die Treppe hoch.

Kurz darauf wurde Moritz zu Madame gerufen. Das Hausmädchen führte ihn in den Salon. Madame saß am Sekretär und schrieb, Moritz wartete. Schließlich drehte sich Anna Louise Schröder um und musterte ihn streng. Oh je, dachte er, sie weiß etwas über mich und Cäcilie, jetzt gibt's Ärger.

Doch es gab keinen Ärger, noch nicht. Madame umrundete Moritz und musterte seine Kleidung.

»Der Schneider hat gut gearbeitet«, sagte sie schließlich mit Anerkennung in der Stimme.

Sie setzte sich auf die Chaiselonge und klopfte auffordernd auf das Polster neben sich. Moritz setzte sich ganz vorn an die Kante und so weit von Madame entfernt, wie die Couch es zuließ.

»Ich möchte mit dir über dieses Mädchen sprechen, das eine Stelle sucht. Ich muss herausfinden, in welchen Haushalt sie passen könnte.«

Moritz entspannte sich etwas und rutschte ein Stück weit nach hinten.

»Wie ist ihr Name?«

»Jette Jacobsen.«

»Wie alt ist sie?«

»Sie wird im nächsten Monat vierzehn.«

Madame glättete eine Falte ihres Kleides. »Ein bisschen jung. Aber sie könnte unter der Anleitung einer Hauswirtschafterin arbeiten.«

Moritz nestelte an den Knöpfen seines Gehrocks. Er war sich nicht sicher, ob er die Befragung gut überstehen würde.

»Ist sie sauber und ordentlich?«

Er überlegte. »Ich habe sie noch nie schmutzig gesehen. Aber was heißt ordentlich?«

»Nun, ist sie schlampig gekleidet? Oder hat sie Löcher in den Strümpfen?«

»Nein, nicht schlampig. Und Löcher hat sie auch nicht in den Strümpfen. Sie trägt nämlich keine.«

»Ist sie gottesfürchtig?«

Moritz schluckte. Er hatte die Familie Jacobsen noch nie in der Kirche gesehen. Doch was hatte das zu bedeuten, es gab ja noch andere Gotteshäuser als St. Katharinen.

»Ich glaube, dass die Familie gläubig ist«, sagte er und dachte bei sich, dass er damit wohl nichts falsch machen konnte.

Madame beugte sich zu ihm hin, ihre Stimme nahm einen vertraulichen Ton an. Er versuchte, noch weiter wegzurücken, doch das ging nicht. Gleich wird sie mich fragen, ob Jette klaut, dachte er.

»Bedienstete müssen absolut vertrauenswürdig sein, Moritz. Sie hören viele Dinge, die nicht für andere Ohren bestimmt sind. Sie müssen verschwiegen sein, sie dürfen nicht tratschen. Niemand möchte ein Hausmädchen, das sein Herz auf der Zunge trägt.«

»Ich finde eher, dass Jette zu wenig sagt.«

Madame nickte zufrieden. Dann schoss sie ihre nächste Frage ab: »Was hat sie für eine Figur?«

»Figur?«

Moritz bemühte sich um einen möglichst dummen Gesichtsausdruck. Doch er war nicht dumm, er wusste genau, worauf die Frage zielte. Üppig geformte Mädchen wurden nicht gerne eingestellt, denn die Hausherrinnen achteten sehr darauf, dass ihre Männer und Söhne nicht allzu nervös oder gar abtrünnig wurden.

Madame deutete mit den Händen eine ausladende Oberweite und dralle Hüften an.

»Ich weiß nicht«, sagte Moritz zögernd, »mein Bruder Jan meint, sie sei viel zu dünn und zu knochig und nichts an ihr würde zusammenpassen.«

Madame nickte wieder. In Gedanken entschuldigte sich Moritz tausendmal bei Jette. Er hoffte, dass damit diese hochnotpeinliche Befragung ein Ende hätte, doch Madame war noch nicht ganz zufriedengestellt.

»Warum setzt du dich so stark für dieses Mädchen ein? Seid ihr verwandt?«

»Nein, ich bin … wie soll ich sagen? Unsere Familien sind freundschaftlich verbunden.« Schnell kreuzte er hinter dem Rücken Zeige- und Mittelfinger der rechten Hand ob dieser Lüge. »Jettes Vater hat gesagt, dass sie vielleicht nach Altona zu den Dänen oder ins Hannoversche gehen muss, um eine Stelle zu bekommen.«

Madame richtete sich abrupt auf, zwischen ihren sorgfältig gezupften Augenbrauen bildete sich eine steile Falte. Sie schnaubte empört. »Wir sind freie Bürger einer freien Reichsstadt, wir dienen nicht unter Königen. Ich werde dafür sorgen, dass sie hier in der Stadt eine Stelle bekommt.«

An diesem Abend machte sich Moritz beschwingt auf den Heimweg, ungeachtet der Gefahr, die vielleicht irgendwo lauerte. Er pfiff ein Lied. Ich werde Jette auch ein Liebeslied vorspielen, dachte er, und zwar auf meinem Kamm. Da er jedoch kein Liebeslied kannte, musste er warten, bis Cäcilie dieses Eliselied eingeübt hatte.

Gerade als er in den Hof einbog, hörte er auf der Twiete schlurfende Schritte, das Rumpeln von Rädern und das Geschrei vieler Kinderstimmen. Jette zog einen Handwagen mit nasser Wäsche, dahinter lärmten ihre Geschwister. Die Jungen zogen die Mädchen so lange an den Zöpfen, bis sie weinten. Jette sah erschöpft aus, alt und grau im Gesicht. Moritz deutete auf die Treppe von Stehr. Sie schüttelte müde den Kopf.

24

Zwei Tage nach den Ereignissen im Gängeviertel musste Moritz wieder eine Depesche ins Kontor am Steinhöft bringen. Die Tür stand offen, doch der Kapitän war nicht anwesend. Im hinteren Teil des Büros arbeitete Hinrich Quast. Er funkelte Moritz über sein Werkstück hinweg böse an. Der fühlte sich unwohl unter diesem scharfäugigen Blick, war sich jedoch keiner Schuld bewusst.

»Das Stehpult ist ja fast fertig«, sagte Moritz, um die angespannte Stimmung aufzulockern.

»Fast fertig, fast fertig«, äffte der Schiffszimmermann ihn nach, »nichts ist fertig.«

»Es sieht doch genauso aus wie die Stehpulte in der Großen Reichenstraße.«

Hinrich Quast grummelte vor sich hin. »Hier muss noch ein Zapfen eingepasst werden. Aber mit einer solchen Krücke von Messer geht es überhaupt nicht.«

»Das ist das falsche Messer«, erklärte Moritz. »Sie haben doch noch ein anderes. Das scharfe Finnmesser.«

»Das ist weg. Ich muss es irgendwo liegen gelassen haben. Oder es hat mir einer geklaut.«

Vor der Tür waren laute Schritte zu hören, dann stapfte Kapitän Westphalen mit einem jungen Mann ins Kontor. Der war so braungebrannt, als hätte er das ganze Jahr über auf den Feldern gearbeitet, sein Kopf verschwand fast unter einer blonden Wuschelmähne, und die Augen waren von einem solchen unglaublichen Blau, dass Moritz ihn immerzu anschauen musste.

»Das ist Michael Weinhold«, sagte der Klabautermann. »Herr Weinhold kommt von der Ostsee. Aus Stralsund. Er hat gerade sein Patent erhalten und ist ab morgen der zweite Steuermann auf der Bürgermeister Behnke.«

Der frischgebackene Steuermann streckte die schwielige Hand aus. Sein Händedruck zerquetschte Moritz fast die Fingerknochen.

»Herr Weinhold muss vor der Abreise noch einiges erledigen, doch er kennt sich in Hamburg nicht aus. Deshalb wirst du, Moritz, ihn herumführen.«

Moritz nickte artig, innerlich jauchzte er. Dieser Auftrag bedeutete einen freien Tag an der frischen Luft, mit viel Glück sogar zwei. Außerdem war ihm Michael Weinhold mit seinem jungenhaften Lachen sympathisch. Doch plötzlich kamen ihm Bedenken. »Herr Harms hat gesagt, dass ich nicht zu lange wegbleiben darf.«

Der Klabautermann schnappte empört nach Luft, seine Augenbrauen zogen sich bedrohlich zusammen. »Keine Widerrede. Der Befehl eines Kapitäns ist gleichrangig mit Gottes Gebot. Jede Widersetzlichkeit wird mit Kielholen bestraft.« Er blickte düster in Richtung Binnenhafen. »Mit dem Kontoraufseher, dieser Landratte, werde ich noch ein Wörtchen reden.«

Abrupt wandte er sich den beiden zu. »Und ihr verschwindet jetzt von Bord. Wir sind hier nicht in einem Debatierclub.«

»Aye, aye, Sir«, brüllte der Steuermann und war mit zwei großen Schritten aus der Tür.

»Aye, aye«, stammelte Moritz und rannte hinterher.

Zuerst führte er den Steuermann zu Wilhelm Stehr und achtete streng darauf, dass der Seemannsausrüster keine allzu überhöhten Preise nahm. Dann schlenderten sie gemeinsam über den Hopfenmarkt und durch die Rathausstraße zum Alsterbecken.

Auf dem Jungfernstieg blieb der Steuermann stehen und beobachtete die dichtgedrängte Menge. Schließlich schüttelte er unwillig den Kopf. »Was machen all die Leute hier? Haben die nichts zu tun?«

Moritz schwieg.

»Alles Stutzer, eitle Nichtsnutze. Und was soll man mit den Frauen in diesen merkwürdigen Kleidern anfangen? Man weiß überhaupt nicht, wie die darunter aussehen. Da lobe ich mir das einfache Leben an der Küste.«

Sie gingen zum Binnenhafen zurück, an den Kajen entlang, vorbei an Schänken, Seemannsausrüstern, Schiffshändlern und den Trödlern, bei denen es alles zu kaufen gab, von Pütt un Pann bis hin zu den Mitbringseln der Seeleute aus aller Welt. Steuermann Weinhold genoss offensichtlich den freien Tag, doch etwas schien seine Stimmung zu trüben. Die beiden setzten sich auf einen Poller und beobachteten die Ewerführer, die ihre Schuten zur Hohen Brücke stakten. Hinter ihnen rumpelte ein Pferdefuhrwerk über das Straßenpflaster. Der Steuermann verfolgte den mit Bierfässern beladenen Wagen und fuhr sich mit der Zunge über die Lippen.

»Ich habe gerade die Prüfung vor der Nautischen Commission bestanden«, sagte er. »Jetzt kann ich als Steuermann auf Hamburger Schiffen fahren. Doch etwas stimmt nicht. Ich fühle mich immer noch wie ein Matrose. Ich brauche ein Zeichen meiner Würde. Etwas, was die Mannschaft nicht hat.«

Moritz überlegte. Er ging all die Männer durch, die er kannte und die über normale Menschen hinausragten. Zuerst fiel ihm Kapitän Westphalen ein. Was unterschied ihn von einem Matrosen? Eigentlich alles, aber nichts Auffälliges. War es sein düsteres Gesicht? Seine eintönige schwarze Kleidung? Nein, der Klabautermann war Kapitän von innen heraus, der brauchte keine äußerlichen Zeichen.

Wie ist es bei Vater?, dachte er. Der ist immerhin im Vorstand des Quartiersmannvereins. Doch auch er trug keinen Schmuck, der ihn auszeichnete. Nur die silbernen Knöpfe an der Jacke, doch die trug jeder Quartiersmann. Trotzdem würde wohl niemand auf die Idee kommen, Johann Forck als Tagelöhner zu bezeichnen.

Als nächstes fiel Moritz der Patron ein. Caesar Schröder trug einen Kneifer. Sicherlich trugen Matrosen keine Kneifer, jedenfalls hatte Moritz noch nie einen Seemann mit Sehhilfe gesehen.

Der Steuermann schüttelte den Kopf. »Nein, ein Kneifer ist nicht das Richtige.«

Doch Caesar Schröder hatte noch etwas anderes, was niemand im Kontor trug. Eine Taschenuhr, die an einer dicken Kette vor seinem Bauch hing.

Michael Weinhold war zuerst von der Idee begeistert, doch dann lehnte er auch diesen Vorschlag ab. »Eine Uhr ist zu teuer. Ich bin schon fast einen Monat an Land, da ist viel Geld für Unterkunft und Verpflegung draufgegangen. Und auch für die Prüfungsvorbereitung beim Privatlehrer Fahje. Schließlich noch die Prüfungskosten und die Stempelgebühr für das Patent.«

»Vielleicht finden wir eine Gebrauchte«, schlug Moritz vor.

Damit war der Steuermann einverstanden.

Sie streiften durch die Trödelläden an den Vorsetzen. Kein Erfolg. Doch Michael Weinhold wollte von dem einmal gefassten Plan nicht lassen. Systematisch durchkämmten sie die Gänge und Höfe der Neustadt.

Moritz beschlich ein beklemmendes Gefühl. Diese Gegend erinnerte ihn stark an seinen nächtlichen Ausflug. Allerdings war er sich nicht ganz sicher, denn bei Tageslicht sah es hier viel harmloser aus als in der Dunkelheit. Jedenfalls hoffte er inständig, dass er dem Dicken mit den Hosenträgern nicht begegnete. Obwohl: An der Seite dieses kräftigen Steuermanns hatte er sicherlich nichts zu befürchten. Die Frau, die da in Unterwäsche im Hof gestanden hatte, würde er sich allerdings ganz gern einmal bei Tageslicht ansehen.

Ob Madame auch so eine dünne Wäsche trägt?, fragte er sich. Nein, ganz bestimmt nicht, wer so streng blickt, trägt wahrscheinlich dicke, kratzende Hosen, die von den Knien bis unter die Arme reichen. Das war bei Cäcilie sicherlich etwas ganz anderes. Die trug solche Wäsche bestimmt jetzt schon. Und wenn nicht, dann auf jeden Fall, wenn sie erwachsen war. Bei Jette brauchte er erst gar nicht zu überlegen. Die würde sich so etwas wahrscheinlich nie leisten können, und außerdem würde sie solche Wäsche strikt ablehnen. Moritz war sich ziemlich sicher, was Jette sagen würde. Ich bin doch kein käufliches Mädchen, würde sie sagen.

Obwohl sie schon mehr als ein halbes Dutzend Trödlerläden durchgesucht hatten, fanden sie nichts außer einer abgegriffenen Uhr ohne Zeiger.

»Eine kaputte Uhr tut es auch«, sagte Moritz. »Man sieht es ihr doch von außen nicht an, dass sie nicht mehr geht.«

Der Steuermann blickte beleidigt. »Und wie stehe ich da, wenn mich der Kapitän nach der Uhrzeit fragt?«

Schließlich landeten sie bei einem Trödler ganz hinten in einem jener engen Gänge, in den sie nur durch Zufall geraten waren und bei dem sie sich nicht sicher sein konnten, ob sie jemals wieder hinausfinden würden. Vor dem Laden waren Bettgestelle, wacklige Tische und beschädigte Stühle aufgetürmt. An den Wänden im Laden stapelten sich zerbeulte Eimer, Wannen und anderer Hausrat. Keine Spur von einer Taschenuhr.

»Lass uns gehen«, sagte der Steuermann resigniert.

Moritz hörte nicht auf ihn, denn er hatte auf dem Arbeitstisch des Trödlers zwischen Blechgeschirr und verbogenen Gabeln etwas entdeckt. »Eine Uhr.«

Der dicke Trödler, der die beiden mit seinen flinken Augen misstrauisch beobachtet hatte, legte seine Hand auf die Uhr. »Die ist unverkäuflich«, sagte er schroff.

Der Steuermann trat an den Arbeitstisch, nahm ohne die geringste Anstrengung die Hand des Trödlers hoch und griff nach der Taschenuhr. Er betrachtete sie interessiert von allen Seiten. »Die gefällt mir. Was soll sie kosten?«

»Ich habe sie bereits einem anderen Kunden versprochen.«

Der Trödler versuchte, dem Steuermann die Uhr zu entwinden, doch Michael Weinhold schüttelte den Mann ab wie ein lästiges Insekt. »Was will der andere Kunde dafür zahlen?«

Der Trödler nannte eine astronomisch hohe Summe. Der Steuermann wog die Uhr in der Hand, ließ dann den Deckel aufschnappen. Moritz sah ein weißes Zifferblatt, umrahmt von feinen, goldenen Zahlen, die Zeiger waren mit kunstvollen

Ornamenten versehen. Zweifellos ein Kunstwerk, aber das Glas war mehrfach gesprungen.

»Das Glas ist kaputt«, sagte Michael Weinhold enttäuscht. »Damit kann ich nicht an Bord gehen.«

»Gläser kann man ersetzen«, gab Moritz zu bedenken.

Der Trödler war plötzlich sehr interessiert. »Sind Sie Kapitän?«

»Mein Schiff läuft morgen aus«, sagte der Steuermann zu Moritz, »ich kann nicht warten, bis die Uhr repariert ist.«

»Wie lange werden Sie unterwegs sein?«, fragte der Trödler.

Der Steuermann legte die Uhr zurück. »Ein Jahr oder länger.«

»Ich bin früher selbst zur See gefahren. Es ist mir eine Ehre, einen Kapitän zum Kunden zu haben. Ich gebe Ihnen die Uhr für die Hälfte.«

»Über das Glas reden wir noch«, drängte Moritz. »Nehmen Sie die Uhr.«

Gegen die beiden, die ihn zum Kauf drängten, mochte sich Michael Weinhold nicht widersetzen. Er fingerte Geld aus seinem Beutel und schob es über den Tisch.

Auf der Straße schwieg er mürrisch und ausdauernd. Moritz dagegen hüpfte neben ihm her und summte ein Lied.

»Jetzt habe ich eine Uhr, die ich nicht gebrauchen kann«, maulte Michael Weinhold. »Die ist verrostet, kaum dass wir auf See sind.«

»Wir gehen zum Neuen Wall. Dort habe ich ein Uhrengeschäft gesehen. Vielleicht haben die ein passendes Glas.«

»Vielleicht«, sagte der Steuermann widerwillig.

Das Geschäft am Neuen Wall war nicht zu übersehen. Ein großes Schild mit goldenen Lettern ragte auf die Straße hinaus, darunter hing eine riesige Taschenuhr. Etwas eingeschüchtert standen die beiden vor der schweren Eingangstür mit den vergoldeten Beschläge. Schließlich drückte der Steuermann die Klinke herunter.

Im Inneren tickte und klingelte es von den Wänden. Moritz schwebte über den dicken Teppich, in dem er fast zu versinken drohte. Die beiden passierten mehrere gläserne Vitrinen mit goldenen und silbernen Uhren. Ein gepflegter Herr im schwarzen Gehrock kam ihnen entgegen. Er verharrte kurz, taxierte die Kunden, zwang sich zu einem Lächeln und fragte nach ihrem Begehr. Der Steuermann legte die Uhr auf den Tresen.

»Ich brauche ein neues Glas«, schnarrte er, »aber möglichst sofort. Mein Schiff geht morgen früh.«

»Sehr wohl, mein Herr. Wir werden sehen, ob wir ein Glas vorrätig haben.«

Der Verkäufer zog an einem bestickten Band, irgendwo im Hintergrund läutete eine Glocke. Kurz darauf schlurfte ein alter Mann heran. Er trug eine Schürze aus dünnem Wildleder, in einem Auge klemmte eine Lupe. Das war offensichtlich der Uhrmachermeister.

Der Mann betrachtete die Uhr eingehend. »Eine schöne Uhr und recht selten«, sagte er anerkennend. Er zückte ein kleines Werkzeug und hebelte den hinteren Deckel auf. Es waren ineinandergreifende Rädchen zu sehen, die Unruh rückte rhythmisch vor. Doch der Uhrmacher beachtete dies alles nicht, sondern schaute mit der Lupe auf die Innenseite des Deckels.

»Diese Uhr wurde zuletzt von Meister Krenz repariert«, sagt er. »Sicherlich hat der ein Ersatzglas dafür, er ist spezialisiert auf englische Uhren.«

»Woran erkennen Sie das?«, fragte der Steuermann interessiert.

»Jeder Meister signiert die Uhr, die er repariert hat, auf der Innenseite des rückwärtigen Deckels.« Der Uhrmacher legte die Taschenuhr mit einem feinen Lächeln auf ein Stück schwarzen Samt. »Kommen Sie heute Nachmittag wieder. Dann habe ich ein Glas besorgt und das Werk geölt.«

Als sie einige Stunden später das Uhrengeschäft betraten, herrschte dort eine sonderbar angespannte Stimmung. Moritz flog ein Gefühl an wie bei einem Sommergewitter kurz vor der Entladung. Die Luft knisterte geradezu, doch er konnte die

Ursache nicht erkennen. Der vornehme Herr im Frack stand hinter den Vitrinen, genau wie bei ihrem ersten Besuch. Er lächelte ebenso krampfhaft wie zuvor, doch diesmal schien sein Lächeln noch bemühter zu sein. Zu dem Verkäufer hatte sich ein zweiter gesellt, der am Vormittag noch nicht da gewesen war. Der steckte in seiner Kleidung wie jemand, der nur selten einen Frack trug. Auf der linken Seite des Raums beugte sich ein Kunde über eine der Vitrinen und studierte die Auslagen. Seine Rückenansicht kam Moritz irgendwie bekannt vor.

Michael Weinholt streckte verlangend die Hand aus. »Ich möchte meine Uhr haben.«

Der Verkäufer spitzte die Lippen, legte die Fingerspitzen gegeneinander und schaute zur Decke. »Ihre Uhr?«

»Ja, zum Teufel. Die Uhr mit dem neuen Glas.«

Moritz spürte eine Bewegung im Raum, dann sagte eine Stimme hinter ihm: »Es ist nicht Ihre Uhr. Es ist die Uhr des Werftbesitzers Elbrand.«

Im gleichen Augenblick wusste Moritz, warum ihm der Mann bekannt vorgekommen war.

»Ich bin Sergeant Heißig, Offizier der Nachtwache.«

Jetzt wurde es hektisch im Laden. Durch die Eingangstür drängten zwei Polizeioffizianten, gleichzeitig schoben sich zwei weitere Polizisten aus der Werkstatt in den Verkaufsraum.

Der Steuermann stellte sich breitbeinig in den Raum, verschränkte seine muskulösen Arme vor der Brust und starrte den Sergeanten böse an. »Es ist mir egal, wem die Uhr einmal gehört hat. Jetzt ist es meine. Ich habe sie gekauft und von meiner Heuer bezahlt.«

»Diese Uhr ist Diebesgut. Diebesgut kann man nicht kaufen.«

»Ich habe keine Zeit für unsinnige Diskussionen. Ich muss noch heute auf mein Schiff zurück.«

Der Sergeant lächelte süffisant. »Sie werden sich wohl die Zeit nehmen, mir einige Fragen zu beantworten. Sonst müsste ich Sie festnehmen. Wegen des Besitzes von Diebesgut.«

Der Steuermann sagte nichts, doch er musterte den Sergeanten mit bösen Blicken.

»Wo waren Sie am vierundzwanzigsten Februar?«, fragte Sergeant Heißig.

Der Steuermann dachte kurz nach. »Da war ich auf der Rückreise mit der JUSTINE. Wir lagen in Amsterdam.«

»Wieso können Sie sich so genau erinnern?«

»Ich hatte Geburtstag. Zwei Tage zuvor.« Michael Weinhold lächelte. »Wir hatten ein rauschendes Fest an Land. Leider ist einiges in der Schänke kaputtgegangen.«

»Können Sie beweisen, dass Sie im Ausland waren?«, fragte der Sergeant scharf.

Der Steuermann suchte in den Taschen seiner Jacke. Schließlich beförderte er ein zerknittertes Papier hervor. »Hier. Mein Abmusterungsbescheid.«

Der Sergeant studierte das Papier eingehend und gab es dann zurück. »Nun gut, damit sind Sie wohl entlastet.«

Weder der Steuermann noch Moritz konnten sich an den Namen des Altwarenhökers erinnern, doch sie erboten sich, den Sergeanten ins Gängeviertel zu führen. Besonders Michael Weinhold war ganz begierig darauf, den Händler zu stellen, denn er wollte sein Geld zurückhaben. Unter Polizeibegleitung machten sie sich auf den Weg in die Neustadt.

»Den Verbrecher werde ich mir vorknöpfen«, schimpfte der Steuermann, »der wird sein ganzes Leben lang keine Uhr mehr anfassen.«

Der Sergeant wies ernsthaft darauf hin, dass private Vergeltungsmaßnahmen auf Hamburger Stadtgebiet nicht erlaubt seien. Allerdings wäre dieser Hinweis nicht nötig gewesen, denn das Geschäft des Altwarenhändlers war geschlossen, die hölzernen Läden vorgeklappt.

25

Seit sich der Schauermann mit der Kräuter-Anni aus dem übernächsten Hof angefreundet hatte, kam er häufiger »auf einen Sprung« vorbei, wie er es nannte. Johann Forck stand diesen Besuchen neutral gegenüber: Er war zwar nicht unfreundlich, aber auch nicht übermäßig herzlich. Jan und Mutter Forck dagegen hatten den Besucher in ihr Herz geschlossen – ein jeder auf seine Art.

Jan schnupperte jedes Mal an ihm herum. »Riecht nicht abgestanden und nicht nach Alkohol«, verkündete er dann enttäuscht.

»Vielleicht trinkt er nicht mehr und wäscht sich jetzt regelmäßig«, hatte Herta Forck eines Abends gesagt, als sie wieder allein waren.

»Vielleicht kommt er nur vorbei, wenn er nüchtern ist. Und dann wäscht er sich vorher, weil er Angst hat, dass ich es mache«, hielt Jan dagegen.

»Menschen können sich ändern«, sagte Johann Forck.

Mutter Forck schnupperte auch, aber nicht an dem Mann. Sie roch ausgiebig an dem Mädchen und schien zufrieden zu sein. Moritz kannte inzwischen auch ihren Namen, Alvine. Komischer Name, dachte er, habe ich noch nie gehört.

Gelegentlich brachte der Schauermann Fegsel mit, meist getrocknete Erbsen oder Bohnen. Er überreichte Herta Forck die kleinen Säckchen, als habe er eine Schuld abzutragen. Die Mutter nahm die Geschenke dankend an, der Vater blickte zurückhaltend.

»Fegsel ist nicht gleich Fegsel«, hatte er Moritz einmal erklärt. »Wenn zum Beispiel beim Löschen eine Stiege Pflaumen in den Laderaum zurückfällt, dann sind es Fegsel, denn mit dem Matsch kann niemand mehr etwas anfangen. Damit kann ein

Schauermann zum Kapitän gehen, und der gibt ihm einen Passierschein für den Zoll. Doch wenn der Schauermann unehrlich ist, tauscht er heimlich die Stiege mit den zerquetschten Pflaumen gegen eine unversehrte aus und geht mit der guten Ware nach Hause.«

»Damit kommt er doch nicht durch den Zoll!«

»Aber sicher. Dem Zoll ist es egal, ob es gute oder schlechte Ware ist. Die schauen nur auf die Menge, und die steht auf dem Passierschein.«

Herta Forck umarmte Alvine häufig, und diese ließ es sich gern gefallen. Ein Mädchen ist doch etwas ganz anderes als die Jungs, pflegte die Mutter dann zu sagen, die lassen sich ja nicht einmal mehr anfassen, geschweige denn umarmen. Sie briet Kiensche in der Pfanne für Alvine, von denen Johann Forck behauptete, dass sie die Zähne kaputt machten. Danach kämmte sie stundenlang das lange, blonde Haar des Mädchens. Männer würden das nie mit der nötigen Sorgfalt machen, behauptete die Mutter. Moritz musste zugeben, dass das Haar des Mädchens hinterher viel mehr glänzte, aber er fragte sich jedes Mal, wie die Kleine es aushielt, dass ihr so lange auf dem Kopf herumgekratzt wurde. Er jedenfalls tauchte immer unter den Händen hindurch, die ihm über den Kopf streicheln oder, noch schlimmer, ihn kämmen wollten. Das hatte glücklicherweise in der letzten Zeit nachgelassen, auch ein Vorteil des Erwachsenwerdens.

Manchmal kam mit dem Schauermann auch die Kräuter-Anni zu Besuch. Moritz hatte geglaubt, sie sei eine alte, verschrumpelte Frau, wo sie schon Witwe war, doch sie schien ihm sogar jünger zu sein als seine Mutter. Allerdings war man bei Erwachsenen ja nie sicher, wie alt sie tatsächlich waren.

Wenn der Schauermann, die Kräuter-Anni, Onkel Hermann und die Tante gleichzeitig erschienen, war es nicht nur gemütlich, sondern auch eng in der Wohnstube der Familie Forck. Die Männer spielten meist zu viert Skat. Dazu brauchten sie Moritz nicht mehr, denn der vierte Mann, der jetzt aussetzen musste, zählte die Stiche. Die Frauen saßen am Fenster, jede mit ihrer Handarbeit auf dem Schoß, und erzählten sich Neuigkeiten aus dem Viertel. Kräuter-Anni stickte mit einem äußerst feinen Faden Buchstaben in die Servietten reicher Leute, wobei sie den Stoff in zwei runde Holzrahmen eingespannt hatte. Moritz sah ihr manchmal bei der Arbeit zu und fragte sich immer wieder, wie sie es schaffte, von unten mit der Nadel die richtige Stelle im Gewebe zu treffen.

Auch an diesem Abend war die Bude wieder voll. Moritz spielte mit Alvine Murmeln. Sie saßen auf dem Fußboden, weil man nur dort Murmeln spielen konnte und weil es ohnehin keine Sitzplätze mehr gab. Doch es langweilte ihn, mit einem kleinen Mädchen zu spielen, und das Mädchen langweilte sich ebenso. Schließlich gaben sie das Spiel auf. Alvine beschäftigte sich mit ihren Haaren und hörte den Gesprächen der Frauen zu. Moritz kroch hinter ihr auf dem Boden herum und knüpfte ihre Schürzenbänder an einem Stuhlbein fest. Und da er gerade dabei war, zog er ganz vorsichtig die Schnürbänder aus den Schuhen von Onkel Hermann.

»Ich hab gute Kontakte«, sagte der Schauermann gerade, »ich wohn ja am Rande des Neustädter Gängeviertels.«

Johann Forck, der die Karten mischte, blickte interessiert hoch.

»Man erzählt«, fuhr der Schauermann fort, »dass der Höker Michelsen von der Polizei hopsgenommen worden ist. Er soll Diebesgut verkauft habn.«

»Machen das nicht alle?«, fragte Onkel Hermann.

»Möglich. Aber das hier ist ’n ganz großes Ding. Der Höker hat ’ne Sache verkauft, die diesem Elbrand gehört hat.«

Onkel Hermann pfiff überrascht durch die Zähne, Johann Forck und Jan schwiegen. Man war übereingekommen, nichts über die Mitwirkung von Moritz an der Polizeiaktion zu sagen, da immer noch die Bedrohung durch den Elbrandmörder über der Familie schwebte.

»Meinst du, dass der Höker ausplaudert, von wem er die Sache hat?«, fragte Hermann.

»Ich an seiner Stelle würde den Mund halten«, platzte Jan dazwischen, »sonst ist er bald tot.«

»Ich würd auch die Schnauze haltn«, sagte der Schauermann, »aber das wird dem Höker nix nützn. Die bei der Polizei habn so ihre Methoden, die bekommn alles raus.«

»Meinst du, dass die ihn schlagen?«, fragte die Kräuter-Anni vom Fenster her.

»Ist wohl nich nötig. Diesen Fettkloß brauchn sie nur hungern lassn. Der redet spätestens nach ein Tag.«

Niemand lachte über den Witz.

»Dann haben sie bald den Mörder«, sagte Mutter Forck zufrieden.

Der Schauermann schüttelte den Kopf. »Da wär ich mir nich so sicher. Der ist bestimmt schon über alle Berge. Würd ich jedenfalls machen, wenn ich ihn wäre.«

Wenn ich *er* wäre, verbesserte Moritz im Stillen, in Erinnerung an Cäcilies Deutschunterricht.

»Ob verhaftet oder geflüchtet, ist doch egal«, sagte Herta Forck, »Hauptsache er ist weg und lässt uns in Ruhe.«

26

Es polterte. Die Bediensteten im Kontor blickten erstaunt von ihren Pulten hoch.

»Hört sich an wie der Klabautermann«, sagte Alexander.

»So früh am Morgen?«, fragte Roger.

Harms erhob sich und wollte gerade zur Treppe gehen, da stand Kapitän Westphalen bereits im Kontor. Der Kontorvorsteher stellte sich in alter Gewohnheit schützend vor die Tür zum Büro von Caesar Schröder, besann sich dann doch eines anderen, trat schnell beiseite und verbeugte sich eilfertig. Doch da war der Klabautermann bereits in das »Heiligtum« des Kaufmanns hineingeplatzt.

Caesar Schröder blickte interessiert von seinem Platz hoch.

»Schon wieder jemand umgebracht worden, Harry?«

Kapitän Westphalen wischte ungeduldig mit der Hand durch die Luft. Wie üblich hatte er die Tür nicht geschlossen, so dass alle dem Gespräch folgen konnten.

»Man hat die Uhr von Elbrand gefunden«, stieß er hervor. »Bei einem Höker. Der sollte sie wohl verkaufen.«

Caesar Schröder lehnte sich in seinem Stuhl zurück, strich über die Tischplatte und lächelte zufrieden. »Sehr erfreulich. Dann ist Mister Stove den Makel eines Mörders los. Und die Sache wird endlich zu einem Abschluss gebracht.«

Alexander klopfte Roger auf die Schulter und stieß ihm den Ellenbogen in die Rippen.

»Noch haben sie den Mörder nicht«, sagte Kapitän Westphalen. »Vielleicht hat er sich bereits ins Ausland abgesetzt.« Es klang, als hoffe er, der Verbrecher könne noch rechtzeitig dem Arm des Gesetzes entkommen.

Caesar Schröder beugte sich nach vorn. »Harry! Wer auch immer Herrn Elbrand die Uhr abgenommen hat, er ist ein Mörder. Deine Abneigung gegen den Werftbesitzer kann doch nicht so weit gehen, dass du wünschst, der Verbrecher käme ungeschoren davon.«

»Die Strafe vor dem höchsten Richter ist ihm gewiss. Und die lautet: Verdammnis bis in alle Ewigkeit. Was bedeutet da irdische Gerechtigkeit?«

»Du bist aber sicherlich nicht gekommen, um mit mir Glaubensfragen zu diskutieren, oder?«

Man hörte das Geräusch von Holzsohlen. »Nein. Ich möchte deine Beziehungen zur Polizei nutzen. Ich möchte wissen –«

Rums! Die Tür war zu.

Am frühen Abend, Moritz war mit den Aufräumarbeiten im Kontor beschäftigt, polterte es wieder auf der Treppe. Dieses Mal allerdings auf der von oben, aus dem zweiten Obergeschoss. Die Tür flog auf, Cäcilie stürmte herein und warf sich Moritz an den Hals. Sie bedeckte sein Gesicht mit Küssen. Er hatte das Gefühl, unter ihrem Ansturm begraben zu werden.

Als der Frontalangriff abebbte, tastete er nach hinten zum Stehpult, hielt sich daran fest und lächelte verstört. Nicht dass ihm Cäcilies Liebesbezeugungen unangenehm gewesen wären, beileibe nicht, sie hatten ihm sogar außerordentlich gut gefallen. Aber diese temperamentvollen Küsse waren ihm absolut fremd. Bisher war Cäcilie nie auf ihn losgegangen, immer hatte sie es so gedreht, als sei er es gewesen, der ihr die Küsse aufgedrängt hatte.

Cäcilie strich ihm liebevoll über die Wange. Moritz spürte ein Aufwallen von Gefühlen, die ihm bisher fremd gewesen waren. Er liebte sie, wie sie so erhitzt vor ihm stand, mit offenem Haar, das blond und seidig über ihre Schultern fiel. Er wollte nach einer Haarsträhne fassen, zuckte jedoch zurück. Man fasste einer Frau nicht in die offenen Haare, das war unmoralisch. Doch als Cäcilie sich an ihn kuschelte, strich er ihr doch über den Kopf. Wie weich sich die Haare anfühlten, nicht so störrisch wie seine. Ihre knisterten sogar, als er darüberstrich.

Schließlich machte er sich frei und hielt Cäcilie eine Armlänge von sich entfernt. Sie trug dieses schlichte, flauschige Hauskleid wie bereits an den Tagen zuvor. Warum auch nicht?, dachte er, schließlich hat sie immer noch Hausarrest wegen ihres »Ausflugs« auf das Alsterbecken, da muss sie sich nicht für die Welt außerhalb des Speichers zurechtmachen. Und auch nicht parfümieren.

Er nahm sie wieder in den Arm, strich mit den Händen an ihrem Rücken entlang, erstarrte. Kein Korsett! Ungläubig tastete Moritz weiter, von den Hüften nach oben zu den Rippen. Tatsächlich, kein Korsett, keine Fischbeinstäbchen, kein dicker Stoff, der sich wie ein Panzer anfühlte. Er konnte seine Hände nicht stillhalten, tastete langsam nach vorn und dann, mit angehaltenem Atem, nach oben. Er spürte die Rundungen ihrer kleinen Brüste unter dem Stoff, erwartete eine Ohrfeige, eine Zurechtweisung, einen empörten Aufschrei. Als nichts geschah, wanderten seine Finger weiter und erreichten das Dekolleté.

Cäcilie löste sich von ihm und drückte seine Arme sanft nach unten. »Das ist zu weit, Liebster. Dahin darfst du erst nach unserer Verlobung.«

»Aber wir sind doch verlobt.«

»Ja, das sind wir. Aber nicht offiziell.«

Sie ging langsam zur Treppe, mit gesenktem Kopf, als müsste sie über etwas nachdenken. In der Tür drehte sie sich um, lehnte sich gegen den Türrahmen und reckte das Kinn in seine Richtung.

»Du bist übrigens mit drei jungen Demoisellen auf dem Jungfernstieg gesehen worden.«

»Woher willst du das wissen? Du hast doch Hausarrest.«

Cäcilie warf den Kopf zurück. »Ich habe meine Quellen.«

»Die haben Roger und mich angesprochen, nicht wir sie.«

Sie wischte die Verteidigung mit einer ärgerlichen Handbewegung beiseite. »Sei vorsichtig. Ich kenne die drei. Die sind nicht gut für dich.«

»Ich habe kein Wort mit ihnen gesprochen.«

Cäcilie piekste mit dem Zeigefinger in Moritz Richtung. »Ich warne dich, Moritz Forck. Geküsst wird hier. Und nirgendwo anders. Merk dir das.«

Sie stapfte die Treppe hinauf, es hörte sich an, als wäre der Klabautermann unterwegs. Dabei trug sie gar keine Schuhe mit Holzsohlen.

Eigentlich hätte Moritz noch den Sand auffegen und die Tintenfässer füllen müssen, doch mit einem Mal fühlte er sich unfähig zu dieser Arbeit. Er lehnte sich gegen das Pult und starrte auf die Tür zum oberen Stockwerk. Was war das denn nun wieder gewesen? Erst diese liebevollen Küsse und dann der Wutausbruch. Er schüttelte heftig den Kopf, in der Hoffnung, seine Gedanken damit ordnen zu können. Immerhin, dachte er, ich habe sie gespürt, ohne Korsett, einfach so. Wie unmoralisch. Wie aufregend. Wie überaus erfreulich.

Plötzlich kam ihm Jette in den Sinn. Jette hatte er noch nie so angefasst, obwohl sie sicherlich kein Korsett trug, ja nicht einmal eines besaß. Vielleicht sollte ich Jette auch einmal so anfassen, dachte er. Und mit den Fingern spazieren gehen. Doch sie ist so dünn, so zerbrechlich. Und Brüste hatte sie bestimmt noch keine.

Überhaupt war es mit Jette ganz anders. Wenn sie ihre Lippen aufeinanderdrückten – unten am Dovenfleet bei den alten Speichern und nicht mehr auf der Treppe, denn die alte Stehr klopfte gegen die Scheibe und zeterte, sobald sie sich auch nur an den Händen fassten –, wenn sie also ihre Lippen aneinanderpressten, konnte er stundenlang so stehen, ohne weiche Knie zu bekommen. Ihr gleichmäßiger Atem strich dann über seinen Bartflaum, es kitzelte etwas, aber nicht sehr. Es war wie die Dünung des Meeres, von der der Klabautermann erzählt hatte. Immer gleich, immerwährend, endlos.

Ach, Jette.

Moritz fegte die Sanddüne unter Rogers Pult zusammen. Verstehe einer die Frauen aus reichem Hause, dachte er. Erst habe ich Cäcilie gerettet, und nun beschimpft sie mich. Da ist mir Jette doch lieber. Bei ihr ist alles so einfach, die liebt mich mit der Beständigkeit eines … eines … eines Felsens.

Er füllte die Tintenfässer auf.

Mit der Beständigkeit eines Felsens geliebt zu werden, ist schön. Sehr, sehr schön. Aber leider nicht aufregend.

Cäcilie finde ich aufregend, vielleicht sogar ein bisschen zu aufregend. Man müsste die beiden mischen, Jette und Cäcilie. Danach schütteln und wieder trennen. Das würde eine ideale Verbindung ergeben.

Er nahm die Kerze, stieg in die Diele hinunter, löschte sie, vergewisserte sich, dass der Docht nicht noch glimmte, und trat auf die Straße hinaus.

Nein, mischen geht auch nicht. Dann habe ich zwei ideale Freundinnen, und es ist noch schwieriger, sich für eine von beiden zu entscheiden. Dann küsse ich lieber Cäcilie im Kontor und Jette bei den alten Speichern am Dovenfleet.

27

Mit einem Mal war es ungewöhnlich warm geworden. Zu warm für diese Jahreszeit. Drohend und unbeweglich hingen dunkle Wolken über der Stadt.

Die Dünste der Fäkalien aus den Fleeten breiteten sich in den Straßen, Twieten und engen Gassen aus.

Herta Forck rümpfte die Nase und schloss die Fenster. Jetzt war es zwar stickig im Haus, aber wenigstens stank es nicht mehr so stark.

»Kein Wind macht schlechte Laune«, schimpfte Johann Forck, »und schlechte Laune ist nicht gut fürs Geschäft.«

Selbst Jan, der sonst immer fröhlich war, blickte missmutig in den Hof hinunter. »Wird eine elende Schinderei werden heute«, brummte er und wischte sich den Schweiß von der Stirn. Moritz hing kraftlos auf der Küchenbank. Zum ersten Mal war er froh darüber, dass er bald im Kontor stehen konnte, ohne sich groß bewegen zu müssen.

Auf dem Weg zur Arbeit blieb er einen Augenblick auf der Kornhausbrücke stehen und schaute in das Doovenfleet hinunter. Stauwasser. Das ölig schillernde Nass stand unbeweglich im Fleet. Zwei Ewerführer mühten sich ab, eine schwerbeladene Schute ins Fleet zu staken. Der eine Mann blickte zu Moritz hoch, fuhr sich übers Gesicht, der sonst übliche kurze Gruß unterblieb.

Vom Hamburger Berg trotteten Arbeiter in Richtung Hafen. Aus der Altstadt kommend marschierte eine Abteilung der Nachtwache zu den Vorsetzen. Aus der Stadt waren Hörner zu hören, die das Bürger-Militär zum Sammeln riefen. Die Arbeiter blieben stehen und blickten missmutig, manche auch feindselig, auf die Uniformierten. Bald darauf versammelten sie sich in kleinen Gruppen.

Irgendwas stimmt hier nicht, dachte Moritz. Warum marschiert die Nachtwache, die Ablösung müsste doch längst vorbei sein? Und warum blasen die Hornisten des Bürger-Militärs?

Er drängte sich an eine der Gruppen von Arbeitern heran.

»Ob die Dänen kommen?«, fragte einer mit ängstlicher Stimme. »Ich habe gehört, dass sie in Glückstadt eine Menge Soldaten zusammengezogen haben.«

»Quatsch!«, rief ein anderer. »Wenn die Dänen kommen, helfen uns die Preußen.«

»Ha, die Preußen!«, schimpfte ein Dritter. »Die wollen uns doch nur besetzen. Die kassieren doch ein Land nach dem anderen ein. Dann lieber die Dänen.«

Die Straße vibrierte unter dem Gleichschritt einer weiteren Abteilung der Nachtwache. Der Sergeant trieb seine Männer zu einer schnelleren Gangart an.

»Die Dänen können es nicht sein«, sagte einer der Arbeiter, ein Riese von Mensch, »sonst würde das Militär zum Millerntor marschieren. Sie sind aber auf dem Weg zum Neustädter Gängeviertel. Ich weiß das, ich wohne dort.«

»Aufruhr?«, fragte einer der Männer.

»Möglich. Es gab letztens Proteste wegen der hohen Brotpreise.«

»Wollen wir zurück und unsere Leute unterstützen?«

Nachdenkliches Schweigen.

Moritz hätte liebend gern weiter zugehört, doch er musste zur Arbeit. Auf seinem Weg in die Große Reichenstraße eilten Männer des Bürger-Militärs an ihm vorüber, Richtung Zeughaus. Manche zogen sich im Laufen noch die Jacke über.

Harms und Roger waren bereits im Kontor. Als Moritz die Treppe hinaufstürmte, kamen Caesar Schröder und Alexander aus den Privaträumen. Der Patron trug die Uniform eines

Reserveoffiziers, er wirkte ernst und gefasst. Der Kontorvorsteher flitzte hinter seinem Stehpult hervor und baute sich vor seinem Herrn auf. Er versuchte einen militärischen Gruß, der ihm jedoch reichlich missglückte.

»Gibt es Krieg?«, fragte er mit ungewohnter Entschlossenheit in der Stimme. »Soll ich die Hamburger Bank verteidigen, mich schützend vor sie stellen, mein Leben hingeben? Oder soll ich unser Geld ins Ausland schaffen, mich durch die feindlichen Reihen, wie immer es auch gehen mag, möglicherweise …«

Caesar Schröder lächelte mild. »Es wird keinen Krieg geben, Herr Harms. Es hat andere Gründe, weshalb die bewaffneten Kräfte dieser Stadt zusammengezogen werden.« Er richtete sich gerade auf und drückte die Brust heraus. »Ich kann ihnen jedoch nicht sagen, um was es geht. Ich bin Geheimnisträger.«

Kurze Zeit später wurde Moritz mit einer Depesche zum Steinhöft geschickt.

»Kapitän Westphalen braucht Informationen für den Ernstfall«, hatte der Patron verkündet und Moritz mit einem so durchdringenden Blick angesehen, dass dessen Herz laut zu pochen begann. »Diese Depesche darf nicht verloren gehen. Der Inhalt ist wichtiger als alle Konnossemente. Und das Siegel muss unverletzt bleiben.«

Am Binnenhafen war die Luft nicht mehr so drückend wie in der Stadt, doch auch hier duckten sich die Menschen unter den tief hängenden Wolken. Hinrich Quast stand im Kontor und spielte gelangweilt mit dem Kofferfisch. Das arme Tier sah schon ziemlich ramponiert aus. Welch ein Glück, dass es tot ist, dachte Moritz.

»Gestern hat man den Hehler festgesetzt«, platzte er heraus. »Der hat die Uhr vom Werftbesitzer Elbrand verkauft.«

»Schon gehört«, brummte der Zimmermann und gab dem Kofferfisch einen Stoß, der ihn über die gesamte Tischplatte beförderte.

Jetzt schwiegen alle. Moritz, Hinrich Quast und auch der Kofferfisch.

»Die Spur vom Altwarenhöker führt sicherlich direkt zum Mörder«, fing Moritz wieder an. »Vielleicht hat ihn die Polizei schon verhaftet.«

Hinrich Quast fand es anscheinend unter seiner Würde, dazu etwas zu sagen. Er trat in die Tür, blickte zum Baumhaus und schien auf etwas zu warten.

»Ist Kapitän Westphalen heute nicht hier?«

»Der hat sich zur HENRIETTE rudern lassen. Es müssen gewisse Vorkehrungen getroffen werden.«

Moritz war unschlüssig, was er mit der Eildepesche machen sollte. Da ihm nichts einfiel, stellte er sich erstmal an das neue Pult mit den schönen Schnitzereien. Es war gut gelungen und hatte genau die richtige Höhe. Er packte die Briefentwürfe aus, die er noch schnell in die Aktentasche gepackt hatte, und versuchte sich an einer Übersetzung.

Im Kontor war es still, es war eine unangenehme, lähmende Stille. Hinrich Quast stand immer noch in der Tür – breitbeinig, unbeweglich, schweigend. Etwas Bedrohliches ging von ihm aus. Der Zimmermann ist der Gefängniswärter, dachte Moritz, und ich bin sein Gefangener. Er gruselte sich ein wenig.

Plötzlich war es vorbei mit der Stille. Von weit hinten, von der Admiralitätsstraße, hörte Moritz ein vielstimmiges Geschrei und Getrampel. Schnell war er am Fenster und blickte zu den Vorsetzen. Zu sehen war nichts, doch der Lärm wurde stärker. Es war nicht das übliche Rufen, das von den Schiffen herüberschallte, wenn geladen oder gelöscht wurde. Dieses Rufen hörte sich nach Jagd und Verfolgung an. Auch Hinrich Quast hatte den Lärm gehört. Er hatte die Schultern hochgezogen und den Körper vorgebeugt wie ein Tier kurz vor dem Sprung. Er starrte in die gleiche Richtung wie Moritz.

Dann sahen sie es. Da hetzte ein Mann den Steinhöft hinunter, auf das Baumhaus zu. Hinter dem Mann rannte ein Polizist. Der war schnell und kam dem Flüchtenden immer näher. Weiter hinten, ziemlich abgeschlagen, trampelten weitere Polizisten sowie Männer in den Uniformen des Bürger-Militärs und der Nachtwache. Sie brüllten etwas, das Moritz nicht verstehen konnte, weil alle durcheinanderriefen. Doch als sie näher kamen, konnte er es hören: »Haltet den Mörder!« – »Stellt Euch in den Weg!« – »Vorsicht, er hat ein Messer!«

Mit zwei Schritten war Hinrich Quast im Kontor, riss mit einem schnellen Griff die Bola von der Wand und stürmte auf den Steinhöft hinaus. Im Laufen wirbelte er das Lasso über dem Kopf, die Steinkugeln schwirrten in einem tiefen, drohenden Ton.

Der Verfolgte hatte fast das Baumhaus erreicht, als Hinrich Quast die Bola losließ. Sie zischte wie ein wirbelndes Karrenrad durch die Luft, jagte dem rennenden Mann nach, senkte sich herunter und verfing sich, wie von Zauberhand geführt, in dessen Füßen. Im vollen Lauf klatschte der Mann auf den Kai und schlidderte ein Stück weit über das Pflaster.

Der Wurf war fachgerecht ausgeführt, und doch hatte er sein Ziel verfehlt. Es war nicht der Verfolgte, der da auf der Straße lag, es war der Polizist. Moritz war hinter Hinrich Quast hergerannt – ohne zu überlegen, was er gegen einen erwachsenen Mann ausrichten konnte. Er lief an dem Polizisten vorbei, der ganz zerschunden aussah und sich abmühte, seine Beine von den Seilen zu befreien. Kurz darauf passierte er Hinrich Quast. Der lehnte an einem Pfahl und hustete sich die Seele aus dem Leib.

Der Verfolgte war schnell. Doch er hatte wohl schon eine größere Strecke hinter sich gebracht, denn jetzt stellte sich Erschöpfung ein. Er stolperte über den unebenen Boden und wurde langsamer. Moritz dagegen war jung, flink und ausgeruht. Er holte schnell auf, hatte den Flüchtenden fast erreicht, da stoppte er erschrocken. Er kannte die Gestalt. Es war der Mann, der ihm im Neustädter Gängeviertel aufgelauert und ihn verfolgt hatte.

Die Erinnerung an den Schrecken jener Nacht ließ ihn kleinmütig werden. Er überlegte kurz, was zu tun sei, kam zu keinem Entschluss und blieb einfach stehen.

Inzwischen hatte der Mann die Station der Jollenführer am Baumhaus erreicht. Die Bootsleute waren gerade ans andere Ende des Pontons gegangen, um ihre Pfeifen anzuzünden und zu plaudern. Verwundert beobachteten sie den Mann, der die Laufplanke zu den Booten herunterrannte.

»Der hat es ganz schön eilig«, bemerkte einer von ihnen, ohne sich jedoch aus der Ruhe bringen zu lassen.

»Nur nicht hetzen«, sagte ein anderer und stopfte mit seinen schwieligen Fingern den glühenden Tabak nach.

Der Mann hatte es wirklich sehr eilig. Er kümmerte sich nicht um die Bootsleute, sondern sprang in eines der Ruderboote, trennte mit einem schnellen Schnitt das Seil durch und fuhr die Riemen aus.

Jetzt wurden auch die Jollenführer hektisch. »Was macht der da?«, schrie der Vormann. »Der klaut unser Boot! Am helllichten Tag.«

Die Bootsleute sprangen auf und liefen den Ponton entlang. »Alle Mann in die Boote!«, schrie der Vormann. »Dem Dieb hinterher. Ergreift ihn!«

Die Meute der Verfolger hatte inzwischen auch das Baumhaus erreicht.

»Rudert, rudert!«, brüllte Sergeant Heißig, während er hektisch am Kai auf und ab rannte. »Es ist der Elbrandmörder. Er darf nicht über die Elbe ins Hannoversche entkommen.«

Die Menge der Zuschauer vergrößerte sich mit jeder Minute. Die einen brüllten ihre Wut und Enttäuschung hinter dem Flüchtling her, die anderen fragten immerzu, was eigentlich los sei.

Der Mann in dem Ruderboot hatte bereits die an den Pfählen liegenden Schiffe passiert und steuerte auf die Elbe hinaus. »Kaum zu glauben, dass der so kräftig rudern kann«, wunderte sich Moritz, »dünn wie der ist.«

»Das ist die Todesangst«, sagte Hinrich Quast, »die verleiht Riesenkräfte. Er weiß, dass er gehängt wird, wenn sie ihn erwischen.«

Auf dem Kai herrschte jetzt angespannte Stille. Mit bangen Blicken verfolgten die Leute das Rennen zwischen dem Mörder und den Jollenführern. Doch kurz darauf war nichts mehr zu sehen, denn mit dem ablaufenden Wasser trieben die Boote elbabwärts und verschwanden hinter den Schiffen aus dem Blickfeld. Der Pulk der Zuschauer hastete den Steinhöft zurück und auf die Vorsetzen hinaus. Am Kai gab es ein kurzes Gerangel um die besten Plätze. Moritz und Hinrich Quast hatten einen der beiden Holzstapel erklommen, auf dem anderen stand Sergeant Heißig und feuerte die Verfolger an.

Die Jollenführer waren inzwischen bis auf einige Bootslängen an den Mann herangekommen. Sie waren allesamt kräftige Männer, Rudern war ihr Beruf, außerdem rissen immer zwei Mann an den Riemen. Der Bootsdieb schaute sich um. Es war nicht mehr weit bis zur Hannoverschen Seite, er legte sich noch kräftiger in die Riemen. Doch auch die Jollenführer steigerten ihr Tempo. Der Mann machte noch ein paar verzweifelte Züge, dann hatten ihn die Ruderboote eingekreist. Einer der Jollenführer wollte zu dem Flüchtigen ins Boot springen und nach ihm greifen, doch der Mann riss ein Ruder hoch und schlug damit wie wild um sich.

Schweigend und verbissen tobte der Kampf auf der Elbe, der Verbrecher gebärdete sich wie rasend. Über das Wasser hinweg waren das Geräusch von aufeinanderschlagenden Hölzern und das Gebrüll der Männer zu hören. Es krachte dumpf, wenn die Boote gegeneinanderstießen. Das Kampfgetümmel fand seinen Widerhall in den Anfeuerungsrufen der Menge, die – sicher und fest am Kai stehend – die Jollenführer zu noch mehr körperlichem Einsatz anfeuerte.

Einer von ihnen versuchte gerade, unter dem Schutz seiner Kollegen das Boot des Diebs zu entern. Er hatte schon ein Bein hinübergestreckt, als ihn ein wütend geführter Schlag gegen die

Brust traf. Der Mann schrie auf, fiel zurück und blieb auf der Ruderbank liegen. Die Männer am Kai stöhnten, als wären sie selbst getroffen worden.

Vom Wasser her schallte ein vielstimmiges Wutgebrüll herüber. Hatten die Jollenführer bisher die Absicht gehabt, den Dieb lebend zu fassen, so ließen sie jetzt jede Rücksicht fallen und schlugen wie von Sinnen auf den Mann ein.

Der parierte die Schläge mit seinem Ruder und wich in dem schwankenden Boot geschickt aus, doch gegen die Übermacht konnte er auf Dauer nicht bestehen. Seine Gegenwehr erlahmte zusehends, dann traf ihn ein kräftiger Hieb am Kopf. Der Mann schwankte, das Ruder entglitt seinen Händen, er riss die Arme hoch und kippte, ohne einen Ton von sich zu geben, rücklings ins Wasser.

In diesem Augenblick erstarrte alle Bewegung auf der Elbe und an Land. Die Jollenführer blickten aufs Wasser, die Riemen immer noch kampfbereit in den Händen haltend. Auch die Männer an Land versuchten etwas zu entdecken, den Kopf vielleicht oder den treibenden Körper, doch da war nichts.

Schließlich nahmen die Jollenführer ihre Plätze ein, fuhren die Riemen aus und suchten die nähere Umgebung des Kampfplatzes ab. Auch sie erwarteten wohl das Auftauchen des Mannes, möglicherweise ein dahintreibendes Kleiderbündel, wenigstens ein Kräuseln des Wassers. Doch der große Strom floss unbeeindruckt vom Gezänk der Menschen in immerwährendem Gleichmaß dem Meer zu.

Schließlich stellten die Männer die Suche ein und ruderten zum Binnenhafen zurück. Der im Kampf verletzte Jollenführer lag blass und röchelnd im Bug eines Bootes, die Hände vor der Brust zusammengekrampft.

Sergeant Heißig nahm seine Mütze ab und faltete die Hände. Dann blickte er zu Hinrich Quast und zu Moritz hinüber. »Den Mörder hat die göttliche Gerechtigkeit ereilt. Den werden wir wohl nicht wiedersehen.«

»Freuen Sie sich nicht zu früh«, rief der Schiffszimmermann zurück, »den bekommen Sie bestimmt wieder. Morgen oder spätestens übermorgen wird er auf den Blankeneser Sänden antreiben. Die Dänen werden ihn nicht behalten wollen, schon wegen der Beerdigungskosten.«

Auf dem Rückweg zum Kontor war Hinrich Quast ungewöhnlich aufgeräumt. Er rieb sich die Hände und pfiff ein Lied.

»Wie kann man nur so fröhlich sein?«, fragte Moritz verärgert. »Ein Mensch ist gerade gestorben und ein zweiter wurde verletzt.«

»Man wird sich doch wohl freuen dürfen, dass die Gerechtigkeit gesiegt hat.«

28

»Große Ereignisse werfen lange Schatten.« An dieses Sprichwort musste Cäcilie denken, als sie die schmale Stiege zum vierten Obergeschoss des alten Speichers hinaufstieg. Hier, unter dem Dach des Hauses, würde ihre Mutter sie nicht finden. Auf den anderen Etagen dagegen war man nicht sicher, ihr in die Arme zu laufen und mit Arbeitsaufträgen überhäuft zu werden.

Cäcilie blies den Staub von einem Bretterstapel, hob ihren Rock etwas an und setzte sich vorsichtig. Kühl war es hier, direkt unter den Dachpfannen. Sie raffte den Schal vor ihrer Brust zusammen. Durch die Ritzen in den Türklappen, dort wo der Kranhaken hing, fiel das Tageslicht in schmalen Streifen ein. Cäcilies Blick wanderte zur anderen Seite des Speichers, wo das Zimmer des Hausmädchens lag. Ob es da ebenso kalt ist wie hier?, fragte sie sich. Ganz bestimmt ist es das, warum sollte es dort wärmer sein. Im Winter eisig kalt und im Sommer brütend heiß, kein angenehmer Ort zum leben. Doch sicherlich waren Hausmädchen nichts Besseres gewohnt, wahrscheinlich lebten sie zu Hause bei ihren Eltern auch nicht anders. Bei ihrer Herrschaft hatten sie wenigstens ihr eigenes Zimmer und brauchten es nicht mit den Geschwistern zu teilen.

Cäcilie juckte es in den Fingern, zu gerne hätte sie in das Zimmer des Hausmädchens geschaut. Sie war begierig zu erfahren, wie es dort aussah, traute sich jedoch nicht. Wie Moritz wohl wohnt?, dachte sie plötzlich. Ob er ein eigenes Zimmer hat? Sie wusste so wenig von ihm.

Ein Stockwerk tiefer knallte eine Tür, Schritte dröhnten über die Dielen. »Cäcilie! Wo bist du?«

Direkt über Madame, nur durch die Deckenkonstruktion getrennt, saß die Tochter des Hauses und grinste. Hier oben würde ihre Mutter nicht suchen, über diese schmale Stiege würde sie keinesfalls gehen.

Seit sich die Eltern auf ein Datum für das Frühlingsfest auf dem Gewese geeinigt hatten, herrschte Ausnahmezustand im Speicher von Schröder & Westphalen. Seither agierte Anna Louise Schröder wie eine Heerführerin vor der Schlacht, während ihre Fußtruppen eher als »kriegsmüde« eingestuft werden mussten. Immer wieder versuchte Madame, die Kampfbereitschaft zu stärken, doch damit erreichte sie nur, dass sich jeder im Krebsgang von der vordersten Front zurückzog und in der Etappe unterzutauchen versuchte.

»Dringende Geschäfte«, hatte der Patron wichtig verkündet und war zur Börse geeilt. Er erschien nicht einmal zum Mittagessen, was durchaus ungewöhnlich war. Alexander sprach von unumgänglichen Kundenbesuchen. Doch diese Ausflüchte reichten nicht für eine ganze Woche. Als ihm überhaupt nichts mehr einfiel, floh er zu Kapitän Westphalen an den Steinhöft. Auch heute war er verschwunden, keiner wusste wohin, er schien sich in Luft aufgelöst zu haben.

Doch immerhin hatte Madame noch die Leibgarde, die der Arbeitsverpflichtung wegen zwangsweise zu ihr halten musste. Das waren vor allen Dingen der Gärtner, die Kochfrau und das Hausmädchen. Madame hatte sich eine Blumenpracht auf dem Gewese gewünscht, sowohl auf der Tafel als auch im Garten. Der Gärtner hatte den Kopf geschüttelt. Sie hatte ihre Bitte wiederholt, diesmal um einiges lauter und in Befehlsform. Noch einmal hatte der Gärtner den Kopf geschüttelt. Bevor der Streit eskalierte, war Caesar Schröder vermittelnd eingesprungen. Sein salomonisches Urteil lautete: Der Gärtner solle nur so viele Pflanzen wie dringend nötig den Beeten entnehmen und für die Tafel zur Verfügung stellen. Die kahlen Stellen sollten mit immergrünen Büschen aufgefüllt werden.

»Immergrüne Büsche?« Cäcilie hatte angeekelt das Gesicht verzogen. »Buchsbaum stinkt nach Friedhof. Wir sind doch nicht auf einer Beerdigung.«

»Also gut«, hatte Madame eingelenkt, »keine Büsche. Wir dekorieren die Tafel mit einigen wenigen Blumen und vielen bunten Bändern.«

Der Gärtner war daraufhin zum Gegenangriff übergegangen. »Wie soll der Garten etwas hergeben? Es ist viel zu früh im Jahr, es blühen gerade mal die Osterglocken. Ich brauche zusätzliche Blumen. Außerdem liegen noch Blätter auf den Wegen. Und es muss Unkraut gezupft werden.«

»Mir ist es egal, wie Sie das schaffen«, hatte Madame aufgebracht gekreischt. »Besorgen Sie sich junge Leute, wenn Sie zu alt für diese Arbeit sind.«

Widerwillig rückte Caesar Schröder das Geld für einen Trupp Tagelöhner heraus.

Zwar war dieses Problem glücklich gelöst, doch sofort tat sich ein neues auf. Man hatte ein Schwein schlachten lassen, auch hatte der Fleischer die Würste in den Rauch gehängt, den Schweinskopf sauer und die Fleischstücke in Salzlake eingelegt, doch die Festlegung der Menüfolge führte zu erheblichen Verstimmungen. Die Köchin wurde umso schweigsamer, je umfangreicher sich die Speisenliste von Madame gestaltete.

»Ich schaffe das nur, wenn ich Hilfe bekomme«, erklärte sie schroff. »Es gibt ein paar Kochfrauen in meinem Dorf, die könnten mir helfen.«

Madame bekam Oberhitze und hektische Flecken im Gesicht. »Ich will keine Bauernkirmes«, erklärte sie sehr laut und sehr bestimmt, »es wird ein Menü geben, wie es in unseren Kreisen üblich ist.«

Man fand den Koch einer angesehenen Speisegaststätte, der sich gegen einen erheblichen Aufpreis dazu bereit erklärte, die Kochfrau und deren Hilfskräfte anzuleiten.

Mit dem Lohndiener Ludwig hatte man erfreulicherweise keine Probleme. Herr Ludwig stellte gezielte Fragen, Madame antwortete nach bestem Wissen und Gewissen. Danach unterbreitete der Lohndiener seine Vorschläge. Sie waren allesamt fundiert, hatten Sonderwünsche berücksichtigt, enthielten genügend Spielraum für spontane Änderungen, Madame war sehr angetan. Caesar Schröder konnte ihre Begeisterung jedoch nur begrenzt teilen, nachdem er von der Gage für den Lohndiener und seine Leute erfahren hatte. Man reduzierte die Kosten etwas, indem man Herrn Ludwig für den Tag des Festes das Hausmädchen zuteilte.

Auch das Kontor blieb von Madams hektischer Betriebsamkeit nicht verschont. Um es genauer auszudrücken: Der Geschäftsbetrieb ruhte nahezu, weil alle für das Gelingen des Frühjahrsfestes eingespannt wurden. Kontorvorsteher Harms verfertigte mit seiner kleinen, sauberen Handschrift persönliche Einladungsschreiben für jeden Gast, und Moritz musste die Briefe in der Stadt ausliefern. Roger war für die Tischkärtchen und die Speisenkarte zuständig. Letztere musste er mehrfach ändern, weil Madame zur Verzweiflung des Kochs immer wieder die Menüfolge änderte. Moritz hatte Roger zutiefst bedauert, doch der hatte nur mit einem Auge gezwinkert.

»Es ist wie vor einer großen Schlacht«, hatte er erklärt, »die alten Römer haben in einer solchen Situation einen Diktator gewählt. Wir sind schon ein gutes Stück weiter. Wir müssen ihn nicht mehr wählen.«

Das Hausmädchen war von Madame ernsthaft dazu angehalten worden, die Tischwäschen nach Stockflecken und Mottenlöchern durchzusehen, gegebenenfalls auszusortieren und die guten Stücke sorgfältig aufzubügeln. Als diese Arbeit endlich erledigt war, schickte Madame sie mit einem nicht unerheblichen Geldbetrag zu St. Petri, um für gutes Wetter zu bitten. Dabei schärfte Anna Louise Schröder dem Mädchen dringend ein, dem Hausherrn auf keinen Fall von dieser Aktion zu berichten.

Während der Vorbereitungen war Kapitän Westphalen nur ein einziges Mal im Kontor erschienen. Er hatte sich aufmerksam umgeschaut, die allgemeine Hektik bemerkt, verächtlich »Weiberkram« gemurmelt und war schnell wieder verschwunden.

Unten in der Beletage war es jetzt still geworden. Cäcilie wollte gerade aufstehen und zur Treppe gehen, da öffnete sich die Tür auf der anderen Seite. Das Hausmädchen eilte mit schnellen Schritten die Treppe hinunter. Die hat sich also auch versteckt, dachte Cäcilie. Plötzlich öffnete sich die Tür noch einmal. Cäcilie biss auf ihre Knöchel, um nicht vor Überraschung aufzuschreien. Ein Mann trat zur Treppe, ordnete seine Kleider, zog seinen Gehrock glatt und stieg gemessenen Schrittes in den dritten Stock hinunter.

Cäcilie war nun nicht mehr fähig aufzustehen. Ihre Beine zitterten, und sie musste erst einmal die Hand fest auf den Busen pressen und warten, bis sich ihr Herzschlag beruhigte. »Das ist ja eine Überraschung«, zischte sie. »Na warte, wenn Mama davon erfährt.«

Am Abend gab es eine hitzige Diskussion in der Beletage über die Sitzordnung an der Tafel. Madame machte verschiedene Vorschläge, Caesar Schröder wurde zu seiner Meinung befragt, als er jedoch einen Kommentar dazu abgab, versickerten seine Anmerkungen ohne weitere Prüfung im Sande.

Cäcilie überflog die Gästeliste. Viele Namen sagten ihr etwas, doch das waren uralte Leute, sicherlich so alt wie ihre Eltern. Mit gerunzelter Stirn blickte sie ihre Mutter an. »Haben Sie auch junge Leute eingeladen, Frau Mama?«

»Aber ja doch, liebste Cäcilie.«

Madame nahm die Liste und malte Sternchen hinter einige Namen. »Dies sind die jungen Männer, sie werden dich sicherlich interessieren.«

Cäcilie las die Namen, Misstrauen im Blick. »Wie alt sind die?«

Madame überlegte. »So zwischen dreißig und fünfunddreißig Jahren.«

Einen Augenblick war Cäcilie sprachlos, doch dann polterte sie los. »Frau Mama! Sie wollten doch *junge* Männer einladen.«

»Die hier sind jung.«

»Nein, für mich sind sie alt.«

»Cäcilie, Liebste, wir laden honorige, gutsituierte Männer ein. Männer, von denen wir wissen, dass sie eine Familie ernähren können.«

»Ich will keinen alten Mann. Ich will einen jungen.«

»Den gibt es nicht! In jungen Jahren haben die Männer noch keine Erfolge vorzuweisen. So etwas braucht Zeit. Wir wollen doch nicht, dass du in Armut verkommst.«

Cäcilie setzte sich neben ihre Mutter, strich ihr sanft über den Arm und lächelte zuckersüß. »Ich finde die jungen Männer aber viel hübscher. Sie doch auch, Frau Mama?«

Madame betrachtete ihre Tochter, wie sie dasaß mit erhitztem Gesicht und großen Augen. Ihre Stirn glättete sich, die Falten rechts und links der Nasenflügel wurden weicher. Sie betrachtete eine Zeit lang ihre Hände, dann schaute sie zu Caesar hinüber, der in die Lektüre der »Hamburger Börsenhalle« versunken war.

»Ja, ich mag die jungen Männer auch lieber. Doch darum geht es nicht.« Wieder blickte sie zu Caesar hinüber. »Jugend vergeht. Und Schönheit auch«, sagte sie leise.

Die Liste der Eingeladenen wurde um einige Jünglinge ergänzt.

29

Madame nannte den Sommersitz der Familie Schröder nie »Gewese«, wie es in Hamburg üblich war. Sie lud grundsätzlich ins »Palais« ein. Der heilige Petrus gab sich am Tag des Frühlingsfestes gnädig, was sicherlich auf die üppige Spende zurückzuführen war. Die Sonne schien prächtig, die Witterung würde ausgedehnte Spaziergänge auf dem doch recht stattlichen Gelände nicht ausschließen.

Bereits am frühen Nachmittag trafen die Gäste ein. Nach einem Portwein als Begrüßungstrunk führte der Gastgeber die Besucher auf den sorgfältig gekiesten Wegen herum. Er erklärte Art und Herkunft der Pflanzen, sparte auch nicht mit seiner Begeisterung für besonders exotische Bäume. Der Gärtner hatte sich in einen Anzug geworfen. Er schritt mit wichtigem Gesicht hinter den Gästen her, um bei Bedarf weitere Auskünfte zu erteilen. Von Zeit zu Zeit verzog er jedoch schmerzhaft das Gesicht, weil Caesar Schröder zwar interessante und launige Vorträge hielt, jedoch häufig über Pflanzen, die an ganz anderer Stelle standen. Der Gärtner blickte dann gen Himmel, faltete die Hände und entschuldigte sich beim Gott der Botaniker, dem Herrn von Linné.

Wer kein Interesse an Blumen, Sträuchern und Bäumen hatte oder schlecht zu Fuß war, vergnügte sich im Salon des Palais' und in den angrenzenden Gemächern. Der Lohndiener hatte ein Klavier herbeischaffen lassen, auf dem Cäcilie ihre Kunst zum Besten gab. Sie erhielt großen Beifall. Nach der Pause, in der sich die Gesellschaft erfrischte, begleitete Cäcilie ihre Cousine am Klavier. Josephine brachte den Anwesenden einige neue Lieder des Komponisten Franz Schubert zu Gehör. Auch sie erntete viel Beifall, besonders von den anwesenden Herren, teils wegen ihrer kraftvollen, dunklen Stimme, überwiegend doch wohl aufgrund ihrer üppigen Figur und des offenherzigen – ja nahezu gewagten – Dekolletés, das zu tragen ihr als Künstlerin angemessen erschien.

Im Gegensatz zu den Gesellschaften der anderen Hamburger Bürger wurden bei Schröders keine Glückspiele veranstaltet. Caesar hatte dies mit Hinweis auf eine Hamburger Ratsverordnung und auch aus ethischen Grundsätzen verboten.

»Überall gibt es Glückspiele, bei jeder Gesellschaft«, hatte Madame gemault.

»Das mag wohl sein«, hatte Caesar geantwortet, »doch es kann nicht gottgefällig sein, dass vom Glück weniger begünstigte Spieler in eine finanzielle Notlage gebracht werden. Das Prinzip des Spiels beruht nämlich darauf, diese Notlage auszunutzen. Und das verstößt eindeutig gegen das Gebot der christlichen Nächstenliebe.«

Diesem Argument hatte Madame wenig entgegenzusetzen. Cäcilie war angetan von den scharfsinnigen Ausführungen ihres Vaters, auch wenn er wieder einmal einen Gott ins Boot geholt hatte, an den er selbst nicht glaubte.

Lohndiener Ludwig hatte daraufhin einen Gegenvorschlag gemacht, den Madame wohlwollend aufgriff. Es war neben einigen Musikern auch ein Tanzmeister engagiert worden. Unter dessen Anleitung tanzte nun die Jugend mit Begeisterung, vor allem die neuen Tänze. Nach einiger Zeit der Zurückhaltung gesellten sich auch Herrschaften der älteren Generation hinzu, gaben jedoch bald wieder auf, da ihnen die Musik dann doch zu schnell war.

Madame runzelte ärgerlich die Stirn. Sie hatte sich ausdrücklich ausbedungen, nur standesgemäße Tänze zu Gehör zu bringen.

»Ich wünsche, dass Sie auf keinen Fall einen dieser neuen Walzer spielen«, hatte sie dem Tanzmeister gleich zu Beginn des Festes eingeschärft. »Es würde unserem guten Ruf schaden, wenn durch das wilde Herumdrehen irgendjemand die Fußknöchel einer Mademoiselle sehen könnte.«

Doch gerade jetzt spielte die Kapelle einen solchen Walzer, weil sich der Tanzmeister des stürmischen Drängens der jungen Leute nicht hatte erwehren können. Madame wandte sich resigniert ab. Wenn sie diese Musik schon nicht verhindern konnte, so wollte sie wenigstens nicht Zeugin einer solch unzüchtigen Veranstaltung sein.

Auch Cäcilie tobte sich aus, denn ihr waren von Madame keine besonderen Aufgaben zugeteilt worden. Mit glänzenden Augen und wogendem Busen gab sie sich ganz der Musik hin. Ihr Temperament und ihre jugendliche Frische begeisterten die Männer. Insbesondere der junge Heinrich von Hardt konnte nicht genug davon bekommen, sie zu den Klängen eines Ländlers im Kreise herumzuschwingen. Doch als er ihr auf die Terrasse folgen wollte, wo sie Kühlung suchte, gab sie ihm durch einen ziemlich abweisenden Blick zu verstehen, dass sie allein sein wollte. Nicht, dass sie ihn hässlich, dumm oder tollpatschig fand, ganz im Gegenteil. Doch heute, nach einer so langen Zeit der Abwesenheit vom Gewese, wollte sie allein und ohne Ablenkung von irgendwelchem Geschwätz den Garten genießen, den sie den ganzen Winter über so sehr vermisst hatte.

Hier hatte sie als Kind gespielt, oft den ganzen Sommer über, wenn es der Mutter in der Stadt zu heiß, zu laut und zu unerträglich war wegen der vielen Menschen und der geruchsintensiven Gewerke. Alexander und sie waren in wilden Fangspielen durch die Beete getobt, sehr zum Leidwesen des Gärtners, der um seine Pflanzen bangte. Und wie alle anderen Kinder auch hatten sie sich in den Büschen versteckt, wenn sie ins Bett gehen sollten.

Cäcilie schlenderte an den Blumenrabatten entlang, in die der Gärtner im Herbst ganze Karren von Blumenzwiebeln versenkt hatte und auf denen jetzt die Osterglocken, zu hübschen Mustern angeordnet, ihre gelbe Pracht entfalteten.

Die Rosenstöcke hatte man zwar von ihrem Winterschutz befreit, doch noch standen sie kahl und stachelig in der Erde. Nur die Knospen zeugten davon, dass sie nicht abgestorben waren. Das allerdings konnte man von diesem neuen Baum nicht behaupten, den der Vater erst vor zwei Monaten aus Brasilien bekommen hatte. Was das für eine Pflanze sei, hatte Cäcilie gefragt. Der Gärtner hatte nur mit den Schultern gezuckt. Ob der Baum wohl noch anwachse, war die nächste Frage. Wieder hatte der Gärtner mit den Schultern gezuckt.

Endlich war sie an dem kleinen Teich angekommen. Hier durften die Kinder die kleinen Holzboote schwimmen lassen, die der Gärtner für sie geschnitzt hatte. Drei Boote waren es gewesen: eines für sie, eines für Alexander und eines für Justin. Einmal war der Kleine ins Wasser gefallen, doch Alexander hatte ihn schnell herausgefischt, was nicht schwierig war angesichts der geringen Wassertiefe.

Solch einen Schutzengel hätte Justin noch einmal bitter nötig gehabt, dachte Cäcilie, als er sich mit seiner Mutter auf die Reise nach England machte. Doch die Nordsee war kein Gartenteich und vor Borkum hätte auch Alexander ihn nicht retten können. Ohne sich dagegen wehren zu können, sah sie Justin vor sich, wie er wasserleichenblass, fast durchsichtig, durch die Nordsee trieb und sie aus leeren Augenhöhlen anstarrte. Sie schniefte in ihr Tuch und tupfte sich die Augen.

Mit langsamen Schritten steuerte sie die Gartenlaube an, wo sie sich ausruhen, auf den Teich schauen und sich ihrer augenblicklichen Traurigkeit hingeben wollte. Ich werde alt, dachte sie, ich denke an meine Kindheit wie an etwas längst Vergangenes. Wenn man auf diese Weise früherer Zeiten gedenkt und einem dabei die Tränen kommen, ist man alt, nicht wahr? Bald bin ich knochig und hartgesichtig und habe borstige Haare auf der Oberlippe wie meine Großmutter. Oder ich werde schwabbelig und unbeweglich, kann meine Schuhe nicht mehr allein anziehen und brauche einen Stock. Schon so alt und immer noch keinen Liebhaber. Jedenfalls keinen ernsthaften. Moritz, ja, der ist süß, aber er ist leider nur ein Kontorlehrling. Ob ich den jemals werde heiraten dürfen? Sicher werde ich als Jungfrau sterben. Oder ich gehe ins Kloster. Am besten gleich, damit man sich noch so an mich erinnert, wie ich jetzt bin. Doch dazu müsste ich erstmal katholisch werden. Als Katholikin werden die mich sicherlich nehmen, mit Papas vielem Geld. Aber hinterher, wenn ich tot bin, komme ich in die Hölle, weil ich meinen Glauben verraten habe.

Die Laube schien besetzt, jedenfalls hörte Cäcilie Stimmen. Mit einem Anflug von Ärger blieb sie stehen. In ihrer Laube, ihrer Kemenate, ihrer Einsiedelei saß jemand. Sie wollte sich gerade abwenden, da erkannte sie die Stimme des Vaters.

»… ich kann dich nur beglückwünschen zu diesem Erfolg«, sagte Caesar Schröder gerade.

»Nun ja, so erfolgreich waren wir leider nicht.«

Diese Stimme kannte Cäcilie nicht.

»Keine falsche Bescheidenheit. Ihr habt Elbrands Mörder aufgespürt, und er hat sich selbst gerichtet. Schneller geht's doch nicht.«

»Wir hätten den Elbrandmörder lieber lebend gehabt.«

Aha, das war wohl dieser Johann Grapengiesser, der Kapitän der Nachtwache.

»Das verstehe ich nicht«, fuhr Caesar Schröder fort. »Die Stadt hat die Verwahrung im Zuchthaus und die Gerichtskosten gespart. Und der Scharfrichter arbeitet auch nicht umsonst. Billiger konnte es doch nicht sein.«

Der Chef der Nachtwache schwieg, es entstand eine Pause. Cäcilie trat näher heran, immer bemüht, auf dem Kies nicht allzu heftig zu knirschen.

»Wie seid ihr eigentlich auf diesen Ganoven gestoßen?«, fragte der Vater.

»Nun, nachdem wir den Hehler gefasst hatten, war alles ganz einfach. Der Dicke redete eher, als wir vermutet hatten. Er fand es im Gefängnis wohl ziemlich ungemütlich.« Der Kapitän lachte leise. »Und dann brauchten wir nur noch zuzufassen.«

Wieder eine Pause.

»Wir hatten alles gut geplant. Das Neustädter Gängeviertel war abgeriegelt, die Nachtwache und das Bürger-Militär in Alarmbereitschaft. Leider waren meine Leute nicht schnell genug. Der Kerl war schon auf der Flucht, als sie in seinem Hof aufkreuzten. Aber schließlich haben sie ihn dann doch noch aufgespürt.«

»Bist du sicher, dass du den richtigen erwischt hast?«, fragte Caesar vorsichtig. »Der Altwarenhändler könnte gelogen haben, um jemandem eins auszuwischen.«

»Da bin ich mir absolut sicher. Bei der Durchsuchung der Wohnung haben wir den Siegelring von Elbrand gefunden.«

»Dann hat sich die Sache ja erledigt«, sagte Caesar Schröder zufrieden.

Cäcilie hörte das Knirschen von Holz in der Laube, dann Schritte. Hastig wandte sie sich zum Gehen.

»Nichts ist erledigt!«, stieß der Kapitän der Nachtwache hervor.

Cäcilie blieb stehen. Schnell blickte sie sich im Garten um. Es wäre ihr peinlich gewesen, beim Lauschen erwischt zu werden. Doch da war niemand, nur von der Terrasse drang Lachen herüber.

»... haben wir noch etwas anderes gefunden«, sagte Johann Grapengiesser gerade.

»Etwas anderes?«

»Gut versteckt hinter einem Stein in der Mauer lag ein Säckchen mit fünfhundert Talern.«

Caesar Schröder pfiff anerkennend durch die Zähne. »Dieser Mensch muss recht gut in seinem Beruf gewesen sein.«

»Davon schien die Frau, mit der er in wilder Ehe lebte, nichts gewusst zu haben. Erst war sie verstockt, behauptete, diesen Ehrenmann kaum zu kennen. Aber als sie das viele Geld sah, wurde sie zur Furie. Plötzlich hörte sie gar nicht mehr auf zu reden. Der Verbrecher hatte sie wohl nur mit ein paar Talern abgespeist.«

»Was hat sie erzählt?«

»Dass er von einem vornehmen Herrn den Auftrag bekommen hat, dem Wertbesitzer Elbrand aufzulauern. Das Geld ist Blutgeld.«

»Wer so etwas wohl macht?« Am Klang der Stimme konnte Cäcilie erkennen, dass ihr Vater den Kopf schüttelte.

»Der Mann muss reich sein«, sagte Grapengiesser, »vielleicht ein angesehener Bürger dieser Stadt.«

»Ein Kaufmann kann es nicht sein«, sagte Caesar Schröder schnell, »Kaufleute haben andere Methoden.«

»Weißt du von irgendwelchen Streitigkeiten unter den Honoratioren, Caesar?«

»Mir würden schon einige Leute einfallen. Wenn ich mal aufzählen darf …«

Jetzt sprach ihr Vater so leise, dass Cäcilie nichts mehr verstehen konnte.

Als sie zum Palais zurückkam, fand sie Madame in einem vertraulichen Gespräch mit Konsulin Röder. Es schien Cäcilie, als wären die beiden über etwas handelseinig geworden. Madame ließ Caesars Reisesekretär bringen und Frau Konsulin warf mit schneller Feder ein paar Zeilen aufs Papier.

Es klirrte im kleinen Salon, gefolgt von einem erschrockenen Ausruf. Frau Bürgermeister war aufgesprungen und blickte an ihrem Kleid herunter, auf dem sich ein großer Fleck gebildet hatte. Auf dem Tisch lag ein Glas, eine Flüssigkeit tropfte auf den Fußboden.

»Entschuldigen sie«, stotterte die Bürgermeisterin, »ich habe meine Limonade umgestoßen.«

Madame eilte zu ihr. »Aber das macht doch nichts, meine Liebe. Ich werde das Hausmädchen rufen, damit es sich um Ihr Kleid kümmert. Und dieses kleine Malheur auf dem Tisch wird der Diener beseitigen.«

Der Diener war sofort zur Stelle, doch Madame konnte das Mädchen nirgends finden.

»Ich brauche einen Feudel und einen Eimer«, erklärte der Diener mit Nachdruck, »es muss gewischt werden. Sonst fällt noch jemand hin.«

»Kommen Sie mit«, ordnete Madame an.

Halblaut vor sich hinschimpfend, eilte sie zum Versorgungstrakt des Hauses, den livrierten Diener und Cäcilie im Schlepptau.

»Hier finden Sie, was Sie brauchen«, erklärte Madame und riss die Tür zur Besenkammer auf. Der kleine Raum barg alles, was zur Beseitigung des Missgeschicks nötig war, doch er barg auch eine Überraschung: zwei Menschen, die sich küssten, eingezwängt zwischen Besen und Schaufeln.

»Ha!« Madame spießte mit dem Finger in Richtung des Hausmädchens. »Was macht Sie hier? Ist Ihr Platz nicht im Salon?«

Das Mädchen löste sich von dem Mann, das Blut schoss ihm ins Gesicht, es blickte betreten zu Boden.

»Das ist die Höhe!« Die Stimme von Anna Louise Schröder schwoll an und steigerte sich zu einem schrillen Diskant. »Die Dame hat es wohl nicht mehr nötig, sich um ihre Arbeit zu kümmern. Hat wohl etwas Besseres gefunden!«

Alexander stellte sich schützend vor das Mädchen, doch Madame schob ihn unwillig beiseite. Cäcilie schlug die Augen nieder, sie war unangenehm berührt von dieser peinlichen Situation. Der Diener hatte sich umgedreht und blickte starr gegen die Wand.

Jetzt kam Madame richtig in Fahrt. »Ungehorsam und Nachlässigkeit im Dienst. Zwei schwere Vergehen gegen die Gesindeordnung. Das kostet drei Tage Lohnabzug.« Atemlos fächelte sie sich Luft zu. Dann blitzte sie noch einmal zornig auf. »Und jetzt helfen Sie Frau Bürgermeister aus ihrem nassen Kleid.«

Das Mädchen flitzte aus der Besenkammer, als sei der Teufel persönlich hinter ihm her.

Anna Louise Schröder wandte sich an ihren Sohn. »Ich verstehe nicht, wie du so pflichtvergessen sein kannst, Alexander. Ich –«

»Frau Mama, Lisa und ich –«

»Unterbrich mich nicht! Wo war ich stehen geblieben? Ach ja, pflichtvergessen. Du als hoffnungsvoller Spross einer alten Adelsfamilie, jedenfalls von meiner Seite, der Erbe eines erfolgreichen Handelshauses, und nun das …«

»Frau Mama, Lisa und ich –«

»Deine Aufgabe ist es, dich um die Gäste zu kümmern, Konversation zu treiben, Kontakte zu knüpfen. Aber was machst du? Gehst deinen niederen Bedürfnissen nach.«

Sie trompetete empört durch die Nase und wies Richtung Salon wie weiland Napoleon in der Schlacht von Jena. Alexander stürzte ebenso schnell davon wie kurz zuvor das Hausmädchen.

Anna Louise Schröder schritt unterdessen zur Terrasse. Sie rang nach Luft, und es dauerte eine geraume Zeit, bis sie sich beruhigt hatte.

»Was sagst du dazu, Kind?«

Was soll ich dazu sagen, dachte Cäcilie, küsse ich nicht auch einen Angestellten? Allerdings nicht in der Besenkammer, das ist ein großer Unterschied. Und auch kein einfaches Hausmädchen, sondern einen aufstrebenden jungen Commis. Nun ja, einen Kontorlehrling. »Ich verstehe nicht, Frau Mama«, sagte sie vorsichtig, »dass Sie Alexander zurechtweisen, weil er seine Pflichten vernachlässigt hat. Wiegt das Küssen einer Bediensteten nicht viel schwerer?«

Madame stieg gemessenen Schrittes die Stufen zum Garten hinunter, weg von neugierigen Menschen mit großen Ohren.

»Nun, wie soll ich das erklären, Liebste.« Sie machte eine nachdenkliche Pause. »Sehen wir es einmal so. Alexander ist ein Mann, und für Männer ist es wichtig, rechtzeitig Erfahrungen zu sammeln.« Sie spitzte den Mund und zwinkerte Cäcilie vergnügt zu. »Es ist von Vorteil für uns Frauen, wenn Männer erfahren in die Ehe gehen. Wer will schon einen Tollpatsch heiraten?«

Cäcilie errötete und blickte angestrengt auf den Weg.

»Außerdem kannst du dir eines fürs Leben merken. Wenn sich die Söhne um die Hausmädchen kümmern, wird es für die Hausherren schwerer, es ihnen gleichzutun. Ich will da nicht ins Detail gehen, aber Alexander ist meine Versicherung dafür, dass dein Vater nicht zu unruhig wird und diese merkwürdigen männlichen Anwandlungen bekommt.«

»Aber er hat ein Hausmädchen geküsst, Mama. Eine Bedienstete!«

»Das ist nicht schlimm, mein Kind. Es ist besser, wenn Alexander seine Erfahrungen zu Hause macht. Unter meiner Kontrolle.«

Cäcilie blieb stehen. Sie blickte ihrer Mutter ernsthaft ins Gesicht. »Dann würde es Sie auch nicht stören, wenn ich Herrn Harms oder Roger Stove küsste?«

»Untersteh dich!« Madame blies die Wangen auf und schüttelte energisch den Kopf. »Was für schamlose Gedanken du hast, Cäcilie.«

30

Am Tag nach dem Frühlingsfest war ein versiegelter Briefumschlag auf dem Weg zu seinem Empfänger – allerdings nicht auf direktem Wege, sondern durch die Hände vieler Zwischenträger. Madame, die wohl nicht Urheberin dieses Briefes sondern dessen erste Station war, reichte ihn mit einem verschwörerischen Lächeln an Cäcilie weiter und diese, überhaupt nicht lächelnd, sondern misstrauisch blickend, an Moritz.

Der ahnte, welchen Inhalt das Couvert barg, als er die Adresse las: Herrn Jacobsen, Hamburg. Zu gerne hätte Moritz Genaueres erfahren, aber der Brief war sorgfältig verschlossen. Er versuchte, das Siegel zu identifizieren, doch das eingeprägte Wappen sagte ihm nichts. Schließlich gab er den Brief kommentarlos an Jette weiter. Die nahm ihn an sich, zog erstaunt die Augenbrauen hoch, sagte jedoch nichts, wie es ihre Art war. Unter ihrem forschenden Blick sah sich Moritz genötigt, wenigstens den Hauch einer Erklärung abzugeben. »Überraschung«, sagte er. Und dann küsste er sie, um von dem Brief abzulenken.

Zwei Tage später berichtete Mutter Forck beim Abendessen, dass sie Karl Jacobsen und Jette auf der Twiete gesehen habe. »Stellt euch vor, der Karl in seinem Sonntagsanzug, mitten in der Woche, wie seltsam.«

Johann Forck schaute müde von seinem Teller hoch, Jan schlang den Eintopf in sich hinein. Offensichtlich waren beide wenig interessiert daran, wie sich andere Leute wann und zu welcher Gelegenheit kleideten. Moritz bemühte sich, ein wissendes Lächeln zu unterdrücken.

»Zu einer Beerdigung kann er nicht gegangen sein«, plauderte die Mutter weiter, »das hätte ich gewusst. Außerdem hatte

Jette ein helles Kleid an. Und Strümpfe! Stellt euch vor, sie hatte Strümpfe an. Von wem sie die wohl geliehen hat?«

»Frag sie doch, wenn es dich so sehr beschäftigt«, brummte der Vater.

Herta Forck blickte von einem ihrer Männer zum anderen und murmelte etwas in sich hinein. Sie fühlte sich offensichtlich alleingelassen mit dieser weltbewegenden Frage.

Jetzt, einige Tage später und zur Abendstunde, blickte Moritz missmutig in das Dovenfleet. Es war Ebbe, das Wasser hatte sich zur Nordsee hin verflüchtigt. Übelriechender, im Mondlicht schillernder Morast war zu sehen, auch ein paar vermoderte Eichenpfähle. Moritz klaubte einen Kiesel vom Kai und warf wütend nach den Pfählen. Gestern war er hier bei den alten Speichern gewesen, vorgestern auch. Doch Jette war nicht gekommen. Inzwischen war er sich überhaupt nicht mehr sicher, ob sie jemals wiederkommen würde.

Das Steinewerfen ins Fleet brachte keine Ablenkung. Er schaute sich nach lohnenderen Zielen um. Da war eine Bewegung gewesen. Moritz ging in Schussposition und warf die Handvoll Kiesel. Eine Katze flitzte fauchend um die Hausecke.

Irgendwie erinnert mich das alles an Cäcilie, dachte er, immer bin ich derjenige, der wartet. Ist es das Schicksal aller Jungen, auf Mädchen zu warten? Welch ein schrecklicher Gedanke.

Er bückte sich, suchte einen faustgroßen Stein. Vielleicht ist es Gottes Strafe, vielleicht will er, dass ich leide, weil ich zwei Mädchen geküsst habe.

Jetzt war es keine Katze, diesmal war es eine Ratte. Moritz zielte sorgfältiger als zuvor. Die Ratte quietschte auf, sprang in die Luft und war im nächsten Augenblick im Fundament des Speichers verschwunden.

Sicher hat Jette die Hausmädchenstelle bekommen, dachte er. Wenn Madame Schröder etwas in die Hand nimmt, klappt es bestimmt. Und nun braucht mich Jette nicht mehr. Ich bin nur noch lästig, jetzt, wo sie bei vornehmen Leuten in Dienst ist. Wie gemein, wie selbstsüchtig, wie berechnend. Sicherlich sind alle Mädchen so.

Da, wieder eine Bewegung am Kai. Undeutlich nur und recht weit entfernt. Moritz kniff die Augen zusammen. Er versuchte, Genaueres zu erkennen. Eine dunkle Gestalt kam die Straße herunter. Der Elbrandmörder, dachte er erschrocken. Ach nein, der war ja tot. Aber vielleicht ist es sein ruheloser Geist, so etwas soll es ja geben. Inzwischen konnte Moritz eine weiße Schürze und ein weißes Häubchen erkennen. Geister haben keine Schürzen, das tragen nur Dienstmädchen. Merkwürdig, dass sich ein Dienstmädchen in diese Gegend verirrt.

Das Dienstmädchen begann zu rennen, immer schneller, direkt auf ihn zu. In vollem Lauf warf es sich an Moritz' Brust, er musste sich dagegenstemmen, um nicht ins Fleet gerissen zu werden. Er wollte etwas sagen, kam jedoch nicht mehr dazu, das Dienstmädchen bedeckte nicht nur sein Gesicht mit Küssen, auch seine Ohren mussten dran glauben. Mann, dachte er, die ist ja mindestens so heftig wie Cäcilie.

Schließlich befreite er sich von der Bediensteten, hielt sie auf Abstand und blickte an ihr herunter. »Vornehm siehst du aus, Jette. Wie ein richtiges Hausmädchen bei feinen Leuten. Quatsch, was erzähle ich da: wie eine Hausdame.«

Jette legte ihre Hände auf seine Schultern. Sie sah ihm direkt ins Gesicht, fixierte erst das rechte Auge, dann das linke, dann wieder das rechte. »Ich bin so glücklich, Moritz. Ich habe eine Stelle bei Konsulin Röder am Gänsemarkt. Stell dir vor, bei einer Konsulin!« Sie kicherte. »Natürlich ist sie keine richtige Konsulin, ihr Mann ist Konsul. Aber sie ist eine sehr feine Dame.«

»Erzähl mir mehr«, sagte er, schlang seine Arme um sie und vergrub das Gesicht in ihren Haaren. Leider störte das Häubchen etwas.

»Die haben drei kleine Kinder. Und eine Hausdame. Die spricht aber fast nur französisch. Ich glaube, Frau Konsulin hat mich genommen, weil ich viel Erfahrung mit meinen Geschwistern habe.«

»Wann sollst du anfangen?«

»Nach der Einsegnung, die ist am Sonntag. Bis dahin müssen wir uns noch ganz oft sehen. Und spazieren gehen. Ich in meinem neuen Kleid und du in deinem feinen Anzug. Nachher geht es ja nicht mehr so gut.«

Mit einem Mal begann Jette zu schniefen, sie hörte überhaupt nicht auf damit, dicke Tränen kullerten über ihre Wangen.

»Was ist denn jetzt passiert?«, fragte Moritz erschrocken. »Bist du traurig?«

»Ja, sehr traurig. Weil wir uns nicht mehr oft sehen können. Nur an meinem freien Tag. Und vielleicht mittags am Jungfernstieg, wenn ich etwas für meine Herrschaft besorgen muss oder mit den Kindern und der Hausdame unterwegs bin.«

Moritz fuhr der Schreck in die Glieder. Daran hatte er überhaupt nicht gedacht. Er nahm Jette in den Arm, rückte ihr Häubchen zurecht, drückte sie an sich und küsste sie ganz fest, so fest wie er sie noch nie geküsst hatte. Er streckte die Zungenspitze etwas hervor und tastete ihre kalten Lippen ab. Merkwürdig fühlten die sich an, ganz schrumpelig und doch weich. Auf jeden Fall anders als seine eigenen Lippen, bei denen fühlte er nichts. Jettes Lippen machten süchtig, er konnte gar nicht aufhören mit dem Küssen.

Doch Jette konnte aufhören. Sie bog den Kopf zurück und schaute ihn mit großen, wässrigen Augen an. Mit einem Mal hatte er das Gefühl, als würden Sterne in ihren Augen aufblitzen. Wie die Sterne auf der Wasseroberfläche eines stillen Fleets. Nicht des Dovenfleets, das stank ja, da blinkte nichts.

Sie atmet tief ein, dann packt sie Moritz bei den Ohren. Er wollte sie wieder küssen, doch sie bog den Kopf beiseite.

»Nein«, sagte sie, »jetzt bin ich dran.« Nun streckte auch sie die Zungenspitze heraus und tastet seine Lippen ab. Das kitzelte etwas, war aber nicht unangenehm. Im Gegenteil, das kitzlige

Gefühl kroch von den Lippen nach innen in seinen Körper hinein, wurde zu einem Strom und breitete sich bis zu den Zehenspitzen aus. Er konnte nicht verhindern, dass ihm ein Schauer nach dem anderen über den Rücken lief. Moritz drückte Jette ganz fest, so fest, dass ihr die Luft ausging. Kein Korsett, schoss es ihm durch den Kopf, natürlich nicht. Und sie ist auch nicht mehr so dünn. Vielleicht hat sie sogar Brüste bekommen.

»Jetzt habe ich deine Schürze zerdrückt«, sagte Moritz schuldbewusst.

»Die bügle ich wieder.«

Moritz fischte in seiner Tasche nach dem kleinen Päckchen. »Ein Geschenk. Für dich. Zur Einsegnung.«

»Das darfst du mir noch nicht geben. Erst in der nächsten Woche.«

»Aber vielleicht sehen wir uns lange nicht mehr.«

»Da hast du recht.«

Jette packte aus. In einem kleinen Pappkästchen lag ein tropfenförmiger, gelber Stein, am oberen Ende mit einem Silberring versehen.

»Bernstein«, sagte Moritz, »mit einer kleinen Pflanze drin.«

Jette musste schon wieder weinen. Ob das Geschenk zu klein ist?, fragte sich Moritz.

»Es ist so, so schön. So etwas Schönes habe ich noch nie bekommen. Ich habe überhaupt noch nie Schmuck bekommen.«

»Leider hatte ich nicht genügend Geld für eine Kette.«

»Das macht nichts. Vielleicht bekomme ich eine kleine Silberkette von meiner Patentante.«

»Ich werde jeden Tag auf dem Jungfernstieg auf dich warten.«

31

Moritz stand vor dem großen Schreibtisch und blickte starr auf die Tischplatte. Ein Spruch seines Vaters fiel ihm ein: »Geh nicht zu deinem Fürst, wenn du nicht gerufen wirst.« Was meinst du damit?, hatte Moritz gefragt. Man geht nicht freiwillig zu seinem Herrn, hatte der Vater geantwortet, man macht lieber einen Bogen um ihn, wer weiß, was der im Schilde führt, die hohen Herren sind oft unberechenbar.

Doch Moritz hatte keine Wahl gehabt, er war ja nicht freiwillig hier. Harms war zu ihm an das Pult gekommen und hatte mit leiser, verschwörerischer Stimme gesagt, dass Moritz sofort, absolut sofort, ohne Aufschub, sozusagen stehenden Fußes, zum Patron ins »Heiligtum« kommen solle und dass es anscheinend um eine ganz persönliche Sache von überragender Wichtigkeit ginge.

So drängend und wichtig schien es Moritz allerdings nicht zu sein, denn Caesar Schröder blickte seit geraumer Zeit aus dem Fenster, hielt eine Hand auf dem Rücken und zupfte mit der anderen am Ohrläppchen herum.

Moritz wartete. Er fragte sich, was der Patron wohl mit ihm zu besprechen habe. Vielleicht die Kündigung des Lehrvertrags? Der Kaufmann schien unschlüssig, ging einige Male vor dem Fenster auf und ab, drehte sich schließlich zu seinem Lehrling um und räusperte sich. »Du gehst häufig in der Mittagspause über den Jungfernstieg, Moritz.«

War das jetzt eine Frage? Moritz nickte, es konnte nie falsch sein, die Wahrheit zu sagen.

»Dann sind dir bestimmt die jungen Demoisellen aufgefallen.«

Was bedeutet das nun wieder? Habe ich irgendein Mädchen der vornehmen Gesellschaft zu direkt angesehen? Nein, ich bestimmt nicht, eher Roger. »Ich weiß nicht, was Sie …?«

»Sicherlich ist dir aufgefallen, dass die jungen Demoisellen nie alleine flanieren. Sie gehen immer zu zweit oder zu dritt.«

Moritz nickte.

»Das hatten wir bei unserer Tochter auch so vorgesehen. Sie sollte nie alleine unterwegs sein. Allerdings hat das mit der Bewachung ...«, der Patron hielt inne, räusperte sich wieder, »... mit der Begleitung in der letzten Zeit nicht besonders gut geklappt.«

Moritz fragte sich, ob er wieder nicken sollte. Vorsichtshalber unterließ er es. Caesar Schröder kam an den Schreibtisch, blickte auf die Arbeitsplatte, als würde er etwas suchen, und wischte verlegen mit der Hand über eine Akte.

»Die Cousine Josephine war nicht besonders zuverlässig. Um es direkt zu sagen, sie hat versagt. Wir brauchen aber jemanden, auf den wir uns verlassen können. Immer!«

Warum erzählt mir der Patron solche Familiengeschichten?

Der Kaufmann hüstelte. »Madame hat dich als Begleiter für Cäcilie vorgesehen, Moritz, denn du bist zuverlässig. Und du kannst schwimmen.« Caesar Schröder lächelte verhalten. »Außerdem wird bei deinem Alter niemand auf die Idee kommen, dass du Cäcilies Verlobter sein könntest - oder was sich die Frauen auch immer für Geschichten ausdenken.«

Moritz riss erschrocken die Augen auf, wollte protestieren, wollte sagen, dass es seine Mittagspause sei, über die der Patron verfügte, dass er lieber mit Roger spazieren ginge als mit Cäcilie, dass er zwar auch gerne am Alsterbecken saß, bei der alten Weide, doch am liebsten alleine. Doch das alles sagte er nicht. Er nickte nur.

»Ich sehe, dass du einverstanden bist«, sagte der Kaufmann erleichtert.

Jetzt hatte Moritz die Überraschung verdaut. »Ich weiß aber nicht, ob das günstig ist«, wagte er zu bemerken, »ich bin doch häufig am Steinhöft. Bei Kapitän Westphalen.«

Caesar Schröder ließ sich auf den Stuhl plumpsen, legte die Arme auf die Arbeitsplatte und faltete die Hände. »Das mit dem

Steinhöft wird sich bald erledigt haben, Moritz. Harry Westphalen wird uns verlassen. Er will auswandern. Nach Südamerika.«

Am Abend hüpfte Cäcilie, ein Liedchen trällernd, leichten Fußes die Treppe zum Kontor hinunter. Moritz blickte unwillig von seinem Pult hoch. Er hatte seine Aufräumarbeiten erledigt, doch er mochte noch nicht nach Hause gehen. Es kreiste so viel in seinem Kopf herum. Und das, was da kreiste, waren keinesfalls fröhliche Gedanken.

Cäcilie ließ sich in ihrer guten Laune nicht durch sein muffiges Gesicht stören. Sie berichtete ausgiebig, was sie im Garten des Geweses über die Anstiftung zum Mord gehört hatte.

Moritz war wenig interessiert. »Der Verbrecher ist tot und Roger entlastet. Die Elbrandsache ist für mich erledigt. Sollen die Reichen den Anstifter in ihren eigenen Reihen suchen. Was geht mich das an?«

Im Stillen musste Cäcilie ihm zustimmen, doch weil sie sich über seine schlechte Laune zu ärgern begann, widersprach sie. »Es ist nicht rechtens, wenn der Auftraggeber ungeschoren davon kommt.«

»Das ist Sache der Polizei. Ich finde es viel ungerechter, dass Kapitän Westphalen uns hier alleine lässt.«

»Unrecht kann man nicht steigern, Moritz.«

»Doch! Ich finde es mehr als ungerecht, dass er sich verpisst.«

»Moritz, Contenance! Onkel Harry macht sich nicht davon, wenn du das meintest mit diesem ekligen Wort. Er hat genug gelitten, vielleicht will er endlich alles hinter sich lassen und seine Ruhe finden. In Südamerika könnte er noch einmal neu anfangen.«

»Er sollte aber auch an mich denken.«

»Wir alle leiden, Moritz. Papa ist ganz traurig, Mama musste schon weinen, und Alexander und mich bedrückt es mehr als du glaubst.«

Jetzt sagte keiner von beiden etwas. Es war still im Kontor, nur das Ticken der großen Standuhr schallte überlaut durch den Raum.

»Wie will er es überhaupt machen? Man geht doch nicht mal eben weg.«

»Onkel Harry hat in den letzten Tagen die Henriette beladen lassen. Mit ihr wird er nach Argentinien segeln und dort eine Handelsniederlassung errichten. In Buenos Aires.«

»Ist das nicht sehr unsicher?«

»Ich glaube nicht. Er hat dort noch viele Kontakte von früher. Außerdem bleibt er uns verbunden. Wirtschaftlich, meine ich. Papa hat sicher schon Abnehmer für die exotischen Waren, die uns Onkel Harry schicken will.«

Buenos Aires muss sehr weit weg sein, dachte Moritz, irgendwo am Ende der bewohnten Welt. Dort, wohin kein Hamburger Schiff segelt. Sicherlich ist es viel weiter als Lissabon.

Die beiden schauten sich an, schweigend, jeder in seine Gedanken versunken.

»Willst du mich nicht küssen?«, fragte Cäcilie.

»Ach so. Ja. Natürlich.«

Moritz zog sie zu sich heran, legte die Hände auf ihren Rücken, nahm jedoch die Finger so schnell wieder weg, als hätte er an glühendes Eisen gefasst. Da war es wieder, das Korsett, der Panzer.

»Was ist, Liebster?«

»Du bist wieder so ordentlich angezogen. Mit diesem Schnürleib.«

Cäcilie lachte übermütig. »Der Hausarrest ist vorbei. Ich darf wieder nach draußen. An die Alster. Zum Jungfernstieg.«

»Und ich muss Anstandswauwau spielen.«

Cäcilies Augen blitzten. »Ist es nicht verrückt? Abends küssen wir uns, und am nächsten Tag sollst du aufpassen, dass mich niemand küsst.« Mit einem Schlag wurde sie ernst. »Wir müssen natürlich vorsichtig sein. Du darfst mich nicht verliebt anschauen. Und nie meine Hand halten. Und küssen ohnehin nicht.«

»Ich finde das blöd.«

»Irgendwie gefällt es mir auch nicht.«

Sie schauten sich an, Befremden im Blick. Wie Galeerensträflinge, dachte Moritz, aneinandergekettet mit einer unsichtbaren Fußfessel.

Das kann anstrengend werden, dachte Cäcilie. Welcher junge Mann schaut mich schon an, wenn ich einen kleinen Kontorlehrling mit mir herumschleppe?

Moritz schlurfte die Große Reichenstraße entlang und bog in die Brandstwiete ein. Als er das Dovenfleet erreichte, war es bereits dunkel. Er zögerte einen Augenblick, blieb stehen und schaute ins Wasser hinunter, das träge und ölig in Richtung Elbe floss. Was soll ich eigentlich noch auf dieser Welt?, dachte er. Alles geht schief in der letzten Zeit, nichts gelingt.

Er lehnte sich über das Geländer.

Kaum hat man sich an die Leute gewöhnt, schon ist wieder alles zu Ende. Der Klabautermann haut einfach ab, Hinrich Quast sicherlich auch. Vorbei die schöne Zeit am Steinhöft. Und Jette? Die werde ich wohl nie mehr wiedersehen. Wenn sie ihren freien Tag hat, muss sie bestimmt gleich nach Hause gehen und Wäsche waschen und die Geschwister hüten. Wir können uns ja am Jungfernstieg sehen, hat sie gesagt. Wie schön, wie beruhigend. Doch leider ist das kein Trost, eher eine Bedrohung, denn ich muss als Wachmann neben Cäcilie herlaufen. Wenn Jette mich mit Cäcilie sieht, du meine Güte, die reißt mir den Kopf ab. Oder Cäcilie reißt mir den Kopf ab. Oder beide zusammen.

Moritz beugte sich weit über das Geländer, immer weiter. Ein Geruch von Moder wehte hoch. Er hielt die Luft an, wollte den Gestank ignorieren, doch er hielt es nicht lange aus. Ruckartig richtete er sich auf, spuckte angeekelt in das Fleet und ging nach Hause.

32

Moritz schaute sich um. Die Leere schmerzte in seinen Augen und machte ihn traurig. Die Mitbringsel aus aller Welt waren von den Wänden verschwunden, ebenso die Möbel von Kapitän Westphalen. Nur das Stehpult stand noch da, einsam und verlassen. Moritz fühlte sich sehr verbunden mit dem zurückgelassenen Pult.

Er wischte den Staub von der Arbeitsplatte, strich nachdenklich an den schönen Schnitzereien entlang. Es war noch nicht lange her, da hatte er hier gestanden und versucht, aus den Hieroglyphen des Kapitäns einen einigermaßen ordentlichen englischen Brief zu machen. Hier hatte er sich zu Hause gefühlt, viel mehr als im Speicher an der Großen Reichenstraße, manchmal sogar mehr als in der Holländischen Reihe.

Es war kalt, Moritz zog fröstelnd die Schultern hoch. Er tastete nach dem wertvollen Stück in seiner Tasche, sorgfältig eingepackt in Tücher und mit einem Kabelgarn umwickelt. Sein Blick strich wieder über die leeren Wände. Er hätte auf Anhieb sagen können, wo das Krokodil gehangen hatte, wo die Peitsche, wo die Bola. Plötzlich kamen ihm die Tränen. Das Leben ist wie ein … wie ein … wie ein Pferdeomnibus, dachte er. Doch ich sitze nicht drin, ich bin der Invalide an der Straßenecke. Ich stehe auf meinem Holzbein, ich komme kaum vorwärts – und der Pferdeomnibus, vollbesetzt mit Menschen, die ich kenne und die ich mag, fährt an mir vorbei. Nicht mal zwei Monate habe ich hier gearbeitet. Kaum zu glauben, wie wenig das ist gegen all die Jahre zuvor. Und nun kehre ich wieder zurück in diesen dunklen Speicher und muss mich ducken unter dem Blick von Harms.

»Nanu, Moritz, so nachdenklich?«, fragte eine tiefe Stimme. Moritz schreckte aus seinen Gedanken hoch. In der Tür stand der Klabautermann. Moritz hätte ihn fast nicht wiedererkannt.

Kapitän Westphalen trug einen Anzug in hellem Grau, dazu die bei Segelschiffskapitänen übliche Melone. Er hatte sich die Haare schneiden und wohl auch den Bart stutzen lassen.

»Ich schaue mich nur noch ein bisschen um«, sagte Moritz mit belegter Stimme, »ein letztes Mal.«

»Abschied nehmen ist nie gut. Muss aber manchmal sein.«

»Wann segeln Sie los?«

»Morgen früh, wenn der günstige Wind anhält.«

Moritz deutete auf das Stehpult. »Das ist wohl vergessen worden. Soll ich es durch einen Jollenführer an Bord bringen lassen?«

»Nein, Moritz, das hat Hinrich für dich gebaut, es gehört dir. Du kannst es mit ihm zusammen zur Großen Reichenstraße tragen. Er müsste bald von der HENRIETTE zurück sein.«

Moritz Herz tat einen Hüpfer, allerdings nur einen kleinen, traurigen. Er bedankte sich nicht, weil er seiner Stimme nicht traute.

»Wir wollen spazieren gehen«, sagte Kapitän Westphalen, »beim Gehen wird das Denken klarer.«

Moritz passte seine Schritte denen des Klabautermanns an. So gingen sie nebeneinander her, der große, hagere Mann und der Junge mit dem traurigen Blick. Am Baumhaus blieb Kapitän Westphalen stehen. Er blickte über die Elbe zu den Schiffen an den Pfählen.

»Du hast etwas, was nicht viele haben, Moritz«, sagte er unvermittelt. »Du kennst das Lagereigeschäft, du kennst den Hafen und die Schiffe, und bald wirst du Commis sein. Dann hast du sozusagen zwei Berufe. Menschen mit mehreren Begabungen sind hoch geachtet.«

Es wurde langsam dunkel. Sie gingen zurück. Kapitän Westphalen blieb auf halbem Weg stehen und schaute mit grimmigem Blick zu Moritz hinunter. »Du wirst eine große Reise machen, Moritz. In ein paar Jahren, wenn du ein erfahrener Commis geworden bist.«

»Große Reise machen?«, echote Moritz verwundert.

»Ja, eine sehr weite Reise. Nach Buenos Aires. Du wirst bei mir arbeiten. Als Waterclerk. Du wirst für die Befrachtung der Schiffe zuständig sein. Hast du verstanden?«

Moritz konnte wieder nichts sagen, denn er hatte immer noch Probleme mit seiner Stimme.

»Das ist ein Befehl!«, schnarrte der Klabautermann.

»Aye, aye, Sir!«

Moritz schleppte das Stehpult nach draußen, stellte es neben dem Haus ab und wartete auf Hinrich Quast. Der kam nicht. Moritz schlenderte auf die andere Seite des Hauses und blickte zu den Vorsetzen hinüber. Gegen den Abendhimmel sah die Hebemaschine, die in den letzten Tagen aufgerichtet worden war, fast fertig aus. Die beiden Träger standen bereits, nach den Seiten durch kräftige Balken abgesteift. Auch die obere Verbindung zwischen den Trägern war von den Zimmerleuten der Elbrand-Werft fertiggestellt worden. Zum Schutz der Seile und der Blöcke gegen die feuchte Witterung hatte man ein Dach über die Verstrebung gebaut. Insgesamt war es ein hohes, massives Bauwerk geworden. Wie ein Kran sah es jedoch nicht aus, eher wie die Tordurchfahrt in einem Vierländer Bauernhof. Moritz schüttelte ungläubig den Kopf. Wegen dieser Tordurchfahrt hatten zwei Menschen sterben müssen, und Roger Stove war im Gefängnis gelandet. Ob das die Sache wert war?

Hinrich Quast war immer noch nicht zurück. Moritz verscheuchte eine Katze, die es sich auf der Bank an der Hauswand bequem gemacht hatte. Er setzte sich, starrte auf den dunklen Binnenhafen und ließ seinen Gedanken freien Lauf. Vor seinen Augen tauchte ein Fähranleger mit dem Schild »Buenos Aires« auf, dann Kapitän Westphalen, der vom Heck der HENRIETTE winkte. Das Bild verblasste schnell, doch Moritz konnte die Stimme des Klabautermanns weiterhin vernehmen.

Jetzt höre ich schon Stimmen, dachte er.

Es waren tatsächlich Stimmen, sie kamen aus dem Kontor. Caesar Schröder und Kapitän Westphalen verglichen offenbar die

Ladungslisten mit den Konnossementen. Dann war Ruhe. Moritz blickte zur Elbe und fragte sich, warum Hinrich Quast so lange wegblieb. Die Stimmen waren wieder zu hören, jetzt ganz nah und deutlich, direkt hinter der Kontortür.

»Du hast dir reichlich Zeit gelassen, Harry«, sagte der Patron gerade.

»Das stimmt. Ich hatte das Ziel aus den Augen verloren. Doch als vor einem Jahr der Lehrling auftauchte, dieser Moritz, da wusste ich wieder, was zu tun war.«

»Du hast eine schwere Schuld auf dich geladen. Für die Anstiftung zum Mord wirst du in die Hölle kommen.«

Schweigen. Moritz wollte nichts mehr hören, er wollte wegrennen, irgendwohin, ganz weit weg von diesem schrecklichen Ort, doch die Stimme von Kapitän Westphalen hielt ihn fest.

»Mein Gewissen ist rein, Caesar. Das, was ich für Elbrand vorgesehen hatte, ist wenig gegenüber dem, was er mir angetan hat.«

Mit einem Ruck war Moritz von der Bank gesprungen. Er rannte los, Tränen in den Augen, achtete nicht auf die Richtung, nicht auf die Menschen, die er anrempelte. Schließlich fehlte ihm die Luft, er musste anhalten.

Nachdem er wieder zu Atem gekommen war, blickte er sich um. Er stand inmitten eines Gewirrs von Balken, Brettern und Latten, hoch über ihm drohte ein provisorisch errichtetes Dach. Die Hebemaschine, dachte er bitter. Er setzte sich auf einen der dicken Fundamentbalken und starrte durch die Ritzen der hölzernen Vorsetzen auf das glucksende Elbwasser unter ihm.

Da saß er nun. Das Knäuel seiner Gedanken entwirrte sich nicht, doch es wurde kleiner, verblasste mit der Zeit und machte einer endlosen Leere Platz. Nicht grübeln, nur sitzen, immerzu, so tropfte ein letzter Rest an Gedanken durch sein Bewusstsein. Nicht bewegen, an nichts denken, nicht an die Eltern, nicht an den Bruder, nicht an Jette oder Cäcilie, einfach nur sitzen bleiben, Tag für Tag, Monat für Monat, jahrelang. Die Sonne und der Regen würden seine Kleidung ausbleichen, in ein eintöniges Grau verwandeln, schließlich wäre er wie Granit – kalt und hart, unzerstörbar und schwer, niemand könnte ihn beiseiteschaffen. Er würde zum Denkmal eines einsamen, verlassenen, verratenen, unglücklichen Kontorlehrlings werden. Die anderen einsamen, verlassenen, verratenen und unglücklichen Kontorlehrlinge würden zu ihm pilgern und Blumen und Glasmurmeln zu seinen Granitfüßen legen.

Es tropfte, aber regnete nicht. Er weinte und konnte nicht aufhören. Ein Granitdenkmal tropft nicht, dachte er verbittert. Doch vielleicht war es noch zu früh mit dem Granit, er musste sich Zeit lassen, das würde schon noch werden. Schließlich kamen keine Tränen mehr. Ich will diesen Mörder von einem Kapitän nie wieder sehen, dachte er. Geschieht ihm recht, dass er nach Südamerika flüchten muss, hoffentlich geht es im dort schlecht. Vielleicht bringen ihn die Indianer um, das wäre die gerechte Strafe.

Moritz stand auf und zog seine Jacke glatt. Morgen würde er den Lehrvertrag kündigen, nie wieder wollte er in einem Kontor arbeiten, in dem ein Mörder – oder ein Anstifter zum Mord, das war ja wohl das Gleiche – Teilhaber gewesen war. Vielleicht würde er nicht gleich am frühen Morgen kündigen, eher nachmittags, auf jeden Fall aber kündigen.

Allerdings, und auch das musste bedacht werden, hatte er ja nicht genügend gehört am Steinhöft. Vielleicht beruhte alles auf einer Verwechslung, auf einem Hörfehler. Da galt es noch weiter nachzuforschen, denn irgendwie konnte er sich nicht vorstellen, dass der Kapitän einen Mord geplant hatte, womöglich während er, Moritz Forck, im gleichen Raum am Pult stand. Sicher, er war ein düsterer Mann, und nachmittags machte er ein Gesicht zum Fürchten. Aber es gab viele Menschen mit düsteren Gesichtern, die würden hoffentlich nicht alle Mordgedanken haben. Obwohl – man konnte nie sicher sein. Erwachsene waren oft merkwürdig und genauso wenig zu durchschauen wie Mädchen aus gutem Hause.

Als er sich umdrehte, um nach Hause zu gehen, setzte sein Herzschlag für einen Augenblick aus. Gegen den Schein der

Kerzen in den Häusern sah er die Umrisse eines Mannes. Der stand da und rührte sich nicht. Er schaute zur Hebemaschine hin und wartete. Moritz erkannte ihn sofort. Es war der Schatten, den er nur ganz kurz in diesem schrecklichen Hof gesehen hatte, der Schatten, der den zweiten Ausgang blockiert hatte. Jetzt bewegte sich der Mann, er kam mit festen Schritten auf Moritz zu, unaufhaltsam. Sein Gesicht war nicht zu sehen, es lag im Dunkeln. Der Mann lachte ein raues, kehliges Lachen. Dann hustete er, in der Tiefe seiner Lungen rumpelte es wie ein Donnergrollen.

Was will der Zimmermann hier?, schoss es Moritz durch den Kopf. Hat der Klabautermann bemerkt, dass ich das Gespräch mitgehört habe? Soll mich Hinrich Quast jetzt aus dem Weg räumen, den letzten Mitwisser beseitigen? Nein, den vorletzten. Da ist noch der Patron, doch der gehörte ja wohl auch zu dieser Mörderbande.

Moritz reckte sich entschlossen. Noch hat er mich nicht! Ich bin diesem Zimmermann ja schon zweimal entkommen, vielleicht gelingt es mir noch ein drittes Mal. Außerdem bin ich jetzt bewaffnet. Er fingerte nach dem Paket in der Tasche.

»Habe ich dich erschreckt?«, fragte Hinrich Quast.

»Nicht das erste Mal«, sagte Moritz. Es sollte sicher klingen, männlich und kraftvoll, aber er konnte das Zittern in der Stimme nicht verhindern.

»Du hast mir das Leben reichlich schwer gemacht, Moritz. Hast mit Baumstämmen nach mir geworfen. Und mich in einen gefährlichen Händel mit dem Elbrandmörder verstrickt.« Der Schiffszimmermann spuckte seinen Auswurf auf die Straße. »Noch einmal nehme ich einen solchen Auftrag nicht an. Ich eigne mich nicht zum Schutzengel. Da soll sich der Kapitän jemand anderes suchen.«

»Schutzengel?«, echote Moritz.

»Ja, doch! Schutzengel. Eine miese Arbeit. Ich sollte dich schützen. Kapitän Westphalen war ziemlich schnell klar, dass du dich auf die Suche nach dem Elbrandmörder machen würdest. Er hatte Angst um dein Leben.«

»Aber er hat den Mörder doch selbst beauftragt!«

»Ja und nein. Ich hatte Kontakt zu diesem Verbrecher aufgenommen, aber der sollte dem Elbrand nur eine Abreibung verpassen. Sollte ihm einen Sack über den Kopf ziehen und ihn verprügeln. Mehr nicht.«

»Doch dann war Elbrand tot.«

»Ja, leider. Dieser Mensch hat unser Geld genommen und ist dann seinem eigenen Geschäft nachgegangen. Und das war Mord. Wahrscheinlich hatte er schon öfters gemordet.«

Nebeneinander gingen sie an den Vorsetzen entlang.

»Segeln Sie auch nach Argentinien?«, fragte Moritz.

»Natürlich! Kapitän Westphalen und ich gehen zusammen weg. Uns hat Elbrands Totenschiff, die KONSUL HAGEMEISTER, zusammengeschweißt. Nur mit dem Unterschied, dass ich überlebt habe. Seine Frau und sein Sohn sind ja leider ertrunken.«

Moritz holte das Päckchen aus der Tasche, löste das Kabelgarn und wickelte das wertvolle Messer aus. Die Klinge glänzte geheimnisvoll, der Griff mit dem verschlungenen Muster lag gut in der Hand. »Hier haben Sie Ihr Messer zurück.«

Der Zimmermann blieb überrascht stehen. »Wo hast du das gefunden?«

»Es steckte in der Kellerklappe eines Hofs im Neustädter Gängeviertel.«

Hinrich Quast nahm das Messer an sich und betrachtete es gedankenverloren. »Das war knapp damals. Fast hätte ich den Elbrandmörder gehabt. Aber dann war er doch zu flink.«

Er hielt Moritz das Messer hin. »Ein Abschiedsgeschenk«, sagte er rau. »Hüte es sorgsam, es ist sehr wertvoll.«

»Sie brauchen es sicherlich dringender in Südamerika als ich hier.«

»Nein, dort kann man mit so kleinen Messern nichts anfangen. Ich werde mir gleich am ersten Tag eine Machete zulegen.«

Ende

Epilog

Die hölzerne Hebemaschine an den Vorsätzen wurde im Spätsommer 1846 in Betrieb genommen. Die an der Maschine arbeitenden Leute waren bei der Schifffahrtsbehörde angestellt, jedoch musste sich jeder Kapitän verpflichten, *»mit seiner Takel [bordeigene Hebevorrichtung] und Mannschaft bei'm Überlegen und Wegnehmen der beweglichen Brücke ... zu assistiren«*.

Im Mai 1847 verringerte die Behörde den Benutzungstarif, was auf eine zu geringe Auslastung der Anlage hinweist. Nach einer ersten Statistik vom Dezember 1847 wurden in den sechzehn Monaten des Betriebes insgesamt 130 große Gegenstände übernommen, insbesondere Marmorblöcke, Lokomotiven, Dampfkessel und Maschinenteile.

Die fehlende Möglichkeit, die aus dem Schiff gehobenen Güter an Land zu setzen, wurde bereits bei Indienststellung der Hebemaschine kritisiert. Außerdem bekamen die immer größer werdenden Schiffe zunehmend Schwierigkeiten, an den Vorsetzen anzulegen.

Am 25. Juli 1856 machte schließlich der Hamburger Reeder Robert M. Sloman in einem offenen Brief in den »Hamburger Nachrichten« seinem Unmut über diese Zustände Luft: *»Wenn ich mein Schiff halb abtakeln lasse«*, schrieb er, *»wenn ich es mit der schweren Ladung Tage lang auf den Grund lege, mich dann aussetze, daß bei der ersten etwas höher als gewöhnlichen Fluth es zu Schanden gedrückt wird, indem es die gesamte Maschine in die Höhe reißt, so werde ich hoffentlich unter einem Kosten-Aufwande, der das Dreifache dessen beträgt, was die Eisenbahn für denselben Dienst berechnet, mein Schiff entlössen [entlöschen] können. Ein solcher Zustand dürfte doch nicht in einer Stadt wie Hamburg* *geduldet werden, und wahrlich, es ist hohe Zeit, daß daran geändert werde. Das Versehen, eine Maschine wie die jetzige zu bauen, ist einmal gemacht worden, dergleichen sollte nicht sein, kann aber und wird immer wieder vorkommen; nur sollte man nicht auf dem Versehen beharren.*

Je eher daher der jetzige durch einen dem Zwecke entsprechenden Krahn ersetzt wird, desto eher wird man den begründeten Ansprüchen unseres Handels und Verkehrs genügen und sich dem mitleidigen Lächeln entziehen, welches das gegenwärtige Machwerk bei jedem Vorübergehenden erwecken muss.«

Zwei Jahre nach dieser öffentlichen Beschwerde ließ der Senat am Binnenhafen einen eisernen Kurbelkran mit einer Wiegevorrichtung und einer Hublast von 15 Tonnen errichten. Dieser Kran steht dort heute noch.

Am 27. April 1869 veröffentlichte die Deputation für Handel und Schifffahrt die *»Bekanntmachung, betreffend Außerdienststellung der Hebemaschine bei den Landungsbrücken in St. Pauli: Mit Beginn des Baues der Pfeiler zu den neuen Landungsbrücken in St. Pauli muß die Benutzung der Hebemaschine daselbst aufhören. Die Hebemaschine wird demgemäß vom 1. Mai an außer Dienst gestellt.«*

Das Handelshaus Schröder wurde von der Entwicklung der Hebemaschine wenig berührt. Caesar Schröder tat sich mit Kapitän Schoemaker zusammen, der einen kleinen Dampfer und zwei Barken in das Geschäft einbrachte. Es war ein kauziger, alter Mann, der jetzt auf dem Steinhöft residierte und seine Zeit damit verbrachte, dem Kontorlehrling von seinen abenteuerlichen Reisen um die Welt zu erzählen, wobei sich Moritz nie ganz sicher war, wie viel Seemannsgarn ihm der Kapitän auftischte.

Der Aufgabe als Anstandswauwau wurde er bald entbunden, denn Cäcilie verlobte sich ganz offiziell mit Heinrich von Hardt. Madame betrachtete diese Verbindung mit sichtlichem Wohlwollen, und auch Cäcilie war glücklich. Dennoch vernachlässigte sie nicht ihre sich selbst auferlegten Pflichten. Sie kam in regelmäßigen Abständen zur Abendstunde ins Kontor und unterwies Moritz in der deutschen Schriftsprache. Und wenn er nach einer solchen Unterrichtstunde erschöpft die Feder ins Tintenfass rammte, klappte sie das Warenkundebuch zu, trat ganz nahe an ihn heran, spitzte die Lippen und drückte ihm einen Kuss auf die Wange. Nun ja, nicht nur auf die Wange.

Über Moritz und Jette gibt es wenig zu berichten, wie es nun mal so ist, wenn das Leben seinen geregelten Lauf nimmt. Allerdings gab es einen Menschen, der sich häufig darüber wunderte, dass die Dienstmädchen bei hohen Herrschaften so selten einen freien Tag bekamen. Wäre Karl Jacobsen jedoch zum Jungfernstieg gegangen, hätte er seine Tochter am Arm eines jungen Mannes flanieren sehen können. Sie in einem hübschen Sommerkleid, das ihr die Konsulin geschenkt hatte, und er in seinem prächtigen Anzug mit dem Samtkragen.

Eigentlich hätte Moritz mit dieser Entwicklung zufrieden sein können, und er war es auch, jedenfalls die weitaus meiste Zeit. Doch in manchen Nächten, wenn Vollmond war und er nicht schlafen konnte, lag er auf der Küchenbank und sehnte sich nach Kapitän Westphalen und Hinrich Quast.

Danksagung

Wie schafft es ein Autor, einen historischen Roman über eine Zeit zu schreiben, in der er nicht gelebt hat und über die es nicht allzu viele Berichte von Zeitzeugen gibt?

Er geht in Bibliotheken und Archive und liest, liest, liest. Ganz sicher findet er keine Quelle, die er direkt in seinen Roman übertragen kann, doch die Lektüre von Zeitungsberichten der damaligen Zeit, von niedergeschriebenen Erinnerungen, von Gesetzestexten und technischen Skizzen bis hin zu amtlichen Tabellen bilden die Puzzleteilchen, aus denen sich ein Abbild der früheren Zeit zusammensetzen lässt, selbst wenn das Puzzle große Lücken aufweist.

Das Leben im Wohnhaus der Schröders könnte sich wie hier im Roman abgespielt haben. Bei den Forks bin ich mir da nicht so sicher, weil ich keinen Bericht eines Arbeiters über seine Lebenssituation gefunden habe. In diesen Kreisen schrieb man nicht, weil Papier und Tinte teuer waren, weil man nicht schreiben konnte und wenn doch, weil es eine ungewohnte und unnütze Tätigkeit war. Doch ich tröste mich mit dem Gedanken, dass das Leben von Arbeitern in seinen Grundzügen nicht anders verlief als heute: Man lebte mehr oder weniger beengt und war froh, Arbeit und etwas Kräftiges auf dem Teller zu haben. Man bemühte sich, seine Kinder nach bestem Wissen und Gewissen großzuziehen, und fürchtete sich vor Krankheit und der Arztrechnung. Blieb dann noch etwas Geld übrig und war man nicht ganz so müde, dann gönnte man sich auch ein kleines Vergnügen: einen Familienausflug an die Elbe, vielleicht den Besuch eines Kaffeegartens, gelegentlich eine Tanzveranstaltung.

Glücklicherweise hat die Staatsbibliothek Hamburg eine umfangreiche Hamburgensienabteilung, in der ich Wochen verbracht habe. Doch manche Fragen ließen sich auch dort nicht klären. Hier sprangen freundlicherweise die Mitarbeiter des Staatsarchivs Hamburg, der Commerzbibliothek Hamburg und des Vereins für Hamburgische Geschichte ein, denen ich an dieser Stelle danke. Ich bedanke mich auch bei Angela Graf von der Bibliothek des Museums für Kunst und Gewerbe für ihre Unterstützung. Mein besonderer Dank gilt Dr. Ulrich Troitzsch, inzwischen emeritierter Professor des Instituts für Sozial- und Wirtschaftsgeschichte der Universität Hamburg, der mich für die Geschichte der Technik begeisterte.

Nicht zuletzt bedanke ich mich bei Margret Kruse, die sich mit kritischem Soziologenblick über das Manuskript hermachte, und bei Dorothée Engel für das engagierte Lektorat.

Glossar

Alstertümpel .... Das Alsterbecken, heute die Binnenalster.
Alter Wandrahm .... Straße im Hamburger Hafen, heute ein Teil der Speicherstadt.
Altona .... Bis 1864 eine dänische Hafenstadt, heute ist es ein Stadtteil Hamburgs.
Altstadt/Neustadt .... »Altstadt« suggeriert, dass es dort im Gegensatz zur »Neustadt« die ältere Bausubstanz gibt. Dies war in Hamburg nach dem Großen Brand von 1842 nicht mehr der Fall. Jetzt war die Neustadt mit ihren Gängevierteln der ältere Teil, während in der Altstadt gerade Straßen und moderne Gebäude dominierten.
Altwarenhöker .... Gebrauchtwarenhändler.
Bark .... Moderner Segelschifftyp mit größerem Ladevermögen und geringerer Segelfläche als bei Klippern.
Baumhaus .... Beliebtes Ausflugslokal am Binnenhafen an der Spitze des Steinhöfts, 1662 erbaut, 1857 abgerissen.
Bramrah .... Querholz zur Befestigung der Segel, das ganz oben am Mast eines Segelschiffs angebracht war.
Braunbier .... Wegen der damals schlechten Wasserqualität wurde in Hamburg häufig Bier getrunken, auch von Kindern. Das Braunbier hatte jedoch nur einen Alkoholgehalt von ca. 0,5 Promille.
Commis .... Kaufmannsgeselle oder Kaufmannsgehilfe. Über ihm stand der Kaufmann, der Eigentümer des Handelshauses, unter ihm der Kaufmannslehrling.
Dandy .... Ursprünglich: englisches Männlichkeitsideal, das sich in eleganter Kleidung, guten Manieren, gepflegter Konversation und Humor ausdrückte.
Demoiselle .... Junges Fräulein. Hamburg war von 1806 bis 1813 von französischen Truppen besetzt. Trotz der Abneigung gegen die Besatzer übernahmen die Hamburger eine Reihe von französischen Begriffen in ihren Wortschatz.
Depesche .... Eilbotschaft.
Deputation .... Bürgergremium in Hamburg zur Mitwirkung und Kontrolle der Landesbehörden; gelegentlich wurde auch die

gesamte Behörde als »Deputation« bezeichnet, z.B. die Bau-Deputation.

Deputierter .... Abgeordneter der Hamburger Bürgerschaft.

Deutscher Bund .... Wirtschaftsgemeinschaft deutscher Staaten und Vorläufer des Deutschen Reichs.

Dösbaddel .... Plattdeutsch für: Dummkopf.

Dreiling .... Kleinste Hamburger Münze.

Eisen im Schiffbau .... 1838 begann man in England im Schiffbau mit Eisen zu experimentieren. Zunächst baute man Compound-Schiffe, bei denen man Holz und Eisen miteinander kombinierte. Die späteren Schiffe, die ganz aus Eisen waren, litten stark unter dem Seewasser (Rostbildung). Das änderte sich erst, als Stahlbleche verwendet wurden.

Ewer .... Kleiner, einmastiger Segler, zur Fischerei und zum Warentransport verwendet.

Ewerführer .... Hafenarbeiter, die mit ihren Schuten (nicht Ewern!) den Warenverkehr zwischen den Schiffen und den Speichern vornahmen.

Fegsel .... Kehricht; hier: Ware, die beim Laden oder Löschen eines Schiffes oder am Kai herunterfiel und liegenblieb.

Feudel .... Plattdeutsch für: Wischlappen.

Fleet .... Bezeichnung für die Kanäle in Hamburg.

Gängeviertel .... Mittelalterliche, enge Bebauung in Hamburg. Die Gängeviertel der Altstadt wurden 1842 durch den Großen Brand größtenteils zerstört. In diesem Roman bezieht sich der Begriff »Gängeviertel« auf die Neustadt. In den hafennahen Gängevierteln wohnten Hafenarbeiter, Handwerker und Tagelöhner.

Gesindeordnung .... Verbindliche Verhaltensregeln für die Bediensteten, in denen deren Pflichten und Rechte festgelegt wurden.

Gewese .... Umgangssprachlich: (ländliches) Anwesen.

Grassbrook .... Ehemals sumpfige Insel in der Elbe, auf der im ausgehenden Mittelalter die Seeräuber hingerichtet wurden. Später siedelten sich hier die Schiffswerften an.

Halstuch .... Von Männern getragen, hier: vermutlich in der Art gebunden, wie es der englische Lord Byron (1788–1824) trug.

Hamm .... Stadtteil im Südosten Hamburgs, damals sehr ländlich geprägt.

Haspelwinde .... Hölzerne Handwinde. Solche Haspelwinden standen entweder an den Kais oder auf den Dachböden der Speicher.

Hebemaschine .... In den alten Unterlagen der Handelskammer Hamburg wird dieser Schwerlastkran tatsächlich als »Hebemaschine« bezeichnet, was übrigens korrekt ist, konnte diese Maschine doch nur Lasten anheben, sie jedoch nicht wie ein Kran schwenken.

Henkelmann .... Gut verschließbares Blechgeschirr, in dem die Arbeiter ihr warmes Essen mit zur Arbeit nahmen.

Herrengraben .... Kein Graben, sondern eine Straße in der Hamburger Neustadt.

Heuer .... Monatslohn der Seeleute.

Heuerbaas .... Stellenvermittler für Seeleute.

Im Päckchen liegen .... Bedeutet, dass das erste Schiff am Kai festgemacht ist, das zweite am ersten Schiff und das dritte am zweiten.

Jacobsleiter .... Leiter aus Seilen und Holzsprossen, die an der Bordwand herunterhing, eine ziemlich wacklige Angelegenheit.

Jenny Lind .... Opernsängerin, die »Schwedische Nachtigall«, der die Hamburger (und nicht nur sie) zu Füßen lagen.

Jollenführer .... Mietruderboot inkl. Ruderer, fungierte als Wassertaxi.

Joséphine .... J. de Beauharnais (1763–1814), Ehefrau Napoleons, Kaiserin von Frankreich.

Lukenviez .... Einweiser an der Ladeluke eines Schiffes.

Kajen .... Heute noch bestehende Straße am damaligen Binnenhafen, früher unterteilt in die Binnenkajen und die Außenkajen.

Kapitänsbild .... Ehe es die Fotografie gab, ließen die Kapitäne ihr Schiff von Marinemalern darstellen. Heute sind diese sehr detaillierten und fachlich korrekten Bilder eine wichtige Quelle der frühen Schiffbaukunst.

Kiensche .... Karamellbonbons aus einer Zucker-Fett-Mischung.

Klabautermann .... Nach Ansicht der früheren, meist recht abergläubischen Seeleute ein Geist, der auf Segelschiffen sein Unwesen treibt.

Klipper .... Schnellsegler im 19. Jahrhundert.

Kneifer .... Brille ohne Bügel, die auf der Nase festgeklemmt wurde.

Königreich Hannover Südlich der Elbe, heute ein Teil Niedersachsens.

Kohlenjumper .... Gehörten zur Gruppe der »schwarzen Schauerleute«, die mittels einer besonderen Technik die Kohlenladung aus einem Schiff löschten.

Konnossement .... Warenwertpapier und der Beweis des Empfängers, dass er Eigentümer der Ware ist.

Kontor .... Büro eines Handelshauses.

Laeisz, Ferdinand .... Hamburger Hutfabrikant und Reeder.
Lindley, William .... Der englische Ingenieur baute nach dem großen Brand von 1842 in Hamburg eine moderne Wasserversorgung und die Abwasserentsorgung.
Löschsand .... In einer Zeit, die noch kein Löschpapier kannte, wurde die Tinte mit Sand getrocknet (gelöscht).
Lukensüll .... Brüstung um die Lukenöffnungen im Deck, zum Schutz gegen Wassereinbruch und Unfälle.
Merchant Adventurer Vereinigung der englischen Tuchhändler, die seit dem Mittelalter Geschäfte auf dem Kontinent betrieben.
Patent .... Gewerbebefugnis für die Steuerleute und die Kapitäne.
Patriotische Gesellsch. Eigentlich: »Hamburgische Gesellschaft zur Beförderung der Künste und nützlichen Gewerbe«, gegründet 1765. Die Gesellschaft besteht noch heute.
Patron .... Eigentümer, in diesem Falle der Chef des Handelshauses.
Pfähle .... Bündel von Eichenpfählen, die in das Flussbett getrieben wurden, damit die Schiffe daran festgemacht werden konnten, wenn im Binnenhafen kein Platz war oder wenn sie zu viel Tiefgang hatten; in Hamburg »Duckdalben« genannt.
Pferdeomnibus .... Von Pferden gezogene Straßenbahn im Linienverkehr, die allerdings noch nicht auf Schienen fuhr.
plieren .... Plattdeutsch für: in etwas hineinschauen, durch etwas hindurchschauen.
Polizeioffiziant .... Polizist.
Pütt un Pann .... Plattdeutsch für: Töpfe und Pfannen.
Quartiersleute .... Zuständig für die Lagerung der Waren im Hafen.
Rat der Stadt .... Regierung Hamburgs. Ab 1856 wurde sie in »Hamburger Senat« umbenannt.
Reisesekretär .... Kasten aus Holz mit abgeschrägter Oberfläche, der – auf einen Tisch gestellt – als Schreibplatte und zur Aufbewahrung von Papier, Federn und Tinte diente.
Riemen .... Ruder in einem Boot.
Schauerleute .... Hafenarbeiter, die Waren aus dem Schiff entladen (löschen) oder hineintransportieren (laden).
Schlafbaas .... Wirt einer Matrosenherberge.
Schlagfluss .... Schlaganfall.
Schottsche Karre .... Von Hand gezogene einachsige Karre mit großen Speichenrädern und Holmen zum Transport von Waren.
Schute .... Offenes Wasserfahrzeug ohne Motor, mit dem Waren vom Schiff zu den Speichern gebracht wurden.

Schweinsdärme .... In Salzlake eingelegt, waren sie eine teure Ware, die zur Wurstfabrikation benötigt wurden.

Siechenhaus .... Altersheim.

Speicher .... Lagerhaus; die einzelnen Stockwerke der Warenspeicher wurden in Hamburg wie folgt bezeichnet:
Erdgeschoss = Raum, 1. Obergeschoss = 1. Boden,
2. Obergeschoss = 2. Boden, usw.

St. Pauli .... Dieser Stadtteil lag damals außerhalb der Stadtmauer, auch Vorstadt St. Pauli genannt.

Stauerei .... Hafenbetrieb, spezialisiert auf das Be- und Entladen von Schiffen.

Stehendes und laufendes Gut Stehendes Gut (die Seile) halten die Masten in ihrer Position, laufendes Gut wird zum Heißen der Rahen und zur Veränderung der Segelstellung benötigt.

Steuermann .... Frühere Bezeichnung für einen Schiffsoffizier (bis 1902).

Spillspake .... Bis zu 2 Meter langes Rundholz, das in eine dafür vorgesehene Führung an der Ankerwinde gesteckt wurde, um durch den verlängerten Hebelarm das Ankertau leichter aufwinden zu können.

Stint .... 15–20 cm langer Meeresfisch, der in Flussläufen laicht. Da er billig war, wurde er den Bediensteten so oft vorgesetzt, dass eine gesetzliche Regelung erlassen werden musste. Danach war es nicht erlaubt, dem Personal dieses Fischgericht häufiger als dreimal in der Woche aufzutischen.

Takel .... Schiffseigene Hebevorrichtung, seemännische Flaschenzüge, sogenannte »Taljen«.

Tallymann .... Ladungszähler.

Thurn und Taxis .... Regensburger Adelsgeschlecht, musste die Postbeförderung 1867 zugunsten des staatlichen Postmonopols an Preußen abtreten.

Tiefwasserkapitän .... Schiffsführer, der mit seinem Segler nach Übersee fuhr.

Tretradkran .... Mittelalterliche Krantechnik, bei der die Kranknechte wie in einem Hamsterrad laufen mussten, um die Ladung aufzuwinden.

Twiete .... Alte Bezeichnung für eine größere Straße in Hamburg, heute noch vielfach in Straßennamen erhalten.

verholen .... Ein Schiff im Hafen oder auf Reede an einen anderen Liegeplatz bringen.

Vierlande .... Gemüseanbaugebiet bei Bergedorf. Bäuerinnen aus den V. und von der anderen Elbseite aus Bardowik brachten ihr Gemüse nach Hamburg und boten es dort zum Kauf an.

Vorsetzen .... Kaistraße an der Elbe (1. und 2. Vorsetzen), heute zwischen Baumwall und St. Pauli-Landungsbrücken gelegen.

Wahrschau! .... Üblicher Warnruf im Hamburger Hafen.

Wasserschout .... Aufsichtsbehörde der Seeleute im Hamburger Hafen. Ehemals nur eine Person, deren Amtsbezeichnung aus dem Holländischen übernommen worden war. Vorläuferbehörde des heutigen Seemannsamts.

Waterclerk .... Reedereiangestellter, der bei einlaufenden Schiffen die nötigen Vorbereitungen trifft (z.B. die Information des Hafenlotsens, des Hafenamts, der Wasserschutzpolizei, des Zolls, der Stauerei). Bei auslaufenden Schiffen übergibt der Waterclerk die Ladungspapiere an den Kapitän.

Wohnkeller .... Nur von außen zugängliches Kellerverlies, in dem die Ärmsten der Armen wohnten.

Zampel .... Kleiner Rucksack, in dem die Hafenarbeiter ihre Arbeitsschürze, ihr Werkzeug und ihren Henkelmann transportierten und der an nur einem Band über der Schulter getragen wurde.

Zinshäuser .... Mietshäuser.

Zollfreiheit .... Zur damaligen Zeit war die gesamte Stadt Zollausland im Deutschen Bund, was das Leben in der Stadt weniger teuer machte, da viele Lebensmittel nicht mit Zollgebühren belegt waren.

Bitte beachten Sie auch die folgenden Buchhinweise.

Buchhinweise

Nordhörn.
Ein Nordsee-Krimi

Jürgen Rath

12,00 €
978-3-86680-964-2

Nicht gerade eine Traumaufgabe für Archivar Steffen Stephan: das verlotterte Archiv der Inselgemeinde Nordhörn auf Vordermann bringen. Im Winter. Auf einer sturmumtosten Nordseeinsel, auf der das Wirtschaftswunder auch 1959 immer noch nicht angekommen ist. Als er erfährt, dass sein Vorgänger vor drei Jahren unter mysteriösen Umständen ums Leben gekommen ist, wird ihm langsam mulmig. Dann bricht die Verbindung zum Festland ab und die Feindseligkeit schlägt in offene Gewalt um. Steffen wird gejagt. Auf einer Insel!

Fatale Bilanz.
Ein Hamburg-Krimi

Stefanie Ross

12,00 €

978-3-95400-030-2

Schüsse peitschen über den Hamburger Rödingsmarkt. Ein Scharfschütze nimmt den Bankmanager Joachim Kranz aufs Korn. Doch er verschwindet spurlos, ohne jemanden zu verletzen. Sven Klein vom Wirtschaftsdezernat des Hamburger LKA übernimmt den Fall und stößt auf mehr Fragen als Antworten. Als die Bank in Verdacht gerät, als Deckmantel für die Finanzierung von Al-Qaida zu dienen, wird Klein richtig neugierig. Da spielen die Dienstvorschriften keine so große Rolle mehr – bis die Ermittler selbst ins Fadenkreuz der Terroristen geraten …